AU-DELÀ DES SABLES

SOCIÉTÉ DES EXPLORATEURS FRANÇAIS

Contrairement à une idée répandue, la grande aventure de la découverte du monde n'est pas close. Certes, l'exploration des vastes *terrae incognitae* d'autrefois est achevée, mais cet achèvement même a ouvert une page nouvelle de l'exploration contemporaine, celle de la quête des connaissances de détails dans de multiples disciplines scientifiques comme la botanique, la spéléologie, l'archéologie, l'entomologie ou l'océanographie. Un immense travail reste à accomplir dans ces domaines et dans bien d'autres. C'est pourquoi des décennies d'expéditions de terrain sur tous les continents et tous les océans seront nécessaires avant que nous puissions envisager l'idée même que notre planète ait révélé tous ses secrets. La notion d'exploration a donc gardé tout son sens en ce début de troisième millénaire, changeant simplement d'échelle.

À ce changement s'est ajoutée la nécessité de redécouvrir périodiquement des pans entiers de la planète, celle-ci ne cessant d'être façonnée et transformée par les mutations accélérées du monde moderne. Nous sommes donc loin d'en avoir fini avec ce métier étrange d'explorateur, qui consiste à toujours vouloir s'en aller questionner le monde par-delà les limites du connu. Bien sûr, ces limites semblent se rétrécir de plus en plus – ce pourquoi l'explorateur d'aujourd'hui est davantage un infatigable arpenteur de la fugacité des choses qu'un découvreur de grands espaces. Mais s'il reste attentif à porter un regard neuf sur les connaissances déjà acquises et sait mettre en œuvre son imagination pour les revisiter à sa manière, alors tout redevient possible.

Ces nouvelles orientations de l'exploration pourraient laisser croire qu'elles ont fondamentalement changé sa nature aventureuse. Il n'en est rien. Si les périls des temps anciens ont disparu, l'exploration du XXIe siècle demande toujours les mêmes qualités humaines d'engagement et de dépassement, le même désir pour le divers et le lointain, le même goût pour la vie rude et simple des expéditions en terres incertaines. Elle exige toujours aussi cette aptitude au risque sans lequel rien n'est possible.

Comme jadis, le face-à-face authentique de l'homme et de la nature caractérise l'exploration véritable et la distingue de la science pure. Elle demeure cet espace de liberté où s'harmonisent la recherche du savoir rationnel et la forme de vie intense qu'offre l'aventure.

La collection de la « Société des explorateurs français » veut être un prolongement de cet espace de liberté et de découverte. Elle s'est donc donné pour vocation de rassembler les témoignages de ceux qui continuent d'aventurer la vie sur les routes inconnues de cette exploration moderne. Puisse-t-elle montrer à tous que notre monde est encore susceptible d'étonnement, et qu'il subsiste toujours d'exaltantes manières d'exister à travers lui.

Patrice Franceschi,
président de la Société des explorateurs français.

SEF

SOCIÉTÉ DES EXPLORATEURS FRANÇAIS

La Société des explorateurs français a été fondée en 1937 par 39 des plus grands explorateurs de l'époque, dont Ella Maillart, Paul-Emile Victor, Bertrand Flornoy, Henri Lhote, Théodore Monod. L'initiateur des célèbres « croisière noire » et « croisière jaune », Louis Audouin-Dubreuil, en était le premier président.

Bien d'autres les rejoignent au cours des années suivantes : Alexandra David-Néel, Louise Weiss, Jacques-Yves Cousteau, Alain Bombard, Henry de Monfreid... A eux tous, ils vont représenter l'âge d'or de l'exploration française de l'après guerre.

Le nombre des membres de la Société ne dépasse pas, volontairement, le chiffre de 300 mais son recrutement couvre un éventail très large d'aventuriers-écrivains, de scientifiques de terrain et de professeurs d'université, sans oublier les tenants des grands exploits, en haute montagne, sur les mers, dans les airs, aux pôles ou au cœur de la terre. L'originalité de la Société est donc de réunir des hommes et des femmes représentatifs de toutes les dimensions de la découverte scientifique et humaine.

La Société a son siège dans le grand hôtel de la Société de géographie qui depuis 1821, date de sa création, a initié et patronné les grandes expéditions géographiques françaises. Les deux sociétés sont devenues au fil du temps complémentaires et nombreux sont ceux qui appartiennent aux deux organisations. Le président de la Société des explorateurs français fait ainsi partie du conseil d'administration de la Société de géographie.

Un comité directeur, composé de 18 membres, organise le travail de la Société à travers 8 commissions (scientifique, bourses, conférences, communication, parrainage, financements, audiovisuelle et éditoriale) pour l'attribution des aides, la réalisation de films ou l'appui aux expéditions.

Pour entrer dans la société, il faut avoir effectué de réelles découvertes ou des recherches originales de terrain, ou encore des exploits en milieu difficile. Il est généralement nécessaire aussi d'avoir publié des livres ou réalisé des films. Deux parrains, choisis par le candidat, défendent son dossier devant le comité directeur, seul habilité à recruter par cooptation. Ces règles d'admission, en vigueur depuis l'origine, ont pour objectif de perpétuer l'esprit d'aventure et de découverte plus que jamais nécessaire à la poursuite d'une exploration moderne en perpétuelle mutation.

SOCIÉTÉ DES EXPLORATEURS FRANÇAIS

AU-DELÀ DES SABLES

Régis Belleville

ARTHAUD

Dans la même collection

Seul dans la nuit polaire, Stéphane Lévin

26, rue Racine, 75278 Paris Cedex 06

ISBN : 2700396006

Sommaire

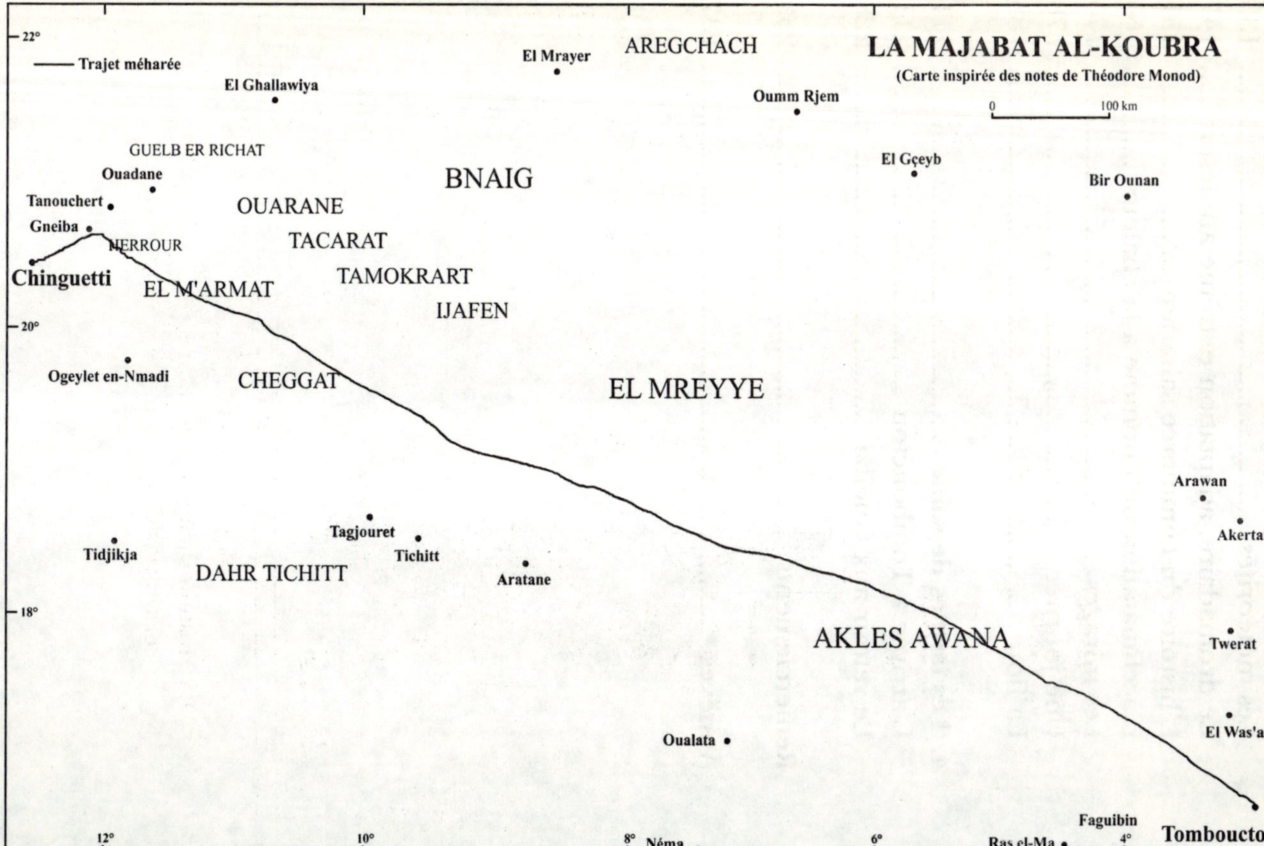
LA MAJABAT AL-KOUBRA
(Carte inspirée des notes de Théodore Monod)
0
100 km
Trajet méharée
22°
20°
18°
12°
10°
8°
6°
4°
El Mrayer
AREGCHACH
El Ghallawiya
Oumm Rjem
GUELB ER RICHAT
El Gçeyb
Bir Ounan
Ouadane
BNAIG
Tanouchert
OUARANE
Gneiba
HERROUR
TACARAT
Chinguetti
EL M'ARMAT
TAMOKRART
IJAFEN
Ogeylet en-Nmadi
CHEGGAT
EL MREYYE
Arawan
Akertal
Tagjouret
Tidjikja
Tichitt
DAHR TICHITT
Aratane
AKLES AWANA
Twerat
El Was'a
Oualata
Faguibin
Néma
Ras el-Ma
Tombouctou

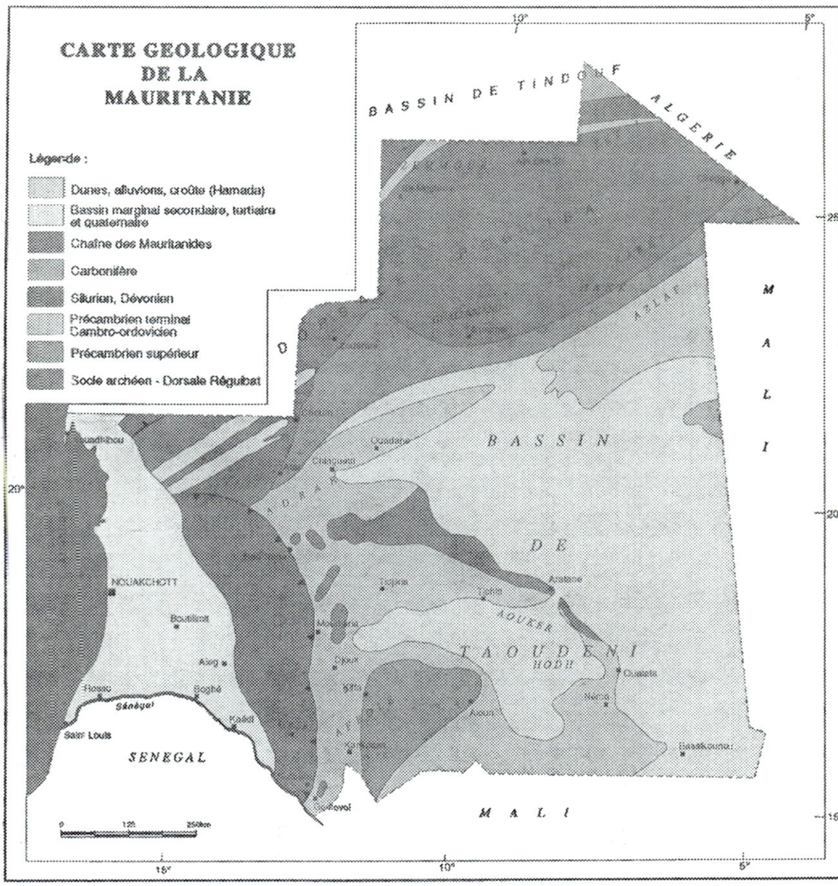

Ed : Institut supérieur scientifique de Novakchott
et Université de Nice-Sophia Antipolis

Prologue

La Majâbat al-Koubrâ

Cette nature vierge a ouvert sa porte, celle de l'inconnu. Mais elle ne s'est pas laissé traverser sans combattre. Alors nous avons pris nos dromadaires et nous avons marché vers notre douleur, en regardant sans cesse au-delà des dunes de sable, avec une conviction : « ailleurs » sera toujours un mot plus beau que « demain ».

Le Sahara, le plus vaste désert de la planète, coupe le continent africain en deux, séparant le monde méditerranéen de l'Afrique noire. Dans cette gigantesque étendue désertique, il existe encore des *empty quarters*, des régions si chaudes et si arides qu'elles sont restées quasiment inexplorées. La Majâbat al-Koubrâ est sans conteste la plus impressionnante par ses dimensions : plus de 1 000 kilomètres sur 500. Son nom signifie en arabe « étendue de la grande solitude ».

Ce désert dans le désert est un grand *no man's land* rassemblant la partie du Sahara mauritanien et malien comprise entre les 3e et 13e méridiens ouest et les 17e et 22e parallèles nord. Sa surface est totalement recouverte par les sables, elle ne possède aucun point d'eau, et son degré d'humidité avoisine le zéro – un enfer pour toute forme de vie.

L'absence totale d'eau et de pâturage ne confère à cette région que peu d'intérêt pour les populations nomades locales. Quelques chasseurs d'addax ont foulé sporadiquement ces sables, mais sans jamais s'éloigner de plus d'une centaine de kilomètres d'un puits. Au début du XXe siècle, les campagnes militaires menées par les compagnies méharistes françaises en quête de pacification des tribus autochtones n'ont exploré qu'une partie de cet immense territoire. Même l'avènement de l'automobile et notamment du tout-terrain n'engendrera pas d'expédition dans le centre de cette région, beaucoup trop difficile d'accès pour une « monture mécanique ».

Comme toute nature inexplorée et dangereuse, la Majâbat al-Koubrâ a généré au cours du temps des craintes et des mystères dans la conscience humaine. Les croyances locales attribuent à cette zone du Sahara des phénomènes surnaturels. Le centre serait le pays des diables, les *djinns,* et quiconque s'aventurerait sur cette terre se perdrait et disparaîtrait à jamais. On ne retrouverait ni hommes, ni bêtes, ni matériel, tout serait englouti par les sables, sans laisser de traces. Il faut signaler que, dans leurs traditions, bon nombre de religions animistes d'Afrique de l'Ouest placent cet endroit comme le lieu d'où seraient partis en des temps très anciens tous les génies qui peuplent la nature. L'islam reconnaît par ailleurs que la terre est aussi bien partagée par les hommes que par les djinns. D'après le Coran, certaines de ces entités sont musulmanes, par conséquent faiseuses de bien envers les mortels que nous sommes. Les autres, non islamisées, peupleraient seulement les endroits inhabités et loin de la présence humaine, afin de ne pas être tourmentées par la religion du Prophète. Car si jamais ces djinns se convertissaient et vouaient leur âme à un chef spirituel, ils perdraient irrémédiablement le pouvoir surnaturel leur permettant de faire le mal et d'accentuer les clivages dans la communauté des hommes.

Dans cette zone extrêmement désertique d'Afrique occidentale, la plus longue distance entre deux points d'eau fut parcourue, pendant l'hiver 1954-1955, par le célèbre et grand méhariste Théodore Monod. Naturaliste et humaniste aux connaissances encyclopédiques, il consacra soixante-dix années de sa vie à observer et à réaliser des études scientifiques inestimables sur le Sahara. Cet homme rallia en ligne droite les puits de Ouadane et d'Arawane, parcourant ainsi 875 kilomètres en quatre semaines, avec cinq dromadaires et deux chameliers. Cet exploit représentait jusqu'alors un record historique de méharée « au long cours », qui n'avait jamais été égalé depuis. De mémoire d'homme, personne n'avait osé traverser cette étendue totalement inhospitalière dans sa plus grande longueur : Chinguetti-Tombouctou, soit 1 137 kilomètres de sable séparant les deux points d'eau de ces villes.

Quarante-sept ans plus tard, je décide d'entreprendre cette traversée extrême de la Majâbat al-Koubrâ en autonomie totale et sans assistance. Dans cette aventure, je suis accompagné de Taha Ould Bouessif, chamelier émérite et ami avec lequel j'ai déjà partagé une méharée de 800 kilomètres entre Chinguetti et Kiffa, en Mauritanie, durant l'hiver 1998, et quelques autres escapades chamelières. La caravane est conçue légère, pour être rapide, et ne comporte que huit dromadaires de bât. La réduction au maximum du chargement impose notamment d'estimer les réserves d'eau au plus juste, soit 4 litres par jour et par personne. Bien évidemment, ce minimum ne couvrira pas nos dépenses hydriques quotidiennes, mais il permettra de survivre pendant quarante-neuf jours. Pour transporter ce stock de 400 litres, quatre des huit dromadaires vont être nécessaires, les autres porteront la nourriture et les bagages.

Pour comprendre la difficulté du terrain sur lequel va se dérouler l'expédition, je commencerai par rappeler quelques notions sur la géologie très particulière de cette zone. La structure géophysique de l'ensemble de la Majâbat al-Koubrâ est relativement simple : c'est une gigantesque cuvette, le synclinal d'Arawane-Taoûdeni, dont le pendage est très faible. Cette étendue traverse en écharpe toute la partie du Sahara occidental, de l'Adrar mauritanien au Tanezrouft. Cette partie du Sahara appartient à la terminaison sud-ouest du vaste « bassin de Taoûdeni ». Les sédiments qui constituent ce bassin sont formés de plusieurs ensembles séparés par des discordances et des lacunes. Toute cette zone, à l'exclusion de quelques affleurements gréseux périphériques (Adrar, Tagant, Dahr Tîchîtt...), est sablonneuse. C'est sans nul doute la superficie ensablée la plus vaste du Sahara, d'une épaisseur moyenne de 2 000 mètres. Sa surface est également dépourvue d'accidents topographiques autres que ceux du modelé dunaire, aucun affleurement, aucun oued, aucune vallée ne rident son étendue. Par sa configuration géologique particulière, la Majâbat al-Koubrâ ne possède pas de nappe phréatique accessible. Il n'existe donc aucun puits, aucun forage aquifère dans toute cette région. Ce bassin constitué de sables sédimentaires est stoppé, sur sa frange sud-ouest, par la chaîne plissée des Mauritanides, au nord par la dorsale Réguibat, et il se prolonge vers l'est, au Mali, jusqu'aux contreforts de l'Adrar des Iforas. L'ensemble de cette vaste couche de dépôts repose sur le vieux socle cristallin, granito-gneissique du craton ouest-africain. Dans sa périphérie, les niveaux s'échelonnent du précambrien supérieur, non métamorphisé, au dévonien, puis la mer se retire définitivement il y a trois cent soixante-dix millions d'années, arrêtant aussi les mécanismes de sédimentation. Livrée, depuis, à tous les processus possibles d'érosion et d'altérations superficielles, la Majâbat al-Koubrâ est ainsi exposée à la morsure de l'eau des fleuves, aux alternances de pluies et d'évaporations qui dissolvent, déplacent, redéposent les sels minéraux et à l'inlassable assaut des vents chargés de grains de quartz. Les vieux grès lentement décapés, dissociés, corrodés et délités retournent aux sables dont ils proviennent. Cette couverture sédimentaire a également enregistré les traces de deux grandes glaciations (fin du précambrien et fin de l'ordovicien), où des coupoles de glace (inlandsis), comparables à celles que l'on observe actuellement dans l'Antarctique, recouvraient le Sahara.

Les vents prédominants soufflent dans la direction nord-est, sud-ouest, comme en témoigne la direction des grands cordons dunaires du Bnaîg, alors que les ondulations du Mreyyé, les *aklés* Awana et les *barkhanes* du Ouarane, de formation plus récente, sont sous le vent et par conséquent perpendiculaires. Comme l'a très bien fait Théodore Monod, on peut donner les limites de cette immense étendue singulière qu'est la Majâbat al-Koubrâ, soit par les régions, soit par les puits périphériques. La description suivante des zones limitrophes est donnée dans le sens contraire des aiguilles d'une montre :

Le nord est limité par l'Aregchâch ; le nord-ouest, par le plateau de l'Adrar ; à l'ouest, se sont les aklés des M'Armât qui fixent la limite ; le sud-ouest est encore mal défini ; la partie sud-est est stoppée par la falaise du Dahr Tîchîtt ; enfin à l'est, c'est la piste Tombouctou-Tâoudéni qui marque la fin de ces sables.

On peut préciser cette géographie en ajoutant à ces régions nommées précédemment les dix points d'eau (puits) cernant l'hyperaridité de la Majâbat al-Koubrâ, qui déterminent la limite de la zone sans eau : Chinguetti, Ogeylet-en-Nmâdî, Tîchîtt, Oualata, Faguibin, Arawane, El-Gceyb, El-Mrâyer, El Ghallawîya, Ouadane.

Pour le néophyte, ces sables paraissent d'une extrême monotonie. Or, en y regardant d'un peu plus près, on peut distinguer l'existence de trois grandes parties qui forment trois unités régionales du nord-ouest au sud-est.

Les Bnaîg sont limitées vers le sud-est par Elb El Fçal. Ce sont de grosses masses dunaires fixées, de type tôle ondulée, et leur orientation est nord-est, sud-ouest. Elles ont 250 kilomètres de large et une direction de 70° gradients, leur hauteur moyenne est de 40 mètres (quatre bandes distinctes les constituent : le Ouarane, la Taçârât, la Tamokrârt, l'Ijâfen).

Le Mreyyé, incontestablement la région la plus aride, est entouré d'une ceinture dunaire. Il est constitué de sables plus durs et plus clairs, formés en petites cuvettes de 200 à 500 mètres de diamètre, dont les ondulations hautes de 5 mètres s'allongent vers l'est, séparées de 150 mètres. Appelé par les Mauritaniens le « pays du diable », le Mreyyé est clairsemé de maigres touffes de *sbot*, de dépôts lacustres et de calcaires argileux (reconnaissables aux coquillages qu'ils contiennent).

Les aklés Awana forment une ceinture dunaire périphérique au Mreyyé, dont les massifs de dunes sont prononcés et acérés, d'une hauteur moyenne de 30 mètres, avec une orientation nord-ouest, sud-est, et majoritairement formés par des *alabs*, des bosses, et des *ayoûns*, des creux. Au nord, près de Chinguetti, il existe une zone du même type, les aklés des M'Armât, une région cahoteuse, difficile à traverser. La partie des aklés Awana, située au nord-ouest de Tombouctou et s'étendant jusqu'à la jonction du Mreyyé, est relativement pénible à franchir, les sables étant instables et mous.

Les sables de la Majâbat al-Koubrâ sont, pour l'essentiel, des sables quasi lacustres ou fluvio-lacustres datant du précambrien supérieur. La faune y est très rare. Les lézards (Erémia et *Acanthodoctylus scutellatus*), addax *(Addax nasomaculutus)*, gerbilles *(Gerbillus latastei)*, fennecs *(Fennecus zerda)*, grandes outardes *(Ardeotis arabs)*, sirlis bifasciés *(Alaemon alaudipes)*, scorpions *(Scorpio maurus, Androctonus australis)*, vipères *(Cerastes cerastes, Cerastes vipera)* et les scarabées *(Scarabeus sacer)* forment la majorité des espèces. La flore est constituée essentiellement de quatre espèces : le sbot *(Stipagrostis pungens)*, le sardoûn *(Stipagrostis acutiflora)*, le hâdh *(Cornulaca monacantha)* et un parasite du dhanoûn, la cistanche *(Cistanche phelypaea)*.

Le goudron s'efface sous le sable, l'aventure commence...

La descente

Toulouse, 7 h 30, samedi 11 décembre 2001. J'abandonne ma compagne dans son demi-sommeil. La nuit se dissipe et je roule sur l'autoroute me conduisant à Sète. Je laisse derrière moi un monde qui m'est familier, pour un autre monde, plus secret et plus incertain, celui du Sahara, celui de la traversée de la Majâbat al-Koubrâ de Chinguetti en Mauritanie à Tombouctou au Mali, une méharée jamais réalisée. L'Afrique est un besoin qui se transforme vite en manque au bout d'un certain temps. Mais une sorte de malaise s'installe dans mon esprit. Les pensées se bousculent, les interrogations se succèdent et les visages aimés s'offrent à ma mémoire. Ai-je raison de partir encore une fois assouvir un rêve ?

En contournant Narbonne, je rencontre la neige, élément naturel que je ne reverrais pas de sitôt. J'arrive à Sète : c'est la première fois que ma vieille Land Rover fait 430 kilomètres d'affilée. Il lui faudra résister à des étapes africaines nettement plus longues et plus éprouvantes pour sa mécanique usée et fragile.

Le navire se nomme le *Marrakech* et il est déjà à quai. Je m'installe dans un bistro ; une vieille dame, derrière son comptoir, et seulement deux clients occupent l'endroit. Ces trois âmes, « égarées » peut-être, me donnent l'impression qu'elles sont plongées dans leurs pensées depuis des siècles. Le temps semble s'être arrêté ici, comme noyé et perdu dans l'odeur nauséabonde de vinasse et de verres non lavés. Le caractère sordide de ce bar correspond paradoxalement à mes attentes. Il me facilite la tâche, en quelque sorte, en ne me donnant pas l'envie de rester, ni même de faire connaissance. Rompre toute attache pour ne pas regretter... En regardant par la fenêtre le temps qui s'écoule à l'extérieur, je songe. Ce n'est pas si facile de partir, finalement. On se demande toujours si on n'est pas en train de faire la bêtise de sa vie, et puis une fois dans le feu de l'action, l'instinct nomade prend la relève et on avance droit devant en suivant son destin.

Les formalités de police et la fouille des voitures s'effectuent rapidement. On rentre nos véhicules par la soute arrière : la gueule béante de cette poupe m'impressionne, j'aime la démesure. À l'accueil, on me remet la clef de la chambre 575. Magnifique ! Une cabine de quatre personnes pour moi tout seul. Au dîner, vers 19 h 30, le maître d'hôtel me place à une table de huit personnes au bout de laquelle un passager est déjà assis, près du hublot. Les serveurs défilent à mesure que les plats changent dans nos assiettes. J'échange quelques banalités avec mon voisin : pour lui comme pour moi, la discussion ne semble pas satisfaisante. On n'a pas envie de se dévoiler et d'expliquer la raison pour laquelle on se retrouve tous les deux à cette table, sur ce navire. Un homme d'une cinquantaine d'années s'installe à nos côtés ; le profil type du Paris-Dakar, avec les accessoires de sa veste multipoches arborés un peu trop fièrement. Je souris, mon voisin aussi. On semble d'accord : ce mec est ridicule ; de plus, il nous saoule en nous racontant sa dernière petite aventure organisée pour les V.I.P. par une société filiale du Paris-Dakar. Je crois qu'il se prend pour un vétéran du désert, avec son expérience édulcorée de quelques jours au milieu des sables. Maintenant, il ne m'amuse plus, il m'agace. Surtout quand il commence à parler des gens qui peuplent ce désert. Il ne connaît manifestement rien aux différentes cultures qu'il a effleurées, ou peut-être dérangées avec son 4×4 suréquipé. Je quitte la table discrètement, mon voisin fait de même.

La mer commence sérieusement à s'agiter et le navire adopte un roulis lancinant pour la journée à venir. Je retrouve la personne avec qui j'avais commencé le dîner de la veille et échangé quelques politesses. Il s'appelle Mahamoud. C'est un chanteur engagé, compositeur de musiques traditionnelles marocaines. Il m'apprend qu'il a fait l'Olympia en 1973 et il vient de gagner, à 49 ans, le prix Saint-Exupéry pour un livre de poèmes. Une humanité profonde transparaît dans son discours. On parle un peu de tout, comme lorsque deux personnes se rencontrent et ont du temps devant elles. La mer se calme et le roulis affecte peu les passagers. J'observe et j'écris, deux passe-temps qui vont faire de plus en plus partie de mon quotidien, dorénavant. En prenant un café, j'observe les lumières de la côte du détroit de Gibraltar.

Nous faisons la queue devant une petite table où deux policiers gèrent le flot de voyageurs. Mahamoud s'approche de moi et me demande si je peux le conduire jusqu'à Rabat. J'accepte volontiers, bien que mon principe soit de voyager seul. Mais cet homme est intéressant et j'ai envie de poursuivre notre conversation. J'ai pu m'apercevoir que la chanson traditionnelle au Maroc connaissait encore un vif succès : en effet, c'est en offrant en « cadeau » une cassette audio à un chef de douane que nous réglons les formalités non seulement sans être tracassés mais surtout en moins d'une heure. Sur ce continent, ce principe est presque généralisé. Personnellement, je trouve cet « échange de bons procédés » relativement sympathique, bien qu'il me soit déjà arrivé de laisser des petits présents beaucoup plus importants que le service rendu.

À Rabat, Mahamoud habite vers la pointe ouest, dans un quartier de la très vieille ville. C'est vraiment l'architecture marocaine typique des anciennes cités, avec une partie médina, entourée de remparts. Je me laisse guider et j'en profite pour admirer les maisons et le dédale étroit des rues qui nous conduisent vers la magnifique villa de Mahamoud, située juste au-dessus de l'océan. À l'entrée de la maison, une jeune femme, d'une trentaine d'années à peine, vient nous accueillir. Je suis immédiatement ébloui par la beauté de celle que je prends pour la fille de Mahamoud. Il s'agit en fait de sa dernière épouse ! Autant dire que je calme aussitôt l'ardeur de mon sourire. La différence d'âge est frappante, presque choquante pour un Occidental peu habitué à ce genre d'union. Mahamoud me fait visiter son « havre de paix » et me dévoile ses talents de peintre. J'aurais pu passer des heures encore à savourer l'hospitalité chaleureuse de ce couple, mais je préfère continuer ma route. Je suis pressé.

Je passe la nuit à Essaouira, ville merveilleuse avec un passé qui s'est incrusté dans chaque pierre, chaque mur. Le lendemain, je poursuis ma descente en passant par Agadir. Je roule assez vite sur des routes pourtant défoncées. Je suis pris dans une tempête peu avant Agadir et assiste à la formation d'une tornade à 5 mètres de la Land Rover. Tout cela ne dure qu'une minute à peine ; le spectacle de cette nature déchaînée est vraiment impressionnant. La pluie s'est arrêtée dès mon arrivée à Agadir, mais la montagne a déversé toute sa boue sur la ville. Je traverse les contreforts de l'Anti-Atlas marocain avec des routes extrêmement sinueuses, mais le paysage est très beau. Je franchis ensuite la région de Tiznit, où la route commence à être droite, toute droite, désespérément droite. À Guelmim, j'arrive aux portes du désert, le reg, l'immense désert de cailloux du Sud marocain. Enfin, j'atteins Tan-Tan après dix heures de route et plus de 700 kilomètres parcourus dans la journée.

À Boujdour, j'ai vu mon premier serpent. Il traversait la route : une vipère à cornes, adulte, d'un bon mètre. Les contrôles de police et de gendarmerie commencent ; on entre dans la zone toujours instable du front Polisario (le front armé constitué en mai 1973 pour la création d'un état indépendant dans l'ancien Sahara espagnol), cela va assez vite. La route est toujours longue, droite et monotone, mais le paysage lui est très beau, dans cet univers minéral et désertique. Le bitume a été refait depuis mon dernier passage, je porte donc moins d'attention à la route et à ma conduite. Je me permets d'observer les environs. Les premiers troupeaux de dromadaires apparaissent. Je m'arrête souvent pour filmer. En traversant un oued à demi asséché, je tombe sous le charme de cette nature inapprivoisée, à la vue d'une foule d'oiseaux composée principalement de flamants roses et de pélicans.

Le rendez-vous pour franchir la frontière est vendredi à 8 h 30 au poste de police, pour le départ du convoi sous surveillance militaire. La traversée entre Dakhla et Nouâdhibou en Mauritanie dure deux jours et reste, pour tous les chauffeurs du convoi, une épreuve de conduite sur piste assez pénible. Dans ces conditions, il n'est jamais inutile de connaître un tant soit peu les personnes avec lesquelles l'on va partir. L'entraide est de rigueur dans les passages délicats de sable meuble. J'ai rencontré des Suisses et des Français avec lesquels j'ai sympathisé. Mais j'ai surtout retrouvé Boubacar, le propriétaire du camping, et nous déjeunons ensemble. On échange quelques nouvelles sur nos amis communs. Je consacre une bonne partie de l'après-midi à la Land Rover ; depuis un certain temps, un bruit venant apparemment du train avant m'inquiète un peu. Fatigué par une mécanique récalcitrante, je retrouve mes compagnons de route et passe la soirée en leur compagnie.

12 h 30. Nous obtenons enfin l'autorisation de démarrer le convoi. L'après-midi s'avère tout aussi monotone que la matinée. Nous roulons jusqu'à 18 h 30 sur une route sans attrait et rendue pénible par un vent de sable. Nous nous arrêtons non loin de la frontière entre le Maroc et la Mauritanie. Deux casbahs et une tente y sont désormais installées pour accueillir les convois. Un puits a même été creusé. Je n'avais pas eu droit à tout ce confort lors de mes précédentes descentes ! De toute façon, je préfère rester dans la Land Rover et je m'endors derrière le volant sans même avoir mangé.

Dès l'aurore, on repart. Trois kilomètres plus loin, on franchit la frontière de la Mauritanie. Le chef nous rend les passeports pris la veille à Dakhla et il nous laisse seuls dans ce *no man's land.* La piste défoncée qui conduit jusqu'au poste frontalier est peu marquée. Trois heures de sable nous attendent. Le passage des champs de mines antichars n'est plus très loin à présent. Ces mines ont été installées durant la période de la Marche verte, entre 1975 et 1979. C'est à la suite de cette marche que le Maroc récupère, dans un premier temps, le nord de l'ex-Sahara espagnol et dans un second temps, en 1979, la partie sud, après le retrait de la Mauritanie. Il n'existe qu'un seul passage de quelques mètres de large. Je prends la tête du convoi : je ne suis pas très rassuré. Je le suis d'ailleurs d'autant moins en apprenant que d'autres mines nous attendent près de la voie ferrée. La peur ne me quittera pas pendant une heure. Je m'oriente par rapport aux traces de véhicules que j'estime par expérience les plus récentes. On arrive à présent en vue du PK18, surnommé par les Mauritaniens le « bouchon », tant l'attente était longue à ce point de contrôle. Aujourd'hui, il ne reste plus qu'un poste de contrôle de la gendarmerie. Encore deux heures pour procéder aux formalités, j'en profite pour me rendre au puits et me rafraîchir. À Nouâdhibou, le repas est à la hauteur de nos espérances ; les crustacés sont délicieux et l'ambiance est détendue, amicale. Chacun y va de sa petite histoire, raconte son expérience du désert mais personne ne parle véritablement de soi. Loin de chez nous, de nos familles et de nos amis, aucun d'entre nous n'a vraiment envie de se dévoiler et d'expliquer pour quelles raisons il vient en Mauritanie. Quel que soit le projet de chacun, il semble que nous recherchions tous quelque chose à travers cette expérience : l'oubli de nos vies ou de quelqu'un, le dépassement ou la quête de soi ou bien pour certains l'« argent facile ». La vente de voitures fait partie de ces motivations : parmi nous, deux Français ont déjà vendu leur vieille Mercedes et, comble de l'ironie, c'est au douanier chef. Ils ont eu de la chance de trouver un acheteur aussi idéal !

Je suis levé très tôt. Je prends un café dans la pénombre de la cuisine commune de l'auberge. Je n'ai pas allumé la lumière pour ne déranger personne. Je ne me rappelle que très vaguement la direction à suivre pour retrouver la pharmacie du vieil Ahmed Ould Mah. Je le découvre assis sur les marches de son officine, occupé à grignoter un morceau de pain avec le peu de dents qui lui reste. Sa tête, emmitouflée dans un vieux chèche indigo, laisse à peine apparaître son visage ridé et anguleux. Nous échangeons les salutations d'usage. Nous nous sommes connus en 1995, lors de ma première traversée du Sahara mauritanien. À l'époque, je convoyais un camion sanitaire et une ambulance avec trois copains et nous avions besoin d'un guide pour franchir les 600 kilomètres de sable qui séparent Nouâdhibou de la capitale mauritanienne, Nouakchott. Depuis j'ai fait cinq fois la route en sa compagnie. Désormais, je n'ai plus vraiment besoin de ses services. J'ai appris à reconnaître les passages difficiles ; cependant je suis toujours heureux de faire cette traversée avec lui. Malgré une efficacité diminuée par la perte progressive de la vue, ce qui est souvent le cas chez les Mauritaniens d'un certain âge, il peut se vanter, en plus de quarante-cinq ans, de ne jamais avoir abandonné un véhicule dans les sables. Il a même été l'homme que les militaires venaient consulter pour retrouver des têtes de fusées égarées lors d'essais balistiques dans l'immensité du désert.

Ahmed est curieux de savoir si ma venue ici est liée à mon « grand voyage » dans la Majâbat al-Koubrâ. J'avais évoqué ce projet avec lui, un soir, il y a un an. Nous en avions discuté pendant des heures en prenant le thé et il s'était montré sceptique quant à la réussite d'une telle entreprise. De mémoire de nomade, m'avait-il confié, jamais personne n'avait osé prendre le risque de parcourir une aussi grande distance sans puits. Toutefois, il ne paraît guère étonné en apprenant qu'effectivement je m'apprête à effectuer cette traversée : il me sait têtu.

Je lui fais part, dans l'immédiat, de mon intention de passer par Nouakchott, la capitale, et lui propose de m'accompagner. Nous partirons le plus vite possible dans la matinée, une fois nos réserves de nourriture, d'eau et de gasoil constituées. Sur le trajet, il me confie qu'il préférerait que nous trouvions d'autres véhicules pour nous accompagner, en convoi. En cas de panne, l'aide d'autres conducteurs peut s'avérer précieuse. Bien qu'étant pleinement conscient des risques encourus en choisissant une traversée solitaire, je crois qu'il est temps pour moi de me détacher peu à peu du monde occidental et de plonger pleinement dans les secrets des dunes. Les cinq jours de descente à travers le Maroc jusqu'en Mauritanie ne m'ont pas permis de rompre totalement avec mes valeurs, les rencontres avec les Occidentaux étant trop fréquentes.

La traversée de la Majâbat al-Koubrâ me semble encore si lointaine ; j'ai l'impression que chaque journée de repos m'éloigne de l'échéance. Je me rends compte, en définitive, que depuis mon départ, je ne parviens pas à profiter réellement de tous ces instants. Je suis trop impatient. Je prépare cette traversée depuis près de trois ans, trois années passées à étudier le terrain, à réunir le budget nécessaire à la réalisation de cette entreprise et je crois que, désormais, je ne veux plus attendre. L'aventure ne commencera vraiment pour moi qu'aux premières heures de marche avec Taha, le chamelier qui m'accompagnera dans cette aventure. Seul avec lui et nos dromadaires...

Nous empruntons l'unique route asphaltée de la capitale et remontons le bitume noir en direction du nord-est. Nous marquons une rapide pause pour que Ahmed récupère son baluchon de voyage. Une fois sortis de la ville, nous faisons le plein des trois réservoirs de carburant de la Land Rover et des deux bidons de 25 litres, soit un total de

200 litres de gasoil. Nous effectuons quelques courses pour les deux jours de route, dans les petites boutiques d'alimentation des environs. Six cents kilomètres nous séparent de Nouakchott, nous n'aurons pas l'occasion de nous attarder : je suis pressé d'arriver...

Nous longeons pendant une soixantaine de kilomètres la piste qui suit l'unique voie ferrée de Mauritanie, reliant Nouâdhibou à la gigantesque mine de fer à ciel ouvert de Zouérate. C'est une piste relativement ensablée et sa mauvaise réputation n'a rien d'excessif : les crevaisons y sont nombreuses à cause des morceaux de fer qui se détachent des rails abîmés par le passage régulier des trains. Deux fois par jour, les roues des wagons remplis de dizaines de tonnes de minerai de fer laissent derrière elles de larges copeaux d'acier. Ces derniers sont éjectés sur la piste et à moitié enterrés dans le sable, ce qui rend les crevaisons imprévisibles et inévitables. Nous ne connaîtrons pas ce désagrément, nous avons eu de la chance cette fois-ci. Arrivés au PK 62, nous quittons la piste pour nous diriger plus au sud dans la pleine sablonneuse du Banc d'Arguin. Le sable est relativement dur en cette fin de matinée, il est encore compacté par l'humidité de la nuit venant de l'Atlantique. Nous roulons à bonne allure sans trop enfoncer les roues de notre véhicule. Ahmed me conseille de ne pas réduire la vitesse à moins de 80 kilomètres à l'heure. En maintenant cette moyenne, nous évitons au maximum de nous enliser dans les quelques plaques de sable plus molles. Au bout de deux heures, nous remontons légèrement sur un petit plateau. La route change, elle est désormais recouverte de petits graviers et parsemée de petites barkhanes (dunes en forme de croissant) d'une hauteur moyenne d'une quinzaine de mètres. Nous zigzaguons entre ces dunes, les touffes de graminées et les plus gros cailloux. De temps en temps, nous

nous arrêtons et faisons une reconnaissance du terrain afin de repérer éventuellement les endroits délicats et de chercher le passage le plus approprié. En fin de journée, nous nous installons pour la nuit à l'abri du vent, derrière un petit massif d'acacia ligneux et relativement touffu. J'allume un feu pour le rituel du thé. Pendant le repas, nous discutons de l'avenir des guides mauritaniens. Ahmed est conscient que les choses évoluent : l'utilisation du GPS et la multitude d'ouvrages spécialisés tendent à minimiser le rôle de ces professionnels. Le vieil homme s'inquiète pour les futurs guides qui devront affirmer davantage leurs compétences et valoriser particulièrement le contact humain que rien ne pourra évidemment remplacer, surtout lors de ces traversées où la solitude peut rapidement devenir pesante.

Nous sommes réveillés avant le jour. Dans le désert, c'est souvent entre 5 et 6 heures du matin que le froid s'installe et que le vent se remet à souffler, après l'accalmie de la nuit. Tous ces mécanismes météorologiques sont directement liés à la forte différence d'amplitude thermique entre le jour et la nuit. Nous rassemblons nos affaires pendant que l'eau de la petite théière chauffe sur les quelques braises. Je vérifie et complète rapidement les niveaux de la Land Rover. Il faut avoir traversé le passage délicat des « trois dunes » avant que le sable ne devienne trop mou sous les rayons ardents du soleil au zénith. En soulevant le sac de Ahmed, je dérange un petit scorpion jaune *(Androctonus amoreuxi)*, qui avait manifestement décidé de s'installer là pour la journée à venir et ainsi se protéger du soleil. Cette espèce de scorpion n'est pas mortelle, mais sa piqûre reste très douloureuse voire incapacitante pendant plusieurs heures. Je le montre à Ahmed qui me demande de l'écraser. Les nomades aiment à tuer systématiquement tous les animaux nuisibles du désert. Dans les légendes traditionnelles et même dans les écritures saintes du Coran, ces animaux sont souvent associés à de mauvais génies ou à des djinns. Je le photographie et l'épargne sans rien dire à Ahmed. Au loin, en direction du sud, se dessine le massif dunaire que nous nous apprêtons à franchir. Nous longeons à présent un petit escarpement tabulaire formé de grès très tendres, le sol est jonché de débris de poteries, de coquilles de crustacés et d'objets lithiques signalant une présence humaine, il y a plusieurs milliers d'années. Nous atteignons enfin le massif, nous tournons un peu pour retrouver le passage que Ahmed connaît. Comme il ne voit plus très bien, il me demande de lui décrire le paysage que nous avons devant nous. Nous nous arrêtons, il se baisse et ramasse une poignée de sable qu'il semble humer. Il me demande de chercher à l'horizon un massif d'arbustes plus touffu que les autres et me dit qu'à sa droite, nous trouverons des traces de véhicules nous indiquant le passage. Je lui fais entièrement confiance. Nous roulons encore quelques centaines de mètres en direction de l'ouest et nous trouvons effectivement tous les indices qu'il m'a décrits. Devant nous s'élève la première des trois dunes à passer. La difficulté réside dans la hauteur de ces formations très étirées ; elles mesurent en moyenne 50 mètres de hauteur et s'étendent sur une dizaine de kilomètres. Il faut beaucoup d'élan pour atteindre chaque sommet, tout en zigzaguant entre les touffes ensablées de sbot qui pourraient retourner le véhicule. Heureusement, entre chaque dune, nous pouvons reprendre notre souffle sur un sol relativement dur. Nous mettrons deux heures à franchir l'obstacle : le moteur, poussé au maximum, chauffe considérablement et nous sommes obligés de le laisser refroidir entre chaque assaut. Je profite de ces moments pour parcourir la zone et ramasser quelques trucs de-ci de-là : un tesson, un débris de hache néolithique, des morceaux de pointes de flèche, des coquilles d'escargots fossiles... Je suis toujours très curieux et j'ai toujours eu beaucoup d'intérêt pour les sciences de la terre.

Nous arrivons au village immragen de Nouâmghâr. De là, nous rejoignons l'océan ; notre parcours se fait à moitié sur le sable mouillé de la plage, à moitié dans les vagues. Nous approchons de la réserve du Banc d'Arguin et de nombreux pélicans et flamants roses chassent le poisson dans les eaux peu profondes de la baie. Le spectacle qu'offre cette nature est magnifique !

La marée commence à remonter, nous devons faire vite, le passage redouté se trouve encore à 50 kilomètres. C'est à cet endroit que nous devrons passer sous des rochers ; c'est pourquoi il nous faut impérativement l'atteindre avant que la mer n'occupe tout l'espace ; sinon, nous serons dans l'obligation d'attendre le lendemain. Des véhicules se sont déjà fait surprendre par la montée des eaux, et je ne tiens pas à perdre mon Land aussi bêtement. Nous maintenons une bonne allure sur le sable durci de la plage et, en moins d'une heure, nous atteignons les rochers. Ces derniers sont déjà sérieusement envahis par l'eau. Nous n'avons que quelques minutes pour nous décider : prendre le risque de se faire emporter ou rester bloqués une nuit. Je décide de tenter le coup, il paraît que toutes les sept vagues, il y en a une plus importante que les autres qui en reculant dégage plus de sable. Je scrute, essaie de repérer la plus grosse, compte et me lance à fond en troisième dès son repli. Tout se passe bien sur une trentaine de mètres, puis une lame vient se fracasser sur le côté droit du véhicule, je ne vois plus rien à travers le pare-brise, je sens les roues se bloquer. Je suis contraint de me rapprocher dangereusement des rochers pour éviter au maximum de piéger le véhicule au milieu de l'eau qui commence à rentrer dans l'habitacle.

Ahmed, calme et relativement flegmatique, se contente de lever les pieds pour ne pas mouiller ses babouches. La force de l'eau me fait perdre de la puissance, je rétrograde en seconde, le moteur semble repartir ; je sens les pneus accrocher de nouveau un sable plus ferme. Quelques mètres encore, et nous retrouvons la plage. Je peux enfin stopper le Land. Ouf ! Nous sommes pris d'un fou rire en regardant ce que nous venons de traverser.

Il fait nuit à présent, et Nouakchott n'est plus qu'à 80 kilomètres. Il est 21 h 45 quand nous pénétrons dans les faubourgs nord de la capitale. Ahmed est fatigué, il a désormais hâte d'arriver et de retrouver la tranquillité et la douceur d'un thé partagé. Cette boisson est pour lui plus qu'un rituel : elle lui permet d'éviter d'atroces maux de tête, m'explique-t-il ; douleur sans doute liée à la dépendance des molécules de théine qu'elle contient... Après quelques hésitations, nous voilà enfin devant les grilles de l'auberge des Roses. L'établissement est un peu à l'écart du centre-ville et est tenu par un homme accueillant, toujours prêt à parler de la Mauritanie et de son peuple. Un sujet qu'il connaît bien, et l'analyse de la situation économique qu'il défend est intelligente.

Je me suis, enfin, accordé une vraie grasse matinée, puis un début de journée paisible. Aucun horaire à respecter, aucune obligation : une des libertés privilégiées de cette vie de voyageur. En fin de matinée, je passe deux-trois appels téléphoniques dans une boutique publique, pour prévenir de mon arrivée imminente sur Atar. L'information sera retransmise via une radio VHF à Chinguetti. En fin d'après-midi, j'ai une longue et intéressante conversation avec le patron de l'auberge, sur la politique de la Mauritanie.

Le soir, Ahmed revient avec deux énormes sacs de tissu, et un grand sourire qui dévoile toute sa denture. Apparemment, il a fait de bonnes affaires, il a l'air heureux de sa journée. Certains produits sont meilleur marché à Nouakchott que partout ailleurs dans le pays, à cause des arrivages directs par voie maritime des conteneurs de marchandises en provenance d'Asie. Ahmed sort de sa poche une petite pipe traditionnelle et son étui qu'il m'offre en me remerciant de l'avoir descendu à la capitale. Je suis touché par son geste et l'en remercie chaleureusement. Je vais fêter Noël dans un petit fast-food libanais que je connais, où ils vendent à mon avis les meilleurs hamburgers de tout le continent ouest-africain. C'est toujours l'impression que ces sandwichs me font après une traversée du désert. Il est 2 heures du matin et, demain, je n'ai pas envie de partir tard dans la matinée. Je traîne encore un peu sur le chemin pour m'imprégner des odeurs, du bruit, des couleurs distillées par la nuit et de toutes les sensations que me délivre cette ville. Demain je serai loin, je me dirigerai vers le vrai désert, celui de l'intérieur du pays, celui qui plonge dans le silence de ses immenses champs de dunes.

Je charge la Land Rover machinalement, sans porter une trop grande attention au rangement du véhicule : le principal est que tout soit dedans. Je ne suis pas très pointilleux de bon matin. Ahmed, quant à lui, est déjà prêt depuis longtemps. Nous partageons un dernier thé avant de nous séparer. Je profite de ce moment pour lui donner deux bidons en plastique de 20 litres, cadeaux anodins pour nous, objets très convoités dans ces régions où tout ustensile se vend à des prix exorbitants. Nos adieux pudiques me touchent profondément ; je ne suis pas quelqu'un de démonstratif et je ne suis guère habile pour les effusions. C'est pourquoi j'apprécie tellement la discrétion de ces nomades :

leur amitié et leur affection bien réelles ne dépassent jamais les limites de la dignité.

Il me faudra un peu plus d'une heure pour m'éloigner de la ville. Comme à chaque fois, les contrôles de douane, de police et de gendarmerie me retardent considérablement. Toutefois le parcours, aujourd'hui, ne devrait présenter aucune difficulté et s'effectuer rapidement ; la route jusqu'à Atar est désormais goudronnée. Elle présente l'avantage de désenclaver l'intérieur du pays et d'améliorer l'économie des régions isolées comme celle de l'Adrar, désormais plus fréquentée.

Ce paysage sans relief est d'une désolation extrême ; excepté quelques rares acacias, rien ici n'attire le regard et l'attention. Sans aucune autre distraction que la conduite, je peux me laisser aller à la réflexion : cette « immensité du vide » m'amène, me prépare peu à peu à mon immersion dans le désert. Je suis impatient de me retrouver face à l'étendue de la grande solitude, où peu à peu je perdrai mes points de repère et mes valeurs passées. Je veux vivre en communion avec cette nature austère, me détacher totalement de mes liens et vivre au rythme du soleil, le seul maître de toute la traversée, celui qu'il faudra sans cesse défier pour continuer à marcher...

Le magnifique coucher de l'astre suprême vient mettre un terme à mes pensées. Sous un ciel légèrement nébuleux, j'admire le travail admirable de l'érosion incisant le massif rocheux de l'Adrar. Les lits d'oued sont désormais complètement ensablés, on a du mal à imaginer qu'il y a quelques milliers d'années, des rivières circulaient ici. J'aperçois enfin les lumières d'Atar. La nuit est déjà bien installée lorsque j'approche de la palmeraie derrière laquelle se trouve le camping Bab Sahara, tenu par Justus, un Hollandais d'une cinquantaine d'années, au visage déjà profondément marqué par les rides, traces d'une vie tumultueuse et accidentée. Il y a dix ans, il a décidé avec sa compagne de traverser l'Afrique en 2 CV. À Atar, ils sont tombés en panne et ne sont plus jamais repartis. Depuis, ils ont construit ce petit coin de paradis au milieu de cette ville poussiéreuse et grise et accueillent les routards de passage. Son sens du contact humain a permis à Justus de se faire accepter et respecter par les nomades mauritaniens et il n'est pas rare qu'il soit sollicité pour arbitrer des litiges familiaux, pour tempérer des discussions au sujet d'un vol de dromadaire, pour négocier une parcelle de terre ou pour régler un problème administratif. Toujours prêt à rendre service, il est devenu, au fil du temps, la personne incontournable de ce chef-lieu. Sa passion de l'Afrique n'est pas feinte, sa connaissance approfondie des nomades et de la région de l'Adrar l'atteste. Nous partageons les mêmes idées sur l'existence, l'avenir de cette planète... et nous avons souvent refait le monde une bière à la main !

Nous parlons ensemble de la Majâbat al-Koubrâ, jusqu'assez tard dans la nuit.

L'arrivée à Chinguetti

Le début de la piste, réellement exécrable, conduit à une falaise de plusieurs centaines de mètres de haut. Puis elle s'enfonce à l'intérieur d'une gorge, la passe d'Amojar, qui permet d'atteindre le plateau. D'énormes cailloux éclatés et décrochés par les différences thermiques entre le jour et la nuit jonchent le bas de ces remparts naturels. Le paysage est splendide : l'érosion a modelé de véritables canyons au milieu de cette montagne déchiquetée. Les différentes strates donnent un aspect marbré à la falaise dont la déclinaison de couleurs varie du violet au jaune ocre. Je m'arrête fréquemment pour filmer et prendre des photographies, car je dispose d'une excellente luminosité. Arrivé en haut de la passe, je longe un chantier où de vieux bulldozers attaqués par la rouille semblent attendre leur utilisateur. La piste exigerait un entretien régulier, et je ne crois pas que ce soit le cas. Je repère la piste du sud, celle qui mène à Tikjikja : elle est à peine balisée et est dans un sale état. Le dessus du plateau est plat, rocailleux et s'enfonce inexorablement, à environ 60 kilomètres d'ici, sous les sables de la Majâbat al-Koubrâ. Une bonne vieille tôle ondulée recouverte de latérite, moins cassante que celle de la plaine, me conduit jusqu'à Chinguetti. Mes seuls compagnons de route sont de gros lézards *(Uromastix acanthinurus)*, appelés communément « fouette-queue », qui se réchauffent au soleil, et deux chameliers qui me saluent. Je m'arrête pour les regarder s'éloigner et pour suivre leurs silhouettes qui disparaissent sur l'horizon ensoleillé.

Huit kilomètres avant d'atteindre Chinguetti, je traverse la piste d'aviation formée d'une mince couche de graviers recouvrant le sable. C'est une piste de brousse, et il n'y a rien d'autre pour la signaler que ce simple ruban régulier de gravillons. Arrivé à l'auberge des Caravanes, je suis accueilli par N'Del, le gérant. À chacun de mes séjours dans cet établissement, N'Del me réserve toujours la même chambre, à l'étage. Elle est seulement aménagée de quelques plaques de mousse en guise de matelas et d'un tapis comme unique décoration. Non pas qu'elle soit plus luxueuse que les autres, mais c'est devenu en quelque sorte un rituel, un signe de notre connivence. Je considère N'Del comme mon petit frère mauritanien, et c'est la seule personne avec Taha en qui j'ai entièrement confiance dans cette ville. Il est toujours prêt à me rendre de petits services et me conseille dans la plupart de mes décisions qui ne sont pas forcément évidentes dans un pays qui n'est pas le mien et que je ne comprends peut-être pas toujours.

Sous le chant du muezzin

Je suis impatient de me rendre à la vieille ville, juste derrière l'oued. Je gare la voiture au pied du château d'eau offert par le président libyen Kadhafi. Un jeune gamin d'une dizaine d'années se propose de me servir de guide. Ses services ne me seront pas utiles, je connais bien cette ville pour avoir déambulé de nombreuses fois dans ces ruelles étroites. Ce sera seulement pour moi l'occasion de lui donner un petit cadeau en échange de son service. Lorsque l'on me demande quelque chose, je ne donne jamais rien sans une contrepartie. Ici, la plupart des jeunes ont pris la mauvaise habitude, avec le tourisme grandissant, de mendier sans vouloir faire le moindre effort pour obtenir des cadeaux.

Chinguetti est née vers le XIIIe siècle des eaux souterraines retenues par les grès du plateau de l'Adrar, à la jonction des sables du Ouarane. Cette hydrologie particulière et relativement accessible permit l'épanouissement d'une grande palmeraie, s'étendant à l'époque sur plusieurs dizaines de kilomètres. Cette ville fut fondée à proximité d'une autre ville, beaucoup plus ancienne, construite approximativement au IXe siècle par la tribu des Idaou Ali. Les sables, à l'est de Chinguetti, conservent encore de cette ville – aujourd'hui disparue – quelques rares pierres alignées dessinant le contour de certains murs d'habitation. Chinguetti commença par être une « ville noire », sous le contrôle des Soninkés animistes, avant l'expansion de l'islam par les conquêtes des guerriers Almoravides. Puis au XIVe siècle, à l'apogée de son rayonnement, son prestige s'étendait dans tout le monde musulman et donna son nom au pays tout entier – « pays de Chinguit ». Elle est considérée comme l'une des sept villes saintes de l'islam ; tous les pèlerins de Mauritanie s'y rassemblaient avant leur départ pour le long trajet vers La Mecque, à travers le Maghreb. Sa renommée culturelle et religieuse, réunissant un nombre impressionnant d'érudits et de savants, fut considérable et dura jusqu'au début du XXe siècle. À cette époque, onze mosquées dressaient leur minaret à l'intérieur de son enceinte qui n'abritait pas moins de vingt mille personnes. (Fuyant les sécheresses et le sable qui engloutit petit à petit la cité, la population a considérablement diminué aujourd'hui, et l'on ne compte plus qu'un millier d'habitants.)

Chinguetti est, pour nous Européens, avant tout réputée pour ses nombreuses bibliothèques privées, vestiges de ce glorieux passé. La plus conséquente d'entre elles renferme plus de mille trois cents manuscrits, dont certains très anciens datent du IIIe siècle de l'hégire. Ce patrimoine intellectuel inestimable a connu malheureusement de sérieux problèmes de conservation et d'entretien. Par ailleurs, certaines œuvres appartenant à des particuliers ont été vendues lors des grandes périodes de disette.

Le gamin et moi cheminons dans les rues ensablées délimitées par les hauts murs de pierre des habitations, le plus souvent en ruine. Nous marchons en direction de la mosquée, c'est l'heure de la communion avec leur Dieu, Allah, et ce monde de silence s'emplit doucement du murmure de leurs prières. C'est un moment étrange, une atmosphère d'une intensité indescriptible, où l'esprit, l'âme de cet univers minéral se réveille et parle. Ces voix sans visage me bouleversent. C'est précisément cela que je suis venu chercher à mon arrivée, ce moment magique, unique où l'émotion m'envahit au point que je ne peux plus rien contrôler. Les larmes coulent le long de mes joues ; ça y est, je viens de prendre conscience que la route est finie, je suis enfin arrivé à Chinguetti. Maintenant une nouvelle vie m'attend, celle que le désert exige. Sous les yeux du gamin ébahi, je réussis à me hisser sur un mur et j'aperçois à présent, vêtus de leur drâa sombre (tunique traditionnelle mauritanienne), des hommes de dos, à genoux, tournés vers le minaret, qui implorent la miséricorde de Dieu. Malgré mon athéisme, j'ai beaucoup de respect pour les hommes de foi, toutes religions confondues. Ces croyants sont souvent érudits et tolérants. En principe, ils se détachent et s'éloignent de toutes les formes d'intégrisme qui dénaturent, politisent les textes sacrés et écartent les gens de la sainte vérité originelle. Je sais déjà que ce moment, cet endroit, resteront gravés dans ma mémoire par la puissance émotionnelle qu'ils ont engendrée dans mon cœur.

Nous poursuivons notre chemin, le jeune Mauritanien me fait visiter deux des bibliothèques de Chinguetti. Dans la seconde, c'est un jeune Maure qui fait office de gardien. Parlant admirablement bien le français, il prend plaisir à me montrer les vieux manuscrits dont il est, en quelque sorte, le conservateur. J'aimerais filmer ces témoins précieux de l'histoire de Chinguetti, mais la lumière est insuffisante à l'intérieur du bâtiment.

Ma balade à travers les rues de Chinguetti n'a pas échappé aux habitants, et lorsque nous sortons de la bibliothèque, un groupe de femmes nous attend. Installées à même le sable, elles ont, chacune, rapidement confectionné leur « petite boutique » : un morceau de tissu posé sur le sol leur sert de présentoir où des objets sans grande valeur sont étalés pêle-mêle. Par respect, je prends le temps de regarder chaque petite boutique et de saluer chaque jeune femme qui se tient accroupie derrière son magasin de fortune. À la fois timides et curieuses, elles regardent en riant. L'une d'entre elles me propose des pointes de flèche. Amusé à mon tour, je me prends au jeu et réponds au sourire de la jeune vendeuse, particulièrement jolie de surcroît. Je suis intéressé par un collier en perles de verre et de terre cuite, imitant parfaitement les anciennes parures typiques de l'Adrar. Naturellement je discute, comme l'usage l'exige. Après quelques politesses échangées, la transaction est réalisée, mais j'avoue que le charme de mon interlocutrice a joué un grand rôle dans le marchandage, et je repars convaincu d'avoir payé trop cher ce bijou ! Une vingtaine de gamins m'entourent à présent et ils n'ont rien perdu du spectacle. Ils ont bien compris que j'étais un médiocre négociateur et veulent tous m'extirper quelques cadeaux. Je ne cède pas et le dialogue finit par s'installer. Ces enfants veulent à tout prix sceller notre rencontre et en garder une trace. J'accepte alors d'inscrire mon nom sur l'un des murs à l'aide d'un morceau de charbon de bois ; les gosses font alors de même en riant. En regagnant la Land Rover, je prends à part le gamin qui m'a accompagné et lui donne, loin du regard des autres, trois cahiers et deux stylos. Je ne sais pas s'il va à l'école. Je l'espère, mais je sais que ces modestes objets peuvent le dépanner. Je passe devant la gendarmerie. Il n'y a personne, ils sont sans doute partis prier. Je signalerai mon arrivée demain. Le soleil est à présent bas sur l'horizon et je rentre à l'auberge.

En arrivant, j'ai la surprise de constater qu'elle est envahie par une horde de touristes, de vrais touristes en tennis et en short, arrivés avec le charter d'Atar. Je me fais discret, je rase les murs, je n'ai pas du tout envie de les rencontrer. Je grimpe deux par deux les marches de banco qui me conduisent à ma chambre. On la surnomme le « château », car c'est une pièce isolée, située au bout d'une longue terrasse qui domine le reste de l'auberge. C'est l'endroit idéal pour moi. Il me permettra de m'isoler et de travailler sans être trop dérangé. Cette unique pièce sera en effet pendant plusieurs semaines ma maison, mon bureau, mon repère. Après que j'ai fini de ranger mes affaires et de parfaire l'installation de mes « nouveaux appartements », N'Del vient me chercher pour le repas du soir. Je n'ai guère envie de me mêler aux vacanciers, d'entendre leur rire et de partager leur conversation. J'ai besoin au contraire de calme et de sérénité. N'Del semble comprendre mon état d'esprit et me propose de dîner sur la terrasse, loin du tumulte des touristes. Je finis le repas par un thé. Je me sens heureux et serein ce soir. La journée fut assez chargée et sous ma couverture certaines images me reviennent en tête pendant que le sommeil me transporte dans un autre monde.

À 6 h 30, je suis réveillé par la troupe joyeuse des touristes qui prennent possession des 4×4 mis à leur disposition par leur tour-opérateur. Ils commencent leur visite marathon : en une semaine, ils sont censés connaître le pays et ses habitants. Le gouvernement mauritanien a énormément encouragé et développé cette forme de tourisme, source de revenus non négligeables, particulièrement pour un pays comme la Mauritanie. Mais à quel prix ! Le sable autour des anciennes villes comme Chinguetti, Ouadane ou Terjit est maintenant souillé de sacs plastique, de boîtes de conserve et de toutes sortes de détritus jetés par des vacanciers sans scrupule, sans éducation. C'est en partie à cause de ces touristes « à la petite semaine » que les nomades, bien qu'ils profitent plus ou moins de cet engouement étranger pour le désert, en servant de guide notamment, regardent d'un œil désapprobateur l'arrivée de ces pollueurs qui dénaturent peu à peu leur terre.

Le calme revient, j'ose enfin sortir pour me diriger vers les douches communes. J'oublie vite ce réveil tonitruant et retrouve mon calme en traversant pieds nus la terrasse. J'admire le lever du jour dans un ciel embrasé ; les couleurs sont déjà intenses tandis que le soleil rougeoyant se profile à l'horizon. Ma toilette se fait dans une bassine d'eau froide à peine réchauffée par une casserole d'eau chaude. C'est un peu rude, fini le bonheur des douches brûlantes au petit matin ! Je prends un café, assis sur les marches de l'escalier, le visage baigné par les premiers rayons du soleil. Je salue trois employés que je ne connais pas encore. Leurs yeux trahissent une envie irrésistible de me poser des questions. Ils n'osent pas me déranger pendant mon petit déjeuner pour converser. Ils vont et viennent, observent, attendent que je repose ma tasse vide. Alors, l'un d'eux s'approche et me demande si c'est bien moi le Blanc qui veut aller jusqu'à Tombouctou sans passer par les puits. J'acquiesce, et soudain un grand sourire illumine son visage. Il a l'air heureux d'avoir fait ma connaissance. Pour certaines personnes, je dois passer pour un fou et pour d'autres, pour un futur héros. Apparemment, il semble qu'il ait rejoint mon camp, il me propose même ses services de blanchisseur contre quelques pièces de monnaie. Je n'oublierai pas son dévouement et ne manquerai pas de lui donner mon linge. C'est un Maure d'une trentaine d'années à la peau très blanche, extrêmement sympathique. Il sait se montrer jovial malgré les railleries dont il fait l'objet à cause de sa petite taille. Le regard des autres, en Afrique ou ailleurs, est dérangeant lorsque, comme lui, on est nain.

Je retourne dans ma chambre et profite de la fraîcheur matinale pour me lancer dans le bricolage et réparer le volet endommagé qui a perturbé mon sommeil la nuit dernière. L'air était en effet assez frais hier soir, la température nocturne pouvant descendre très bas à cette saison, et particulièrement lorsque le vent du nord-est se lève. C'est en récupérant les deux planches manquantes du volet, tombées un étage plus bas, que je croise Ahmed Ould Wenane. Informé de mon arrivée, le propriétaire de l'auberge venait me saluer. Ahmed, par son érudition et sa richesse, peut se présenter sans conteste comme l'un des hommes les plus importants de Chinguetti. Il a en effet bâti sa fortune sur le tourisme qu'il a développé à une époque où tout était à faire, et il est par ailleurs l'homme quasi incontournable en matière de logistique. Je compte d'ailleurs faire appel à ses services pour mettre au point certains détails de ma méharée. Bien entendu, les qualités de Ahmed ne se réduisent pas à ses compétences dans les affaires. Il a fait ses études de commerce en France, ce qui explique qu'il parle très bien notre langue et qu'il se soit quelque peu européanisé. C'est un homme intelligent qui s'est attaché à l'histoire de cette ville, à son patrimoine et à son peuple. Il investit d'ailleurs beaucoup de son temps et de son argent dans la restauration des maisons traditionnelles et des vieux manuscrits. Son visage un peu rond, toujours traversé d'un large sourire, me met de bonne humeur à chacune de nos rencontres et j'aime l'entendre répéter, de sa voix basse posée, qu'il y a toujours des solutions aux problèmes. Bref, c'est véritablement un personnage ! Plein d'allégresse et de plénitude, il sait communiquer sa joie de vivre. Outre sa personnalité peu commune, Ahmed demeure avant tout, pour moi, l'homme qui en 1998 m'a présenté Taha Ould Bouessif, celui qui allait devenir le complice, l'ami.

Les retrouvailles avec Taha

L'amitié de Taha, sa confiance et sa fidélité n'ont jamais failli et je lui en suis profondément reconnaissant. Pourtant, à peine vingt-quatre heures après mon arrivée à Chinguetti, des rumeurs invraisemblables sont colportées et me déstabilisent quelque peu : Taha ne souhaiterait plus m'accompagner dans la Majâbat al-Koubrâ. Il en aurait fait part à un vieux chamelier, ami de son père. Cette nouvelle m'a été rapportée naturellement cet après-midi, lors de ma visite chez un commerçant spécialisé dans le matériel de bât pour dromadaires. Je ne peux être certain de la véracité de ces propos. Pourtant, je dois avouer qu'à ce moment précis, je suis à la fois inquiet et perplexe : inquiet car je n'avais, en aucun cas, envisagé la traversée sans lui, et perplexe car Taha est un homme de parole. Je ne peux imaginer qu'il puisse se défaire de la promesse qu'il m'avait faite, il y a deux ans. Je suis conscient que cette méharée exige de lui des sacrifices extrêmes. Il lui faut laisser pendant plus de deux mois sa femme, ses sept enfants et tout le reste de sa famille dont il a la charge. Il était convenu, évidemment, que je donnerais un petit pécule à son épouse durant son absence et que lui-même recevrait un véritable salaire à la fin de notre périple. Mais qu'est-ce que l'argent face aux responsabilités d'époux, de père et de chef de la petite communauté installée aux Gneïba ?

Ne pouvant me permettre de me laisser assaillir par les doutes, je partirai voir Taha dès demain. Dans l'immédiat, je rejoins Ahmed pour le dîner, au réfectoire de l'auberge des Caravanes. Il me présente les personnes qui travaillent ou gravitent autour de l'auberge ; toutes appartiennent de près ou de loin à sa famille. Certaines d'entre elles sont à son service par tradition. Historiquement, en effet, les grandes familles comme celle d'Ahmed possédaient des esclaves. Le statut de ces derniers a évolué de générations en générations : d'esclaves, ils sont devenus de lointains « cousins » qui demeurent néanmoins dans un état de servitude. Si l'on ne parle plus aujourd'hui d'esclavage, cette forme de soumission ne demeure pas moins un sujet épineux en Mauritanie et fait encore partie intégrante de l'économie du pays. C'est un système complexe qui repose sur une hiérarchisation d'ethnies et de clans. Les deux castes dominantes sont par ordre d'importance : celle des guerriers *(hasssan)* et celle des marabouts *(zwaya)*. Cette autorité politico-religieuse transmise de génération en génération s'exerce sur des groupes dominés, les tributaires, les artisans, les griots, les affranchis et tout en bas de l'échelle les esclaves. Avec le groupe des tributaires *(aznaga)*, les deux ensembles dominants (guerrier et marabout) constituent la société des Beydan ou « Maures blancs », comprenant de nombreuses sous-catégories hiérarchisées. Viennent ensuite les familles assujetties par leur lignée, représentées par les artisans *(maalemin)*, les griots *(igaouen)*, les affranchis *(harratine)* et les esclaves *(abid)*, qui se placent sur une échelle sociale décroissante dans leurs droits et croissante dans leurs soumissions. Les affranchis et les esclaves se situent en bas de l'échelle et sont habituellement appelés « Maures noirs ». Ces deux groupes forment l'ensemble le plus important de la société mauritanienne par leur poids démographique et jouent donc un rôle non négligeable dans l'économie du pays. N'oublions pas que l'esclavage n'a été théoriquement aboli qu'en 1983 en Mauritanie.

Au cours de ce repas familial, je rencontre beaucoup de monde. Je ne sais pas si j'arriverai à me souvenir de tous les noms et de tous les visages. Je crois, cependant, que je me souviendrai de Batty. Celui-ci est assis en face de moi, de l'autre côté de l'immense plat de couscous. Je le remarque presque immédiatement car il parle très bien le français. Ahmed me le présente, il s'agit du petit cousin d'un garçon que j'avais connu en 1998 et qui, depuis, est mort dans un accident de taxi-brousse. C'était un gamin de 15 ans avec lequel j'avais beaucoup sympathisé. Il était président d'une association de jeunes qui aidaient les nomades les plus démunis à s'installer et à se sédentariser dans des maisons restaurées de la vieille ville de Chinguetti. En contrepartie, ces nomades devaient participer à la lutte contre l'ensablement des rues de la ville.

Batty est un jeune homme de 23 ans, plein de vigueur et de bonne humeur. N'étant pas marié, il est encore considéré comme un enfant par les hommes de cette tablée. Ce garçon, loin de sa famille, a été confié à Ahmed, devenu son tuteur officiel. Je demande donc à ce dernier l'autorisation de pouvoir emmener Batty aux Gneïba (là où vit Taha), avec l'équipe de tournage, afin qu'il puisse servir d'interprète. J'avais cru déceler chez ce jeune homme qu'il ne serait pas contre une petite escapade loin des murs de l'auberge. Ma proposition est acceptée. Batty semble satisfait : cela fait un moment qu'il n'a pas dormi dans le désert. Dans la tradition mauritanienne, passer une nuit dans le désert est une sorte d'hommage rendu aux ancêtres.

Vers 22 heures, je quitte cette assemblée hospitalière, heureux de cette rencontre avec Batty et certain que nous deviendrons amis.

Mes retrouvailles avec Taha ont sans doute motivé mon réveil. Je suis debout très tôt le lendemain. Je croise

N'Del dans la cuisine de l'auberge. La chevelure ébouriffée comme chaque matin et la couverture de la nuit sur les épaules, il s'enquiert de la route que je vais prendre. J'ai le choix entre la longue piste de Ouadane, la seule balisée, ou la piste la plus rapide, celle de l'oued et des dunes. J'ai opté pour les dunes, une route que je n'ai faite qu'une fois, il y a six mois, et j'espère me souvenir des passages obligatoires et des zones à éviter sous peine d'ensablement. Il me demande si je souhaite que quelqu'un m'accompagne, mais je préfère être seul pour ce jour de retrouvailles. Avant de partir, je lui signale que je compte revenir demain soir, *In sha Allah.* Si je ne suis pas de retour avant la tombée de la nuit, il pourra toujours partir à ma recherche. Cette piste s'étend seulement sur 80 kilomètres jusqu'aux Gneïba, mais je ne suis pas à l'abri de m'égarer dans le désert ou, plus probablement, de subir un ensablement jusqu'au châssis, un radiateur percé, des durites de refroidissement qui explosent ou encore une crevaison sur les passages caillouteux. Le genre de « soucis » que j'ai déjà connu les fois précédentes et qui pose un réel problème de survie lorsque l'on traverse seul ces régions en hors-piste. C'est pourquoi les chauffeurs préfèrent la route tracée, deux fois plus longue il est vrai, mais plus sécurisante. Je ne recherche pas spécialement la difficulté, le désert recèle suffisamment de mauvaises surprises ! Je suis simplement conscient qu'il me faut faire mes preuves et montrer aux nomades chameliers que je suis à la hauteur de mon projet de méharée. C'est pourquoi je tiens absolument à prendre cette piste et à arriver dans le village de Taha par cette voie, plus pénible et plus contraignante, qui m'apportera une certaine estime, un début de légitimité. Mon arrivée, seul et par cette route de sable, est une manière de leur prouver que le désert ne me fait pas peur et que je me sens, au contraire, à l'aise dans cet élément minéral.

8 h 30. Je démarre péniblement la Land Rover. Depuis que j'ai parcouru la piste de tôle ondulée qui relie Atar à Chinguetti, le véhicule est capricieux chaque matin. Les vibrations de la piste ont sans doute endommagé le système d'alimentation électrique, et peut-être même les charbons du démarreur. Pour lancer le moteur, je suis obligé de taper sur le groupe de démarrage à l'aide d'un marteau. J'appréhende le passage des dunes. Si je cale, je me verrai dans l'obligation d'attendre une éventuelle voiture qui me tractera et me fera redémarrer. Je roule à présent dans l'oued de Chinguetti en direction du nord-est ; la conduite sur ce sable est difficile. Les roues du véhicule rencontrent parfois des plaques de sable très molles et je suis obligé de rétrograder rapidement afin d'obtenir plus de puissance moteur en augmentant le couple et de sortir au plus vite de ces passages propices à l'ensablement. J'essaie de deviner et d'éviter ces zones, mais ce n'est pas facile car la couleur du sable ne les différencie pas.

Au bout de 12 kilomètres, je quitte l'oued pour attaquer les formations dunaires à travers une passe très étroite. Je poursuis ma route entre deux cordons de dunes dont les plus hautes atteignent une trentaine de mètres. Je roule en suivant les flancs est de ses cordons. À ce niveau, le sable est plus dur et je peux maintenir une bonne allure. Parfois, pour ne pas perdre mon élan et risquer d'enliser le véhicule jusqu'à la garde, j'évite de freiner. Le véhicule décolle sur les petites dunettes formées par les vents tourbillonnants. Si ce genre de conduite, un peu sportive, me permet d'éviter au maximum l'ensablement, elle peut m'amener, en revanche, à retourner le véhicule. Cette éventualité ne m'enchante guère plus, je dois bien l'avouer. J'essaie d'être le plus prudent possible.

Au bout de 40 kilomètres, je débouche sur l'oued fossile de El-Rhéouya, qui n'a pas connu de crues depuis des millénaires. Ce passage est difficile et en quelques manœuvres hasardeuses, le Land est planté sur le sommet de la dune, les roues dans le vide. Il est 10 h 15 quand je me mets à l'ouvrage ; le soleil n'est pas encore au zénith. Au bout d'une heure, je n'en peux plus. Je suis épuisé, le visage et la bouche pleins de sable. Je place mes plaques métalliques de désensablage sous les roues avant, en les enfonçant le plus possible. Les roues patinent un peu, puis réussissent à accrocher les plaques ; ça y est, la voiture bouge et finit par sortir des deux ornières.

Je retiendrai de cette mésaventure qu'il me faut rouler encore plus vite et apprendre à mieux appréhender les obstacles. La conduite dans le désert exige une technique particulière. Malgré mon expérience de plusieurs dizaines de milliers de kilomètres en Afrique, il m'arrive encore de me faire piéger. Je suis obligé, désormais, de vérifier sans cesse la température du radiateur sur le tableau de bord. L'aiguille monte jusqu'à la limite de la zone rouge. La température extérieure qui avoisine les 35 °C ne permet plus au moteur, fortement sollicité, de refroidir. De temps en temps, je m'arrête face au vent en le laissant tourner au ralenti. Je profite de ces moments-là pour observer les couches de sable. La surface sous mes pieds est constituée de gros grains gris-jaune et par endroits, quelques débris de roches taillées signalent une activité humaine préhistorique. Je ne trouve pas d'objets entiers (pointes de flèche, meules, haches), uniquement des morceaux brisés. Je pense que les plus beaux spécimens lithiques ont déjà été ramassés par les nomades pour le marché touristique. J'observe également l'accumulation des sables et les formations de petites dunes qui deviendront au fil du temps de véritables barkhanes obstruant le passage des véhicules. Une fois l'aiguille de température redescendue au milieu du cadran, je repars en essayant de conduire au maximum en sous-régime pour ne pas être obligé de m'arrêter dans 3 kilomètres. Je rejoins la piste traditionnelle qui traverse l'Herrour en direction de Ouadane. Je roule maintenant à bonne allure, en évitant les quelques pièges de la route, trous, bosses et touffes de végétation. J'aperçois alors les huttes qui pour l'instant ne sont encore que des points sombres se découpant sur l'horizon. Encore un kilomètre et je retrouverai mon ami Taha... Je suis très impatient...

Je me souviens de notre première, c'était en 1998 à l'occasion d'une méharée. Nous avions parcouru 800 kilomètres de Chinguetti à Kiffa, en un mois, sur une ancienne piste caravanière servant au commerce de l'or et des esclaves. Nous nous sommes revus, ensuite, pour une autre traversée dans les Aklès du Tâyâret Idoua'Ali. Quelque 240 kilomètres seulement, mais nous ne disposions que de six jours pour les effectuer : c'était un raid d'entraînement. Le souvenir de cette marche reste douloureux : nous cheminions dans un sable très tendre, jonché de petites dunes qui nous contraignaient à des arrêts fréquents pour trouver un passage adéquat. Ces deux méharées nous ont permis, à Taha et moi, de nous jauger, de nous connaître, de nous apprécier et enfin de nous respecter l'un l'autre. À cette époque, mon projet cheminait dans mon esprit. Je crois que j'ai su dès le début que Taha serait mon compagnon de route. J'ai participé avec lui à la Guetna, la fête des dattes, je l'ai aidé à construire sa petite école, à planter sa palmeraie et à bétonner son puits.

Je m'approche de son village et ralentis à l'apparition des premières huttes. Quelques personnes se tiennent debout à l'entrée de leur habitat ; toutes me regardent, m'observent avec curiosité, mais Taha ne fait pas partie de cet attroupement. Je gare le véhicule un peu en retrait des habitations et me dirige, le cœur serré, vers la case en branchage de Taha. D'un rapide regard, je constate que rien n'a changé depuis mon dernier passage, il y a six mois. Je ne suis plus qu'à une vingtaine de mètres de sa demeure quand je le vois enfin apparaître sur le seuil. Il me sourit, puis s'avance vers moi de sa démarche légèrement hésitante. Une émotion tellement puissante s'empare de moi que je ne cherche même pas à essuyer les larmes qui viennent mourir sur mes joues. Je suis heureux, heureux qu'il se tienne là devant moi, bien vivant, paraissant en bonne santé. Je réalise à cet instant que, durant ces quelques mois qui nous ont séparés, j'ai eu peur de le perdre. Cette méharée n'est pas uniquement mon aventure, elle sera le cheminement de deux hommes poussés par leur amitié, leur confiance réciproque. Jamais je ne pourrais entreprendre cette traversée avec un autre que lui : cette marche de la démesure lui appartient autant qu'à moi. Je suis bien incapable de lui exprimer tous ces sentiments, j'ai la gorge trop nouée, mais je le serre avec force dans mes bras. On se tapote le dos tout en effleurant nos joues : c'est l'accolade rituelle, le salut habituel de deux « frères », chez les nomades maures.

Son nom, Ould Bouessif, signifie « fils de l'homme qui porte l'épée ». Taha est le descendant d'une longue lignée d'ancêtres issus d'une caste guerrière. Taha Ould Bouessif a déjà 47 ans. Sur sa carte d'identité, seule l'année de naissance est mentionnée, et lui-même ignore le jour de son arrivée sur terre. Il n'est pas très grand, plutôt trapu, corpulence inhabituelle chez les Maures blancs. Son visage anguleux souligne son front haut et dégagé ; son nez légèrement épaté, ses pommettes saillantes, sa forte mâchoire et ses yeux, noirs et pétillants, lui donnent un air calme et sympathique. Il porte une petite barbichette, qu'il ne cesse de peigner de ses doigts et qui masque un visage complètement buriné par le soleil. Toujours vêtu de la même façon, il porte un seroual qui lui arrive à mi-mollets, une tunique de chamelier à poches, d'un beige totalement délavé, un chèche bleu ciel constamment enroulé sur le dessus de la tête et ses inséparables tongs en plastique, rafistolées maintes et maintes fois. Les jours de vent venant du nord-est, il rajoute sous sa tunique en tissu léger une vieille chemise ou un tee-shirt pour se protéger du froid.

Je salue chaleureusement N'Da, l'un des fils de Taha, avec lequel nous avions fait cette longue méharée en 1998. À l'époque, Taha m'avait convaincu de l'emmener avec nous, il tenait beaucoup à ce que cet enfant de 11 ans nous accompagne pour sa première vraie méharée, sa première initiation. À l'époque, N'Da était beaucoup plus préoccupé par sa petite copine qu'il voyait tous les jours dans son école de brousse que par ce voyage. Taha m'invite à entrer dans la plus grande hutte, celle réservée à la réception des amis. Nous prenons place sur une natte tissée à l'aide de tiges séchées, tandis que N'Da prépare le thé de bienvenue. Sa famille vient ensuite se joindre à nous et s'installe en cercle. Il y a sa femme, sa sœur, trois de ses fils, un vieil oncle et le marabout qui enseigne le Coran aux enfants. La présence de ce dernier m'indique d'ores et déjà que la discussion sera menée avec sérieux et qu'il se tient là pour donner son avis d'homme de foi. Toutefois, avant de se lancer dans cette conversation, Taha s'enquiert de ma compagne, qu'il avait rencontrée cet été, et s'étonne de son absence. Je m'efforce de lui expliquer que son emploi ne lui permettait pas de quitter la France à cette période, mais ce nomade musulman ne comprend pas pourquoi ma « femme » ne se tient pas à mes côtés avant le départ. Cette remarque m'incite à lui poser la question cruciale : « Taha, es-tu toujours d'accord pour m'accompagner dans la traversée de la Majâbat al-

Koubrâ ? » Il prend quelques secondes de réflexion et me répond : « Régis, tu es mon ami, personne ne veut t'accompagner, tu le sais. Mais moi, je ne te laisserai pas. Je t'ai donné ma parole. Depuis deux ans cela m'empêche de bien vivre, j'y pense sans arrêt. Je viendrai avec toi dans cette méharée, sinon mon sommeil continuera d'être tourmenté. Tu sais que cette traversée va être très difficile, peut-être y laisserons-nous notre vie. Régis, la vie est difficile et, pourtant, les hommes la traversent. » Ces quelques mots me soulagent. Je réalise que pour Taha, comme pour moi, cette expédition est devenue obsessionnelle et que rien ne pourra nous empêcher de la tenter. Je suis rassuré, la confiance que je lui accorde depuis toujours ne se dément pas, bien qu'il éprouve de la crainte. Les gens de Chinguetti ont eu tort de me faire douter de sa promesse mais je suis encore bien plus fautif d'avoir pu remettre en question, même un instant, l'honneur de mon ami. Je peux à présent oublier ces moments d'incertitude. Je suis confiant. Un bonheur indicible m'envahit soudain. Comment pourrais-je laisser ma joie s'exprimer devant les proches de Taha ? Celui-ci me tend un premier verre de thé. Il est fort, sucré, je m'en délecte. Ce petit verre symbolise notre pacte, je l'en remercie. Chacun des membres de sa famille me regarde tour à tour, des reproches plein les yeux. N'Da lève la tête et pose son regard sur le mien ; il n'est plus le petit garçon timide qui nous avait accompagnés quelques années auparavant. J'ai désormais devant moi un adolescent à qui l'on prend son père pour lui faire courir des risques. Je suis terriblement mal à l'aise. La sœur de Taha est la seule personne à prendre la parole ; elle s'adresse directement à lui : « Mon frère, tu as des enfants en bas âge, que se passerait-il si tu ne revenais pas ? » Cette question me glace le sang. Je comprends que sa décision ne fasse pas l'unanimité dans sa famille. Taha, afin de mettre un terme à cette discussion, lui répond fermement : « La vie de mes enfants est entre les mains de Dieu. » « Et quand comptes-tu revenir ? » lui demande-t-elle. « Nous reviendrons quand le nécessaire sera fait », lui dit-il d'une voix sèche. Ce n'est sans doute pas la première fois que Taha échange ces propos pénibles avec sa famille mais il vient de réaffirmer ici son engagement et pour lui, il ne reste plus rien à dire. Le marabout se lève alors et prend la tête de Taha entre ses mains ; de cette façon, il lui transmet la protection du Tout-Puissant. La femme de Taha demeure silencieuse ; elle me regarde, et les quelques larmes qu'elle ne peut retenir coulent sur ses joues. Je partage et comprends sa profonde tristesse et son immense douleur. Je crois qu'elle aurait souhaité que jamais nous ne nous rencontrions, que jamais le destin me fasse croiser celui de Taha. Si jamais nous échouons et que la mort nous rattrape, alors je sais que dans le cœur de cette femme, je serais l'homme qui lui aura enlevé son mari. L'homme qui aura tué ce chef de famille et la laissera seule, avec la lourde charge d'élever sept enfants. Je m'y étais préparé en venant ici, mais les yeux humides de cette femme me renvoient à mon indécente culpabilité. Peut-être devrais-je décider de partir seul et laisser ces gens en paix. Taha me tend une poignée d'arachides et un deuxième verre de thé. Il me confirme que nous allons effectuer un grand voyage, bien plus grand encore que ce que nous avions imaginé. Ses paroles me réconfortent et dissipent mes doutes. Je l'observe et décèle dans son regard une véritable étincelle d'excitation. Cette aventure est aussi la sienne, il s'y est préparé depuis longtemps.

Après un troisième thé, N'Da nous apporte le repas à base de viande et de semoule, accompagné d'une petite calebasse de *Zrig*, le lait de chamelle mélangé à un peu de sucre et d'eau. Avec tous les hommes du clan, nous prenons place autour d'un grand plat en fer-blanc chargé de victuailles. Certaines personnes me sont inconnues. Ce sont sans doute des nomades de passage qui viennent partager notre déjeuner. J'écarte les morceaux de viande. Taha n'est pas offensé, il sait que je ne mange que rarement de la viande. La discussion porte, surtout, sur le choix et le nombre de dromadaires à emmener, sur le matériel et sur l'itinéraire. Je leur signale que j'ai l'intention de faire importer des animaux du sud de la Mauritanie, parce que je considère qu'ils seront plus robustes que ceux de l'Adrar. Ce choix déclenche de vives discussions, car les nomades de la région sont fiers de leurs bêtes. C'est une décision que nous avions prise l'été dernier, Taha et moi. Mon futur compagnon de route me précise qu'à l'arrivée des dromadaires, son fils aîné les prendra en charge pendant que nous finirons de préparer notre matériel. Un homme me demande si nous serons armés. Je le lui confirme. Un autre convive axe la conversation sur les Touaregs. Ces derniers ont toujours été au centre de polémiques ancestrales. En effet, les Réguibats sont par tradition guerrière les ennemis des Touaregs. L'histoire du Sahara témoigne des incessantes razzias qui ont opposé ces deux ethnies jusqu'à la pacification de la région par les troupes coloniales françaises. Chacun y va de son hypothèse concernant les différentes stratégies que pourraient employer les Touaregs en cas d'attaque de notre méharée. Taha me demande alors, lorsque je retournerai sur Atar, de lui acheter une cinquantaine de cartouches pour son vieux fusil. Si cela peut le rassurer, j'accepte volontiers. Je sais qu'il s'en servira au moins pour chasser. De mon côté, j'essaierai également de me procurer une arme au marché noir. C'est sans doute plus prudent sur un territoire peut-être hostile.

Je racle encore un peu de semoule avec un morceau de pain trempé dans la sauce puis me délecte de Zrig.

À la fin du repas nous nous lavons les mains, plus spécialement la droite, la main symbole de pureté dans l'islam et qui sert par conséquent à porter les aliments à la bouche. Nous refaisons une tournée de thé. Il est 16 heures quand les convives nous quittent et je me retrouve, enfin, seul avec Taha. Un moment que je commençais à attendre avec impatience.

J'en profite pour déplier la carte et lui expliquer à nouveau l'itinéraire et les difficultés que nous allons rencontrer sur le terrain. Je tenais à être seul avec lui pour aborder ce sujet, car je ne voulais pas que tout le monde se mette à discourir sur les options que j'ai choisies. Taha m'écoute avec attention, il est conscient que la plus grosse inconnue reste le centre de la Majâbat al-Koubrâ, une zone nommée « El Mreyyé ». D'après Théodore Monod, cette région est si aride et si désolée qu'il n'existe même pas de véritables dunes, rien, aucun artefact qui permette leur formation. C'est une masse de sable immense et plate où rien ne pousse. C'est le désert dans sa définition la plus extrême. Cela nous inquiète, car nous ne pourrons pas compter sur quelques touffes de sbot ou de hâdh pour alimenter les dromadaires. Il nous faudra traverser au plus vite cette zone, approximativement de 500 kilomètres, si nous ne voulons pas perdre nos animaux. En d'autres termes, cette partie devra se faire en une quinzaine de jours, au grand maximum. Nous emporterons de toute façon un peu d'avoine en cas de besoin.

En fin d'après-midi, Taha me demande de l'accompagner jusqu'à un puits situé à une demi-heure de marche des Gneïba afin d'y abreuver ses dromadaires. Nous rassemblons le cheptel et, pour le conduire, nous accrochons une corde au niveau de l'anneau nasal de chaque animal. Taha disparaît dans une petite cabane en tôle ondulée et en ressort avec le *délou* en peau de chèvre qui nous servira à puiser l'eau. Au sein du troupeau, je reconnais le dromadaire blanc qui nous avait accompagnés en 1998. Ayant compris en un clin d'œil l'affection toute particulière que je porte à cet animal, Taha équipe ce dernier avec une selle pour que je puisse le monter. Ce geste me fait énormément plaisir, je n'osais l'espérer. J'enlève mes chaussures, pour ne pas blesser ma monture, et grimpe sur son dos. Aussitôt, celle-ci se redresse sur ses pattes et nous voilà partis en direction d'un soleil un peu voilé qui descend maintenant sur l'horizon. Ce moment me remplit de sérénité et de bien-être. J'oublie un instant toute la tension liée aux préparatifs de cette expédition.

Le soir, je suis invité à dormir sous la hutte d'ami. J'accepte la proposition. La famille de Taha nous ayant rejoint, nous passons la soirée à discuter de choses et d'autres et à évoquer des souvenirs communs. J'ai emporté quelques photographies de ma précédente venue, qui passent de mains en mains, copieusement commentées. La sœur de Taha me montre les objets traditionnels (calebasses, cuillères, guerbas, microlithes, haches néolithiques...) qu'elle a collectés ou fabriqués afin de les vendre sur le marché touristique de Chinguetti.

Le lendemain, je suis réveillé très tôt par les récitations coraniques des enfants installés sous la hutte du marabout. J'allume un feu dans le petit foyer amélioré pour faire chauffer l'eau de la théière. Le froid est vif à cette période de l'année, et je me rapproche le plus possible des braises naissantes. Une fois réchauffé, je fais quelques photos des enfants assis par terre, leur tablette sainte entre les jambes. Ces récitations harmonieuses des versets coraniques se rapprochent par moment de la mélodie de certains chants liturgiques. Ce début de journée prend alors un aspect solennel. Le rougeoiement du soleil commence à apparaître à l'est. Taha me rejoint et me salue par un grand *es salâm aleikum.*

Je le salue à mon tour, et nous prenons tranquillement à même le sable le thé agrémenté de petits biscuits secs et d'arachides. Tout à l'heure, nous partirons ensemble pour Chinguetti. Nous avons encore beaucoup de choses à préparer.

Après plusieurs verres de thé, Taha s'absente quelques minutes et revient avec son vieux fusil rafistolé et une sacoche contenant quelques cartouches. Il veut me montrer, par une bruyante démonstration, le type de munitions que je dois lui dénicher pour son arme. Il en sort une de sa poche, la frappe à l'aide d'un caillou au niveau du bourrelet pour le déformer légèrement. Une opération relativement dangereuse à mon avis, mais indispensable pour armer son fusil. La culasse étant trop usée, les cartouches flottent dans la chambre. Il cale le fusil entre ses pieds, pointe le canon vers le ciel et appuie sur la détente. Mais le coup ne part pas. Il extrait la cartouche et la pose à côté de lui. Je la prends et, en l'observant, je m'aperçois que l'amorce est pourtant bien percutée. Il en choisit une deuxième, cette fois dans la sacoche en cuir. Il la frappe à nouveau avec le caillou, l'enclenche dans la chambre, referme la culasse et tire. Dans un claquement assourdissant, la balle s'échappe du canon, pour se perdre à plusieurs centaines de mètres dans le désert. Il extrait la douille et me la tend pour que je fasse la différence entre les deux cartouches. Il me demande alors de garder la douille pour pouvoir lui en acheter de la même qualité. Il m'explique que les autres munitions ne fonctionnent qu'une fois sur deux. Je range soigneusement le précieux objet de référence dans la poche arrière de mon pantalon. J'ai compris la démonstration et j'ai surtout retenu que, si je voulais conserver l'audition, il ne fallait en aucun cas que je me tienne à côté de Taha lorsqu'il tire avec cette vieille pétoire.

Un peu plus tard, son fils N'Da s'avance vers nous, tenant le cadavre d'une poule dans la main droite. Il nous explique qu'elle est morte dans la nuit, attaquée sans doute par un chat sauvage. Il a repéré des traces de félin derrière l'enclos. Je suis très étonné, je sais qu'il existe des chats relativement bien adaptés aux conditions désertiques, mais je pensais que leur aire d'habitat se situait dans des zones à climat plus sahélien. Je suis curieux d'aller observer les empreintes, et N'Da s'empresse de nous les montrer. Effectivement, sur place, je constate qu'il s'agit bien d'empreintes de chat des sables *(Felis margarita)*, caractérisées par cinq coussinets distincts. L'animal a fait en vérité plusieurs victimes. On retrouve un poussin mort, égorgé au milieu de la paille du poulailler, et Taha me dit qu'un autre a disparu. Cette espèce de chat demeure malgré tout assez rare dans la région, pourtant Taha ne semble pas surpris par cette attaque. La particularité de ce chat est qu'il se nourrit également de vipères des sables qu'il tue avec une technique très étonnante. Il assomme en effet le serpent en lui assénant des coups de pattes d'une extrême rapidité et le dévore ensuite en commençant par la tête. Ce n'est pas le seul félin capable de vivre dans les dunes du Sahara. Certains vieux de Chinguetti se souviennent qu'enfants, ils partaient avec leur père chasser le guépard *(Acinonyx jubatus)*, dans les falaises du Tagant, un peu plus au sud. Actuellement, cet autre représentant de la famille des félidés a complètement disparu de la région. Il existe encore une centaine de ces rares spécimens dans le Ténéré. Cependant, leur survie est malheureusement compromise par la chasse.

Après cet intermède, nous prenons la route en direction de Chinguetti pour commencer la préparation de l'expédition. Le retour s'effectue plus rapidement que l'aller. L'expérience de Taha m'a permis d'éviter au maximum les pièges du désert. Nous ramenons avec nous, à l'arrière de la Land Rover, une femme d'un campement voisin qui doit se rendre au dispensaire de Chinguetti. Je n'ai pas bien compris sa maladie, je crois qu'elle a contracté une infection des voies génitales. La pauvre femme souffre terriblement et se tord de douleur. Le problème chez les nomades est qu'ils attendent toujours le dernier moment pour se faire hospitaliser, car ils préfèrent avoir recours aux médecines traditionnelles, moins onéreuses. Ce qui n'est pas forcément le meilleur calcul à long terme. Dès notre arrivée en ville, nous déposons notre patiente au petit dispensaire. Taha part prévenir ses proches et s'assure qu'ils viendront s'occuper d'elle. Je suis heureux de l'avoir aidée en lui servant d'ambulancier. Je lui ai ainsi évité un trajet à dos de dromadaire qui aurait certainement duré trois jours et mis sa vie en péril. Il est 17 heures quand nous achevons notre « mission sanitaire ». Je dépose Taha à proximité du marché où réside son oncle, et nous fixons le rendez-vous de demain.

Je rentre à l'auberge des Caravanes où N'Del attend mon retour. Il m'invite chez sa sœur Kadhija pour discuter un peu et déguster le meilleur thé de toute la ville. Pour faire taire la rumeur, je lui annonce que Taha n'a pas renoncé à sa parole et que nous partirons bien tous les deux. Cette nouvelle le rassure, parce qu'il savait que j'étais prêt à prendre le risque de faire cette expédition seul. Même s'il existait un autre chamelier assez fou pour me suivre, il était conscient que je n'aurais jamais accepté de partir avec un autre compagnon de route.

Nous évoquons les derniers potins de la ville, les petites anecdotes qui font le charme de cette bourgade. Je lui demande également des nouvelles de sa fiancée. Cette dernière l'a quitté, il y a quelques mois, pour tenter sa chance à la capitale. Malgré l'amour qu'il lui portait, N'Del ne lui en tient pas rigueur. Il sait que pour une jeune femme, Chinguetti n'offre guère de perspectives d'avenir. Je suis sincèrement désolé pour lui. Connaissant sa sensibilité, je suis persuadé qu'il souffre encore de cette rupture.

L'achat des dromadaires

Mon principal souci, comme chaque matin depuis mon arrivée dans la région, est de trouver huit dromadaires en excellente condition physique. Ce sont eux qui vont déterminer le déroulement et le rythme de la méharée. Sans eux, Taha et moi ne sommes rien et nous serons rapidement réduits à l'inaction. Les bêtes porteront nos vivres et notre eau ; c'est pourquoi leur endurance et leur force sont primordiales. Je ne le sais que trop bien. Je ne cesse de me renseigner auprès des habitants de Chinguetti et de ses environs. La tâche s'avère difficile, bien que le territoire regorge de camélidés. La plupart des animaux que j'ai pu observer ne sont pas fiables physiquement. En me postant à la sortie de l'oued, j'ai pu étudier les centaines de dromadaires que les bergers mènent au pâturage et j'ai constaté que la majeure partie du cheptel ne pouvait convenir pour une traversée de ce type.

L'acquisition d'un dromadaire représente un acte important dans la vie d'un nomade mauritanien ; cet achat n'est pas anodin et requiert des connaissances que je ne possède pas entièrement. Je sais seulement que les dromadaires de l'Adrar ont la réputation d'être des animaux très résistants à la soif, comparés à leurs congénères du Tagant. Les conditions climatiques et la rareté des puits qui caractérise cette région particulière ont éduqué les bêtes, tout comme les hommes d'ailleurs, au manque cruel d'eau. De fait, ce sont de tels compagnons qui devraient cheminer avec nous. Seulement, cela fait deux ans qu'il n'a pas plu suffisamment dans les environs et les bêtes n'ont pas pu reformer complètement leur réserve de graisse. Bref, tous les camélidés de l'Adrar sont mal en point. Un chamelier me le confirme : « L'été dernier, beaucoup d'animaux sont morts. Moi-même, j'ai perdu un tiers de mon troupeau. » Son cheptel, fortement sollicité pour le transport des touristes, n'a pas pu reconstituer ses forces, et la saison sèche lui fut fatale.

En discutant le soir avec Taha, Ahmed ould Wenane et ses chameliers, sous la *khaïma* de l'auberge, nous arrivons à la même conclusion : je ne trouverai pas dans l'Adrar de dromadaire capable de résister à une telle opération. Après plusieurs heures de palabres en buvant tranquillement du thé, nous trouvons une solution. Ahmed me dit qu'il connaît un propriétaire de dromadaires dans les environs de Rachid. Il possède de très belles bêtes, des targuis et des bérabiches, qui ne cessent de s'engraisser depuis deux ans. Je lui demande de le contacter rapidement, pour conduire huit de ses meilleures bêtes sur Chinguetti. Rachid est situé à plus de 300 kilomètres d'ici, et ils mettront au moins quinze jours pour arriver. De plus, les dromadaires n'ayant plus l'habitude de fournir des efforts, il faudra les entraîner au portage de charge dans les sables pendant au moins un mois. Je n'ai pas le choix, et j'accepte la proposition d'Ahmed. Ma seule exigence est de laisser Taha libre de choisir les bêtes. Lui seul, en qui j'ai pleinement confiance, a le pouvoir de décider. Dans une telle situation, je ne peux me fier à personne d'autre : nos vies en dépendent ! Ahmed me promet que dès demain, il essaiera de contacter par radio le propriétaire. Au plus tard dans quatre jours, il se mettra en marche. Taha me confie qu'il faudra un peu de temps pour que ces animaux reconstituent leur masse musculaire. Nous devrons également les habituer à ne boire que tous les quinze jours, à les assoiffer presque, de sorte que le jour du départ, ils s'abreuvent au maximum. Problème auquel Théodore Monod a été confronté au moment de son départ de Ouadane en 1954. Ses dromadaires, ne sachant évidemment pas qu'ils n'allaient plus boire d'eau avant vingt-huit jours, ont refusé de s'abreuver avant de se lancer dans la Majâbat al-Koubrâ. Nous ne prendrons pas ce risque.

La réunion se termine vers 23 heures ; je salue toutes les personnes qui se trouvent encore sous la khaïma et me retire dans ma chambre. Si j'écoutais les chameliers, chacun d'eux me vendrait un de ses meilleurs dromadaires, car ils savent que je mettrais le prix pour une excellente bête. Mais je ne veux que des animaux qui ont l'habitude d'être ensemble, nous n'avons pas le temps de leur apprendre à travailler en groupe. Taha quitte également l'assemblée : il est conscient que dès que je me serai éloigné, ces hommes essaieront de le dissuader de partir avec moi. Ils demeurent, pour la plupart, persuadés qu'il ne faut pas aller là-bas, dans le pays des djinns, un territoire dangereux. De plus, selon eux, voyager avec un impie constitue une prise de risque supplémentaire. L'athée que je suis ne peut qu'attirer les ennuis et rester impuissant face aux démons qui hantent cette région.

En m'allongeant sur ma plaque de mousse, toutes ces interrogations bouleversent mon esprit et m'empêchent de trouver le sommeil. J'espère que les dromadaires du Tagant seront capables de résister aussi bien à la soif que leurs homologues de l'Adrar. Je sais qu'ils n'auront pas tout à fait la même morphologie. Dans le Sud, ils sont de plus grande corpulence et peut-être moins « économique » en eau et en nourriture, et sans doute moins bien adaptés à la marche dans les sables si arides de cette zone, où la végétation, quand elle existe, est extrêmement desséchée. Malgré ces doutes qui me minent, je veux garder espoir : j'obtiendrai les meilleurs dromadaires de toute la Mauritanie. Je veux y croire, il faut y croire : la réussite de mon entreprise en dépend.

Je souffle la bougie et finis par m'endormir. Le vent a encore soufflé ce soir et je suis obligé de me relever plusieurs fois dans la nuit, pour caler tant bien que mal les petits volets en bois qui s'agitent comme des drapeaux.

La préparation du matériel de méharée

La préparation du matériel pour une telle expédition se révèle compliquée, non par le manque de choix en matière d'équipement (il existe aujourd'hui toutes sortes d'outils, d'appareils adaptés à ce genre de traversée), mais par l'obligation de restreindre au maximum notre charge. Par ailleurs, je ne voulais pas imposer à Taha une technique trop moderne qui risquerait de le déstabiliser. J'ai donc opté, dans la mesure du possible, pour des objets locaux et traditionnels, du moins en ce qui concerne l'équipement des bêtes : les selles, les bâts et les cordages. Nous aurons ainsi l'allure de deux anciens méharistes. Cet équipage, quelque peu archaïque, présente l'avantage de ne pas trop éveiller l'attention et donc la convoitise. Les risques d'attaque seront moindres si l'on sait se faire discrets et se montrer modestes dans nos apparences.

Cependant, pour notre sécurité et pour me rassurer, je l'avoue, une balise Argos et un téléphone satellite seront inclus dans nos bagages. La balise nous permettra non seulement d'authentifier notre route mais également de signaler tout accident. Le système est très simple : quinze messages codés ont été préenregistrés, à chaque message correspond un numéro. Il suffit seulement de positionner le curseur sur le chiffre correspondant au signal de détresse et de pousser un bouton. J'ai, bien entendu, expliqué à Taha comment s'en servir. Je dois tout envisager, je peux très bien être dans l'incapacité de recourir à la balise.

Déclencher cette balise ne signifie pas pour autant qu'il faille s'attendre à ce que des secours nous viennent en aide. Les conditions d'accès de la Majâbat al-Koubrâ (dunes vives ceinturant la région) rendent complètement illusoire le recours à un véhicule. Le secours par voie aérienne est tout autant à exclure. La Mauritanie ne dispose pas d'hélicoptères, ni au sein des instances militaires, ni dans la communauté civile. De fait, les signaux de détresse transmis par la balise s'avéreront surtout utiles pour indiquer notre position et la gravité de notre état. En cas d'accident, à nous de rejoindre, tant bien que mal, un endroit accessible aux secours.

Le téléphone, quant à lui, me permettra de communiquer avec mon amie en cas de baisse de moral, et surtout d'apporter des précisions sur une situation liée à un problème grave.

Nous emportons également une petite camera DV qui permettra de fixer quelques scènes et ainsi de raconter en partie notre périple. À ce sujet, il a fallu que je bricole une alimentation à énergie solaire pour recharger les différentes batteries au lithium (caméra et téléphone satellite), à l'aide d'un panneau photovoltaïque flexible. La petite installation épousera à merveille la concavité d'une selle de dromadaire. Je fixerai le système de régulation sur le pommeau à l'aide de morceaux de chambre à air. Le tout restera très discret à l'intérieur de la selle. Évidemment, ce type de matériel ne permettra de recharger les éléments qu'à 30 % de leur capacité ; c'est pour cela que nous serons équipés d'un jeu de batterie supplémentaire. Il a fallu que je reprenne, via le Web, des cours d'électronique pour concevoir et mettre au point ce prototype ultraléger, sans batterie de décharge intermédiaire. Ayant testé ce système en France avec un ensoleillement moyen, je n'ai jamais pu avoir la puissance nécessaire pour recharger une quelconque batterie. Je suis parti en comptant sur le soleil mauritanien pour faire mes tests de terrain, et c'est sur place, finalement, que le matériel s'est avéré efficace. Cet équipement, peut-être un peu trop sophistiqué pour une méharée à l'ancienne, s'adapte néanmoins au respect de l'écologie. Chose importante dans ce biotope hyperaride où les différentes formes de vie sont extrêmement fragiles et précaires.

Notre alimentation répondra aux mêmes exigences. Constituée essentiellement de nourriture locale, c'est-à-dire riz, pâtes et dattes, elle ne produira que des déchets biodégradables. Nous ne sèmerons sur notre parcours que nos noyaux de dattes et nos excréments. Notre respect de l'écologie proscrit toute forme de repas en sachets lyophilisés qui ne se désagrégeraient pas. Ce type de produit nécessiterait par ailleurs une trop forte consommation d'eau.

L'hydratation dans le désert reste la principale préoccupation. Nous savons que sur ce trajet sans puits, le temps va compter face à la déshydratation. Dans ce territoire minéral, avec une quantité d'eau limitée (4 litres par jour et par personne), notre seule chance de survie est d'avoir une progression régulière. La réserve d'eau prévue, soit 400 litres, nous donnera une autonomie de cinquante jours au grand maximum. Ne pas avancer un jour et ce sera le double de distance à effectuer le lendemain pour se rapprocher du futur puits salvateur.

Je porte une attention toute particulière à nos bidons qui conserveront ce liquide si précieux. À Atar, j'ai fait pendant deux jours le tour de tous les ferrailleurs, forgerons spécialisés et propriétaires de matériel pour dromadaires. Mais je n'ai pour l'instant rien trouvé. Soit les fûts étaient en mauvais état, soit la tôle n'était pas assez épaisse, soit les soudures étaient mal faites. Je ne peux me permettre une négligence sur ces réserves d'eau dont nos vies dépendront. Je suis inquiet, où vais-je trouver ce matériel, si ce n'est pas ici, dans la ville des chameliers ? Justus s'est proposé de m'aider, mais force est de constater qu'il n'a pas obtenu de meilleurs résultats. Je finis par contacter et rencontrer un ami qui se nomme Khairy. Il peut se révéler être l'homme de la situation. Son boulot sur la région est la logistique d'équipement et il travaille pour diverses agences de voyages. Il m'explique que je ferais mieux de les faire fabriquer sur mesure à la capitale, Nouakchott, comme font tous les chameliers. Il me confirme que les meilleurs concepteurs de bidons se trouvent là-bas. Je n'ai vraiment pas envie de faire 1 200 kilomètres aller et retour pour commander ces fûts métalliques. Il me dit qu'il doit se rendre à Nouakchott dans deux jours, et qu'il reviendra à Chinguetti dans deux semaines. Je saisis l'aubaine et passe ma commande. Il me faut huit bidons d'une capacité de 50 litres, avec les systèmes d'attaches renforcés et doublés en prévision du mauvais traitement qu'ils subiront. Le tout en acier zingué, pour éviter la corrosion. Khairy me garantit qu'il n'y aura pas de problème pour concevoir ce type de « bidon à chameaux » peu habituel. Je lui verse la somme d'argent estimée, et l'on se donne rendez-vous dans une dizaine de jours, à l'auberge des Caravanes. C'est tout à fait le genre de transaction que je déteste : si jamais le produit ne me convient pas ou s'il présente un vice de fabrication, je n'aurai aucune garantie et aucun moyen de récupérer mon argent. Néanmoins, je n'ai pas le choix. Khairy connaît l'enjeu de cette commande particulière. Ce n'est pas qu'il me soutienne réellement dans ce projet de méharée, mais il sait qu'il peut y avoir un retour professionnel bénéfique. Aux yeux des agences de voyages pour lesquelles il travaille, il pourra démontrer qu'il est l'homme incontournable sur le marché de la débrouille africaine. Un secteur où la concurrence est serrée et toute publicité bonne à prendre.

Taha m'a accompagné sur Atar. Il voulait faire quelques courses et profiter de la Land Rover pour acheter 200 mètres de grillage qui lui serviront à protéger ses jeunes palmiers contre les animaux herbivores. Avant de retourner sur Chinguetti, nous passons par une quincaillerie qu'il connaît, où nous trouvons des cartouches pour son fusil. Je sors de ma poche la douille et la tends au commerçant qui s'éclipse. Une heure plus tard, pendant que nous prenons le thé, l'homme revient avec une bande de mitrailleuse dissimulée dans un sac plastique. Les munitions de 7,5 assemblées par des maillons métalliques forment une guirlande d'un bon mètre. Je suis interloqué, je ne pensais vraiment pas que Taha utilisait en réalité des cartouches si peu adaptées à son arme. Il me confirme que c'est tout à fait ce qu'il lui faut. Nous les prenons sans trop négocier le prix et repartons en direction du plateau de l'Adrar.

L'arrivée des dromadaires

Un soir, vers 18 heures, N'Del vient me chercher dans ma chambre : « Régis, je crois que tes dromadaires viennent d'arriver, j'en ai vu huit dans l'oued, et ce ne sont pas les dromadaires d'ici. » Mon rythme cardiaque s'accélère ; cela fait dix-huit jours que je les attends. Ils ont, selon les prévisions d'Ahmed, trois jours de retard, et je suis maintenant très impatient. Du haut de la terrasse, je scrute l'oued et j'aperçois au loin les silhouettes imposantes qui se dessinent sur le sable au milieu des petites dunes. Je descends calmement les escaliers, sans précipitation. Du moins, je m'y emploie ; je ne veux pas dévoiler ma nervosité. La transaction à venir va être âpre, et je ne veux pas que les propriétaires remarquent mon manque de sérénité. En arrivant dans l'oued, je constate que Taha est déjà à pied d'œuvre et examine les dromadaires ; cela me rassure. Les bêtes sont corpulentes et entravées, elles se sont regroupées, ce qui semble bon signe : elles devraient se tolérer. Les chameliers se tiennent à l'écart du troupeau ; ils me saluent de loin, je prends à peine le temps de leur répondre et m'avance vers Taha. Je fais deux fois le tour des animaux, je suis impressionné par leur taille. Je n'ai jamais vu de dromadaires aussi magnifiques ; de mon point de vue, je les ai déjà adoptés. Mais ce n'est pas à moi qu'appartient la décision. Je m'approche d'une des bêtes qui retourne subitement la tête pour tenter de me mordre ; je réagis par un bond en arrière et me retrouve les fesses dans le sable. Les chameliers se mettent à rire. Il est évident que je n'ai pas marqué de point : ils se rendent bien compte, par ma réaction, que je manque d'habitude et que je demeure encore sur mes gardes. Taha passe gentiment une corde sur la tête de l'animal et le muselle pour que je puisse l'approcher. Ce premier contact n'est pas très prometteur. Sans me formaliser, je sais qu'il me reste encore beaucoup à apprendre pour devenir un bon chamelier. Je reste auprès de Taha et inspecte avec lui chaque animal. Je prends ma première leçon en observant le moindre de ses gestes. Il commence par palper énergiquement le gras de la bosse, puis les côtes et les pattes de chaque dromadaire. Il les fait se relever pour effectuer avec eux quelques pas, tout en observant leur démarche. Il scrute également leurs excréments, qu'ils n'oublient pas de faire une fois au repos. Tout ceci dans le but de se forger une idée sur leur santé. Taha m'explique qu'un dromadaire bien nourri et bien soigné tombe très rarement malade. Ils sont d'une robustesse incroyable, pour peu que l'on prenne la peine de s'en occuper. Il leur donne également quelques ordres pour évaluer leur dressage. Visiblement, ils ne se montrent pas réfractaires au contact humain. Enfin, la phase la plus importante, celle qui déterminera le prix, est d'établir approximativement l'âge de l'animal. Pour cela, il existe un moyen infaillible : l'observation de la denture. Taha saisit les camélidés par la lèvre de la mâchoire inférieure et par l'anneau nasal, les obligeant ainsi à ouvrir la gueule, tout en évitant évidemment les morsures et les coups de tête. La tâche n'est pas aisée, naturellement. On peut déterminer l'âge d'un dromadaire jusqu'à sa septième année, au-delà, la denture est définitive et ne permet plus aucune indication. Il possède vingt-deux dents de lait qui seront remplacées au fur et à mesure par trente-quatre dents permanentes de couleur plus foncée. Il est différent des autres ruminants comme les vaches, parce qu'il possède deux incisives à la mâchoire supérieure. Il a aussi une paire de canines aux mâchoires supérieure et inférieure qui lui sert à broyer les plantes ligneuses dont il se nourrit. Toutes ces dents se mettent en place dans un ordre chronologique ; elles tombent et sont remplacées par la denture définitive par étapes successives. Après quinze ans, les incisives s'usent et disparaissent petit à petit. Les dents s'écartent, ce qui empêche l'animal de se nourrir correctement dans les pâturages desséchés dont le fourrage devient trop ligneux.

Détermination de l'âge des dromadaires après l'âge de 1 an :

— à 1 an : la mâchoire supérieure possède 4 molaires de chaque côté et la mâchoire inférieure, 3 molaires de chaque côté ;

— à 2 ans et 6 mois : la mâchoire supérieure et la mâchoire inférieure se dotent petit à petit d'une molaire de plus de chaque côté ;

— à 3 ans : la mâchoire supérieure comprend 5 molaires de chaque côté et la mâchoire inférieure, 4 molaires de chaque côté ;

— à 4 ans et 6 mois : apparition des premières incisives permanentes ;

— à 5 ans : les molaires provisoires sont remplacées par des dents permanentes ; 2 sont remplacées de chaque côté de la mâchoire supérieure et 1 de chaque côté de la mâchoire inférieure ;

— à 5 ans et 6 mois : la mâchoire supérieure possède à présent 6 molaires de chaque côté. La mâchoire inférieure s'enrichit de 2 incisives permanentes de plus et finit de remplacer ses 10 molaires par des dents permanentes ;

— à 6 ans : apparaissent de chaque côté de la mâchoire supérieure 1 incisive et 1 canine permanentes. Sur la mâchoire inférieure arrivent les canines permanentes ;

— à 7 ans : la série complète de dents permanentes est en place sur les deux mâchoires.

Les premières molaires sur chaque mâchoire sont noires. Les canines apparaissent à l'âge de 6 ans et sont très grandes dès l'âge de 7 ans. À la mâchoire supérieure, ces dents peuvent avoir 4 centimètres de longueur.

Une fois effectué l'examen minutieux de chaque dromadaire, Taha me prend à l'écart. Nous nous accroupissons dans le sable pour discuter loin des oreilles des chameliers. Un long échange s'engage. Au loin, les gens nous observent sans intervenir. Ils savent que nos décisions – garder ou éliminer tel ou tel animal – seront primordiales. Taha me précise que je négocierai mieux le prix si nous prenons l'ensemble des huit dromadaires. Je ne serai pas obligé de marchander pour chaque animal et l'achat du lot me permettra d'obtenir un meilleur rabais. Taha se montre très pointilleux et prend soin de détailler ses conclusions : « Régis, il y a cinq dromadaires très bons et très forts, deux sont seulement bons et forts, et un est petit et vieux. » Il pense que nous ne devrions garder que les cinq qui sont exceptionnellement beaux et grands comparés à leurs cousins de l'Adrar. Taha a la même préoccupation que moi, il ne veut confier sa vie qu'aux meilleurs dromadaires qui existent sur ce territoire. Il est conscient que nous allons les pousser jusqu'à leur extrême limite, voire au-delà. Seulement, si nous ne conservons que les cinq meilleurs, il nous faut en trouver trois autres, ce qui implique d'en importer encore d'autres et d'attendre encore quinze jours au minimum. Je ne suis pas d'accord, et je pense que les « deux presque aussi bons » feront également l'affaire. J'arrive à le convaincre qu'avec un peu de préparation, nous aurons sept excellents dromadaires. Quant au huitième animal, il pose encore problème : il se détache nettement des autres par sa morphologie beaucoup moins imposante. De plus, les marques d'appartenance à un clan se situent au niveau de la cuisse droite. Ce signe d'identification particulier confirme sans aucun doute possible qu'il vient d'un troupeau différent de celui du Tagant. Taha m'avoue que ce dernier ne fait pas partie des bêtes commandées. À son avis, les chameliers, n'ayant trouvé que sept camélidés répondant à mes exigences, ils ont pris le dernier en arrivant dans l'Adrar. Je lui propose alors un compromis, qui n'est peut-être pas la meilleure solution. Partons avec les huit dromadaires présents. Si Taha se rend compte que l'animal ne pourra supporter le trajet, nous le remplacerons en route. En effet, pendant les quelques jours durant lesquels nous quitterons l'oued de Chinguetti pour rejoindre le massif de l'Herrour, nous aurons encore l'occasion d'acheter d'autres bêtes. Taha n'est pas particulièrement enchanté par cette option. Il doute que nous puissions trouver des bêtes suffisamment puissantes dans cette région qu'il connaît bien.

Pourtant, il se plie à ma décision, il pense que même si ce dernier mourait pendant la traversée, nous pourrions de toute façon continuer avec les sept autres. Il est vrai que je suis un peu déçu : j'espérais avoir les huit meilleurs camélidés de Mauritanie, huit bêtes de force égale, de même taille et de même âge. J'aurais souhaité que la couleur de leur robe et leur caractère propre soient les uniques caractéristiques de différenciation.

Enfin d'accord, nous nous apprêtons à entamer les négociations avec les trois propriétaires présents. Ahmed, présent également, prend conscience que sa réputation d'intermédiaire est dorénavant en jeu. Il va nous servir de médiateur. Ce qui est important pour moi, face à ces hommes qui sentent l'opportunité de soutirer un maximum d'argent à un Blanc sans connaissance de ce type de transaction. Je les salue à nouveau de façon plus protocolaire. Le dialogue peut commencer... Ils m'annoncent naturellement des prix exorbitants pour le lot. Ils sont manifestement d'accord pour me ruiner. La discussion est énergique et ils usent de tous les arguments pour justifier leur tarif. Au bout d'une demi-heure, je leur annonce que je prends l'ensemble des dromadaires pour trente mille francs. Cette offre est à prendre ou à laisser. Ils ne savent pas si je bluffe mais, dans le doute, ils finissent par accepter. En définitive, ils ont plus à perdre que moi ; ils n'ont pas envie de retourner chez eux avec leurs bêtes et sans argent. Ahmed, pour confirmer ma détermination, ne manque pas de leur faire remarquer que l'un des animaux ne vient pas du Tagant. La négociation est faite. Nous scellons notre accord par une poignée de main vigoureuse. Ahmed les invite à nous rejoindre ce soir sous la khaïma de l'auberge, pour y effectuer la transaction financière. Nous aurons ainsi des témoins lors de la signature du contrat. Taha n'est pas intervenu dans les discussions, il n'a fait qu'observer minutieusement les protagonistes. Tout en rassemblant nos dromadaires, il me rappelle que dès demain son fils aîné se chargera comme nous sommes convenus de les emmener sur de bons pâturages pour commencer leur préparation physique.

La prière du soir, diffusée par le haut-parleur de l'ancienne mosquée, retentit alors et rassemble les fidèles. Je quitte Taha et remonte seul en direction de l'auberge. Je m'arrête chez Khadija pour me changer un peu les idées et réfléchir loin des hommes. Sa présence apaisante me fera le plus grand bien et la douceur de son thé me permettra d'oublier ces heures quelque peu éprouvantes. Cette femme a toujours le sourire et elle s'obstine à vouloir m'apprendre le dialecte hassaniya. Ce soir, elle tente de m'initier au calcul. Je ne suis pas forcément un bon élève et mon accent l'amuse profondément.

L'entraînement physique et l'adaptation

Les dromadaires ne sont pas les seuls à subir un entraînement pour affronter les conditions difficiles de notre future expédition. J'ai, moi aussi, besoin de m'habituer à fournir des efforts sous la chaleur pour optimiser mes performances physiques. Depuis mon arrivée, quand la préparation de la méharée me laisse un peu de temps, je m'efforce de marcher quelques heures par jours avec, le plus souvent possible, un sac à dos de 15 kilos. J'ai commencé cet entraînement progressivement, de façon à habituer mon corps à donner une réponse de plus en plus efficace à sa thermorégulation. Un homme en bonne santé peut, en une quinzaine de jours, être complètement adapté à l'effort en ambiance chaude. C'est-à-dire que le processus de transpiration qui permet de refroidir le corps va se mettre en place plus rapidement et plus efficacement. La concentration en sels minéraux de cette transpiration est fortement diminuée pour préserver le potentiel sodique du métabolisme. Dans notre expédition, tous ces changements physiologiques seront indispensables pour supporter l'état de déshydratation proche de la survie physiologique que nous subirons. N'oublions pas que tout être vivant plongé dans cet environnement hyperaride et hostile est dans une situation d'équilibre permanent entre la vie et la mort.

La survie en milieu chaud

En dehors de l'entraînement physique, pour augmenter les capacités de survie en zone très chaude, comme dans la région de la Majâbat al-Koubrâ, il est intéressant de connaître le principe des différents niveaux de température, dits « isothermiques ». Ces surfaces, plus ou moins planes, sont parallèles au sol et décroissent en s'éloignant de celui-ci, que ce soit dans l'air ou sous le sable. Le gradient de température résultant des différents relevés est très important dès les premiers mètres de hauteur. Ce même gradient pris en sous-sol est encore plus important. En ayant une température de 55 °C à la surface du sol, à 2 mètres au-dessus, elle n'est plus que de 27,5 °C. À 2 mètres sous le sable, elle peut descendre en dessous de 23 °C. C'est en observant ce principe que l'on peut aisément comprendre que l'homme perché sur le dos d'un dromadaire, et par conséquent à au moins 2 mètres du sol, connaîtra un meilleur confort thermique. Son métabolisme de thermorégulation luttera beaucoup moins pour maintenir son homéothermie, par rapport à un homme en train de marcher au niveau du sol. Principe que nous ne manquerons pas de pratiquer, si l'un de nous venait à souffrir d'un coup de chaleur durant le trajet.

En ce qui concerne l'alimentation, il n'existe pas de produits miracles appropriés à l'effort sous les fortes chaleurs. Un régime adapté et équilibré qui couvre la dépense énergétique quotidienne consommée par l'effort est, semble-t-il, la meilleure façon de se nourrir. Rappelons simplement que les protides ont une ADS (action dynamique spécifique) relativement élevée, ce qui a pour conséquence une augmentation importante de la production de chaleur endogène lors de leur assimilation par l'organisme. On pourrait penser, en prenant l'exemple de certaines espèces animales – comme le dromadaire, la gerboise ou l'*Uromastix,* qui stockent sous forme de graisse leur réserve, puis en condition de survie, dégradent ces tissus adipeux par oxydation –, que les lipides sont les métabolites les mieux adaptés à l'organisme sous la chaleur. Or, le problème est que ces métabolites ont une valeur calorique 2,25 fois supérieure à la valeur calorique des protides ou des glucides. Ce qui bien évidemment augmente là encore la production de chaleur endogène. Il reste donc les glucides, qui semblent être le meilleur compromis nutritif dans ces conditions extrêmes. Ils ont également l'avantage de jouer un rôle important dans la resynthèse des protéines. Ils sont aussi capables de faire diminuer la diurèse (quantité d'urine) par 5 par rapport aux protides. Ces derniers génèrent par dégradation beaucoup plus de produits oxydants à éliminer. Pour finir, on a remarqué que l'adaptation à la chaleur se fait plus rapidement avec un régime glucidique, qui, on le sait, donne en plus un meilleur rendement musculaire. En définitive, le riz et les pâtes accompagnés de dattes restent à mon avis le repas le mieux adapté à ce type de traversée du désert.

En ce qui concerne les vitamines et les sels minéraux, l'effort en ambiance thermique élevée en consomme beaucoup. Des études ont montré que dans ces conditions, le corps humain, en dehors des sels minéraux, perdait énormément de vitamines hydrosolubles (vitamine C, B1...) par la sudation. De plus, l'assimilation et la synthèse de ces vitamines sont fortement perturbées sous l'effet de la chaleur. Il est donc important d'en augmenter les quantités dans l'alimentation quotidienne. Bien entendu, on ne prendra pas un complément de sel sous forme de pastille sans un apport adéquat d'eau. Ceci pour éviter un déséquilibre du rapport eau/sel dans l'organisme, qui entraînerait une déshydratation accidentelle et de fortes douleurs abdominales.

L'équipe de tournage du documentaire

Ce matin, je retourne à nouveau sur Atar pour récupérer Jean-Gabriel et Éric, les deux personnes envoyées par la production pour réaliser le film *Au pays des djinns*. Ils arrivent en avion, directement sur la petite piste militaire d'Atar. J'ai déjà rencontré Jean-Gabriel à Paris, lorsque j'étais allé présenter mon projet à un producteur prénommé Bertrand. Je me souviens que je n'en menais pas large ce jour-là. Je franchissais les portes d'une des plus grosses boîtes de documentaires de France. À ma grande surprise, l'accueil fut chaleureux et convivial. Bertrand a tout de suite été séduit ; il m'a fait confiance dès le début, malgré les sommes d'argent colossales que réclame la réalisation d'un film. Il m'a présenté, par la suite, celui qui allait être le réalisateur : Jean-Gabriel. Ensemble, nous avons travaillé sur la logistique de tournage et l'écriture du script. Une démarche qui n'était pas évidente, depuis un bureau parisien. Je me doutais qu'il faudrait sans doute improviser une bonne partie du tournage sur place, imaginant bien les problèmes de dernière minute à résoudre. Quant à Éric, l'ingénieur du son, je ne le connais pas. Je le découvrirai à l'aéroport. Je sais seulement que c'est un ami de Jean-Gabriel, ce qui est déjà important. Le tournage va être pénible pour eux, je le sais d'avance. Ils ont intérêt à bien s'entendre face aux difficiles conditions de terrain.

Ils débarquent avec plus d'une centaine de kilos de matériel qu'il faudra charger dans le véhicule. Une fois l'équipe récupérée, nous filons sans perdre de temps sur Chinguetti. Pendant le trajet, je découvre la personnalité d'Éric. C'est un homme assez trapu, très brun avec des petits yeux marron. Contrairement à Jean-Gabriel, il dégage une grande impression de calme, ce qui est un atout dans ce pays. De plus, il m'explique les différentes expériences qu'il a accumulées dans son métier : c'est un homme de terrain. Ils m'avaient demandé de leur trouver sur place un assistant qui aurait également la fonction de traducteur hassaniya. Je vais leur proposer les services de Batty, le jeune homme que j'ai rencontré chez Ahmed Ould Wenane. Je crois qu'il conviendra parfaitement pour ce travail.

Ils formeront par la suite un trio très efficace et très professionnel. Ils filmeront les préparatifs de l'expédition, puis ils nous accompagneront pendant les cinq premiers jours de la méharée, et nous les retrouverons à l'arrivée à Tombouctou, si tout se passe comme prévu.

Arrivés à l'auberge, Jean-Gabriel et Éric s'installent dans une chambre située sous la mienne. Ils déchargent et installent tout leur attirail. Ils modifient un peu la seule prise électrique de la pièce pour pouvoir alimenter en courant tout le matériel de tournage et de visionnage. Ahmed, qui suit les opérations de près, est légèrement inquiet de toutes ces modifications. L'auberge est dépendante d'un petit groupe électrogène et il craint que tout le système électrique ne disjoncte. Éric procède à quelques tests. Tout se passe sans problème. Nous ne priverons pas d'électricité les touristes de l'auberge.

Hormis quelques demi-journées où Jean-Gabriel me demande de participer à des séquences de tournage pour les besoins du film, l'équipe se débrouille sans moi. À ce sujet, Batty prend vraiment son rôle à cœur et il multiplie les efforts pour Jean-Gabriel, que ce soit en assistanat ou en repérage. Tout ceci me permet de pouvoir continuer à préparer la méharée sans avoir en plus le souci de la logistique du film.

Le maraboutage

Taha a pris rendez-vous ce soir pour avoir la bénédiction et la protection du plus grand marabout de Chinguetti. Il est 18 heures quand nous traversons l'oued en direction de sa maison, qui se situe à l'est de la ville. Le muezzin appelle à la prière au moment où je stoppe le moteur de la Land Rover. Je laisse Taha accomplir son devoir de musulman. Pendant ce temps, j'ouvre le capot et jette un coup d'œil sur le démarreur qui ne fonctionne plus. En général, quand il prie, j'aime bien l'observer ; il y met une telle conviction, tout en restant extrêmement sobre, que cela impose le respect et le silence. Une fois la prière accomplie, nous nous mettons en marche à travers les petites ruelles de la vieille ville encore écrasée de chaleur. C'est la première fois que je viens rendre visite à cet homme. Je suis Taha qui ne dit pas un mot. Il doit réfléchir à la façon dont il va expliquer notre démarche. Après 300 mètres, il s'arrête devant la porte d'une petite barrière en treillis métallique. Il attend que je sois à sa hauteur et pénètre dans l'enclos en repoussant le grillage retenu par une cordelette en cuir de dromadaire. Puis il frappe à la lourde et très ancienne porte en planches de palmier, qui permet d'entrer dans l'enceinte de la maison du marabout. Les maisons traditionnelles de l'Adrar sont constituées ainsi. Elles possèdent, la plupart du temps, un haut mur en pierre extraite traditionnellement des falaises situées à quelque 80 kilomètres de la ville. Ces blocs de pierre, grossièrement taillés, sont scellés et enduits de banco. Ce dernier est recueilli dans de profondes mines perdues au milieu des dunes qui ceinturent la ville. Ces petites fortifications délimitent l'enceinte de la propriété à l'intérieur de laquelle une vaste cour centrale sépare les bâtisses de part et d'autre. Celles-ci sont souvent constituées d'une unique pièce servant soit de cuisine, soit de lieu de commodités, soit de chambre, soit d'espace d'accueil pour les visiteurs. La cour intérieure est en principe ornée d'un petit jardinet qui permet de cultiver quelques fruits et légumes locaux sous l'ombrage des palmiers.

Après deux coups sur le bois de la porte, une voix se fait entendre et nous invite à entrer. Une vieille femme nous accueille en nous souhaitant la bienvenue, puis s'éclipse très rapidement. Je remarque, en bas des petits escaliers qui permettent l'accès à la cour, une tortue saharienne à éperons *(Testudo sulcata)*. Je suis très surpris, je savais qu'il en existait, mais je n'en avais jamais vu auparavant. Ce sont des spécimens de reptiles qui peuvent atteindre 90 centimètres, peser plus de 110 kilos et dépasser les 30 ans. En l'approchant doucement et en la touchant au niveau de la tête, elle se met à souffler ; je n'insiste pas, elle doit se sentir agressée. Taha, qui a observé toute la scène, se met à sourire. Nous attendons quelques minutes dans la cour avant que la vieille femme vienne nous chercher pour nous conduire dans la bâtisse la plus grande de la propriété. Sur le perron, Taha marque un temps d'arrêt et enlève ses tongs. Je l'imite en me déchaussant à mon tour. Je place soigneusement mes rangers en les alignant sur le côté de l'entrée et pénètre dans la pièce en suivant Taha. Dans la pénombre, je distingue un vieil homme assis sur le sol qui ne dit pas un mot. J'ai beau ne pas être musulman, je reste quand même impressionné par cet homme et cette ambiance feutrée.

L'islam est une institution dont les fondements sont le Coran et la Sunna et qui répond à la formule fondamentale : *« Lâ ilâha illa allahou, Mohamadou Rassoulou Allahi »*. « Il n'y a de Dieu qu'Allah, Mahomet est son envoyé. » Formule que Taha ne cessera de chanter à longueur de journée pour se donner du courage. Les ablutions, les cinq prières, le jeûne de trente jours du mois de carême, l'aumône aux plus démunis et le pèlerinage à La Mecque (pour celui qui en a les moyens) complètent la foi. La mosquée, dans la symbolique, est la maison de Dieu où les musulmans viennent prier le vendredi. Les instances religieuses de l'islam sont constituées de l'imam (ou *almami* en arabe) qui est assimilé au guide des croyants dans les prières, les sacrifices et les cérémonies. Il est le chef spirituel. Vient ensuite le muezzin, le porte-voix, chargé d'appeler les fidèles à la mosquée et de reprendre à haute et intelligible voix les formules de l'imam pendant la prière. Enfin, il y a le marabout, un homme purement versé dans la connaissance du Coran, jouant le rôle d'intermédiaire entre le musulman et le prophète Mahomet. Il possède certains pouvoirs comme le don de guérison, de protection de l'âme contre les forces occultes. De plus, il peut lire l'avenir et a le pouvoir de le modifier... Les Écritures saintes désignent les djinns comme des êtres créés de feu, doués d'intelligence, invisibles, mais pouvant apparaître aux yeux des hommes sous différentes formes. Dans la croyance populaire, ce sont des êtres capables de posséder l'âme de tout individu et de lui dicter ses désirs ou ses déviances. Ils peuvent être masculins ou féminins, bons ou mauvais, musulmans ou non. Dans l'islam, la crainte de l'enfer maintient le musulman dans le droit chemin, celui du paradis de Dieu.

Nous prenons position en face du marabout, assis en tailleur comme lui. Taha le salue de façon très protocolaire, en prenant des nouvelles de sa famille, de sa santé et de ses dromadaires. Puis il en vient à nos affaires, en lui demandant s'il peut nous accorder une protection et une bénédiction pour notre voyage. Il commence par lui décrire le périple que nous envisageons et les craintes que nous avons. Taha lui demande des renseignements sur les éventuels dangers que nous pourrions rencontrer. L'homme l'écoute sans l'interrompre, en hochant la tête de temps à autre pour nous montrer qu'il intègre bien tous les paramètres de cette aventure. Paramètres qui doivent lui sembler surprenants. Pourquoi partir dans la direction du royaume des djinns, dont le prophète a banni les occupants ? Une région délaissée par tout bon musulman sensé qui a conscience du danger potentiel de voir son âme se perdre à jamais dans ces sables maudits. Sans parler de la perte de la raison, qui conduit inévitablement à la mort. Il doit me prendre pour un fou. Quant à Taha, il doit le considérer comme un inconscient de vouloir m'accompagner dans le monde du néant, de la soif et de la chaleur. Comme tout croyant, le marabout est convaincu que Dieu aidera les plus fidèles parmi les fidèles. Il estime qu'il peut nous venir en aide dans notre spiritualité. Cette démarche sert en définitive à renforcer surtout la foi de Taha. Il faut qu'il soit convaincu d'avoir mis toutes les chances de son côté et qu'à présent, son destin est entre les mains du Tout-Puissant. Je sais qu'aucun fils de ce pays ne partirait dans un tel périple sans la bénédiction et la protection du marabout, de surcroît le plus vénéré de la région. Le marabout estime que pour moi, qui ne suis pas musulman, cette traversée ne peut que m'ouvrir l'esprit et me permettre de comprendre sans doute toute la portée de sa religion. C'est bien la première fois qu'un représentant religieux n'essaie pas de me convaincre, mais me laisse au contraire face à mon destin. Il m'assure que c'est la vie et ce voyage qui décideront pour moi. Je reste impressionné par son calme, sa prestance et la force de ses paroles. Taha l'écoute et me sourit, je sais qu'il aimerait bien que j'embrasse sa religion, nous en avons déjà débattu lors de soirées, autour du feu d'un bivouac. Il ne peut pas comprendre qu'un homme n'ait pas foi en un dieu, chrétien ou musulman. Comment un être peut vivre sans cette puissance qui guide les pas de chaque humain dans l'absolue vérité du droit chemin. Athée convaincu, je ne suis à ses yeux pas mieux loti dans la vie qu'un animal. Après ce long dialogue entre Taha et le marabout Abdulah, ce dernier décide de commencer à fabriquer les amulettes. Il découpe dans un morceau d'étoffe bleue deux petits carrés de 20 centimètres de côté, qu'il frappe sur la paume de sa main pour en dégager la poussière. Il ouvre ensuite une petite boîte en fer et en extrait une poignée de sable qu'il fait couler lentement au centre des carrés de tissu, pour constituer deux petites pyramides. Il aplatit légèrement ces dernières et sort de sa poche un stylet en bois. Alors, il commence une longue récitation de certains versets des Écritures saintes, tout en gravant à la pointe de son stylet des paroles sur les petits tas de sable. Bien que je ne comprenne pas le sens de chaque mot, l'attention que nous lui portons est presque palpable tant le moment est important et religieux. Puis il referme le tissu sur le talisman de sable, par les quatre coins. Il ficelle le tout et nous tend un petit sac à chacun. Il nous précise que cette amulette doit être conservée en permanence sur soi. Il nous explique que nous devons toujours être en contact avec cet objet. Taha, de son côté, devra chaque soir prendre un peu de sable dans le creux de la main en récitant la dernière prière et ensuite le répandre sur le sol. Quant à moi, à la fin de notre voyage et une fois rentré chez moi, il faudra que je m'accroupisse sur le sol de mon appartement et que je me déverse ce sable sur la tête. Ce gri-gri, nous explique-t-il, est spécialement fabriqué pour que notre voyage se passe sans encombre. À présent, il sort d'une autre petite boîte, rangée dans une vieille malle en fer, deux anciennes perles de verre qui protégeront notre âme des tourments que nous pourrions rencontrer sur notre chemin. Ce talisman semble plus important, je le remarque à la façon qu'a Taha de le regarder et de le prendre délicatement dans la main. À l'aide d'un petit bout de ficelle, il accroche une des deux perles en haut de mon avant-bras. Je fais de même sur son bras droit.

À présent, Abdulah nous donne quelques conseils pour notre « grand voyage », comme il le nomme. J'écoute avec attention, car c'est un des rares hommes de cette ville qui n'essaie pas de nous en dissuader. C'est important, je sais que cet homme représente sans doute la dernière vérité à laquelle Taha veut croire, et il a besoin d'entendre des paroles qui abondent dans le sens de notre future destinée. Je m'aperçois d'ailleurs que Taha était non seulement venu chercher une protection divine, mais également des paroles réconfortantes. À la fin de la consultation, nous lui versons la moitié de la petite somme d'argent dont nous étions convenus. Il préfère que nous lui payions le reste au retour. J'imagine que c'est un gage de sa conviction dans la réussite de notre entreprise. Nous devrons aussi lui rendre les deux petites perles : ce n'est qu'une hypothèque de Dieu sur la sauvegarde de nos vies. Nous le saluons et prenons congé de notre hôte ; il nous raccompagne jusqu'à sa porte et nous le quittons sur quelques paroles portant louange à Dieu. En repartant, je dépose Taha chez son oncle. Un vieux monsieur qui semble être l'incarnation même de la sagesse. Il m'invite à prendre le thé, je décline l'invitation. Je suis attendu chez Fatima, la jeune institutrice.

La jeune institutrice

Fatima est institutrice depuis deux ans à l'école communale de Chinguetti, la seule école – hormis les écoles coraniques – à 80 kilomètres à la ronde. C'est une fille de 26 ans, dont il émane une réelle douceur. Sa voix, son rire et même sa façon de se mouvoir traduisent sa gentillesse et sa sensualité. Nous avons fait connaissance un soir où elle passait acheter un peu de nourriture à la boutique de Khadija. Nous avons échangé quelques mots après les présentations d'usage. Je me souviens que dans la pénombre de la petite pièce, j'avais remarqué une fille assez jeune, très élancée, enrubannée dans un magnifique boubou légèrement transparent. Cette image avait accompagné mes pensées avant que je ne sombre dans les bras de Morphée. Le surlendemain, Batty me proposa de me montrer où elle habitait, et nous avons été invités à prendre le thé. Depuis, j'y retourne assez régulièrement vers les 18 h 30, quand mon emploi du temps me le permet. Pour ne pas froisser Khadija, mon amie, j'essaie de partager mes visites entre elles deux. Fatima m'a tout de suite envoûté par un subtil mélange d'amitié, d'attirance, de retenue et de complicité. Elle adore me montrer les devoirs de ses élèves et il m'arrive de l'aider à corriger les exercices de mathématiques ou les dictées de français. Évidemment, quand je suis avec elle dans la même pièce, nous sommes rarement seuls. Il y a sans arrêt, à mon grand regret, une personne qui passe, s'installe quelques minutes pour prendre un verre de thé ou simplement nous saluer. Quoique parfois un peu trop voyant, ce petit manège nous amuse beaucoup, et cela reste nécessaire pour que Fatima conserve sa respectabilité. Dans ce pays, on ne laisse jamais toute seule une jeune fille célibataire, et par conséquent vierge, en compagnie d'un garçon, s'il n'y a pas un avenir prometteur de vie commune. Une fois, j'ai même vu un garçon venir nous saluer, puis s'installer en face de nous pour finalement s'endormir sur le tapis. Bien sûr, au bout d'une semaine de thé répété chez Fatima, les sous-entendus et les ragots commencent à alimenter les conversations, essentiellement celles des femmes. Toutes ces paroles restent bon enfant et jamais Fatima ne s'est sentie inquiétée. De plus, je suis loin de représenter son idéal masculin. En dehors de mon statut indéniable d'étranger, ce qui n'est pas pour elle très important, je reste l'aventurier, l'homme en qui l'on ne peut pas avoir confiance durant toute une vie. Je fais partie, à ses yeux, des hommes qui n'ont pas une femme comme idéal, mais un rêve. Je ne lui apporte, en définitive, qu'une amitié sincère et un regard différent sur le monde qui est le sien. Je sais qu'elle n'est pas complètement insensible au charme que je dégage, nous en avons déjà discuté et c'est aussi le cas de mon côté. Le mélange de ces diverses sensations fait de notre relation quelque chose que je considère comme magique et indispensable à mon équilibre. J'ai besoin de ce contact pour me convaincre, par moment, que je suis encore un homme et non un fou.

La réception des bidons

Il est déjà 19 h 30, je dois retourner à l'auberge pour le dîner. Après ce moment de subtil bonheur, je la salue et prends congé. En remontant la rue principale, je croise le chauffeur d'Ahmed Ould Wenane qui me dit que Khairy est arrivé tout à l'heure avec ma commande de bidons. Impatient de voir le travail, je presse le pas. En arrivant à l'auberge, je me dirige directement vers son véhicule. Ils sont bien tous là, les huit, enfermés à l'intérieur de l'habitacle. Je cherche à présent, dans l'enceinte du bâtiment, une personne capable de me dire où se cache Khairy. Je les retrouve tous attablés dans le salon devant un plat de riz en sauce. Je salue l'assemblée, prends les clés et retourne au véhicule. Je sors les bidons un par un et les installe immédiatement sur ma terrasse, dans les derniers rayons du soleil. Je prends le temps de les ausculter tous, pour vérifier chaque soudure, chaque chaîne, chaque renfort. Je les trouve magnifiques, brillants. Tous les bords sont renforcés par un cerclage supplémentaire, les attaches ont été doublées par précaution. La tôle est suffisamment épaisse pour encaisser une chute éventuelle. En résumé, c'est de l'excellent travail. Ce sont les plus beaux bidons à chameaux que j'ai jamais vus, je suis fier d'en être propriétaire. Après m'être extasié devant comme un gamin qui reçoit un cadeau pour Noël, je retourne remercier chaleureusement Khairy et prends place autour du repas. Il savait que je portais une attention toute particulière à ces bidons. Il imagine bien que nos vies vont dépendre de nos réserves d'eau. C'est important pour le moral de savoir que nous partons avec ce qui se fait de mieux et que toute défaillance du matériel est presque exclue.

L'achat du pistolet

Il est 22 heures. Comme chaque soir depuis maintenant vingt jours, je me prépare à dormir seul dans ma petite chambre. Cependant, je reste éveillé, et même en alerte. J'attends une personne qui doit m'apporter des armes de poing. Je me suis résigné à en acheter une pour ma sécurité, particulièrement lorsque nous arriverons dans la partie malienne de notre périple, la zone non sécurisée de notre parcours. C'est surtout Taha qui m'a convaincu ; lui, de son côté, emportera son vieux fusil fait de pièces originaires d'un MAS 36. J'ai contacté une personne que l'on m'a recommandée. Tout est plus ou moins secret, car interdit dans le pays. Je suis conscient de prendre des risques susceptibles de me condamner à la prison. La loi est très stricte sur les armes de poing, formellement interdites et uniquement réservées à la police et à l'armée. Je vais acheter un pistolet à un inconnu qui pourrait me dénoncer dès que la transaction sera effectuée. C'est quasiment le suicide de mon entreprise, mais je prends le risque et, en fait, je n'ai pas trop le choix si je veux être armé. Installé dans ma chambre, je crée l'ambiance en allumant une simple bougie et en camouflant tout le matériel sensible que je possède. Je sais que la personne qui viendra et que je ne connais pas observera en détail l'endroit où je vis. 22 h 15, on frappe à la porte. Je ne vais pas ouvrir et demande d'entrer. Cela me donne peut-être plus d'assurance. De toute façon, sur ce genre de plan pour le moins délicat, il faut que je montre que je suis un dur et que j'ai l'habitude de ce type de négoce. Je dois essayer de percer les intentions de l'homme, si toutefois elles sont mauvaises. Lui entre dans la pièce en silence et me salue de façon très sobre. Il ne dit plus rien, s'installe en face de moi et sort de ses poches deux sacs en toile. Il me présente un automatique 9 millimètres, copie d'un colt P45, et un 7,65, tous deux de facture espagnole. En regardant rapidement les armes, je m'aperçois que le plus petit calibre ne possède pas ce que l'on appelle dans le jargon une « double action ». Ce 7,65 n'a pas de chien, la culasse mobile renferme l'ensemble de la mise à feu de la cartouche, la détente et le chien. Le tir ne peut se faire en armant ce dernier avec le pouce. Ce qui donne beaucoup moins de souplesse à l'utilisation. C'est uniquement pour cette raison que ma préférence se porte sur le 9 millimètres. Pourtant, il semble plus ancien et moins bien entretenu. Je le prends en main, désolidarise au niveau du levier de sécurité la culasse et le canon du corps, et commence à scruter chaque pièce à la lueur de la bougie. Les rayures du canon sont à peine visibles, signe d'une intense utilisation depuis des années. Je m'aperçois que le ressort du percuteur est bloqué, que la rampe d'introduction de la cartouche est usée ; les lèvres du chargeur sont également déformées. À l'évidence, ce matériel a bien vécu. Je décide quand même de faire avec, sachant très bien que j'aurais énormément de mal à trouver d'autres armes de ce type. Ce pistolet semi-automatique date de 1975 et je suppose que s'il se trouve ici, en Mauritanie, c'est sans doute qu'il a dû participer aux conflits sahraouis. L'homme me laisse faire sans rien dire, je ne souhaite de toute façon rien échanger verbalement avec lui tant que je n'ai pas annoncé ma décision. Je ne veux surtout pas qu'il me pose des questions sur mes intentions futures. Il me signale simplement que pour ce pistolet, il possède une centaine de cartouches dans son burnous, alors que pour le 7,65, il n'en a pas et n'est pas sûr de pouvoir s'en procurer. Ce petit détail finit par me convaincre de mon choix. Je n'ai pas envie de courir après les munitions en relançant d'autres personnes. Je sais qu'il est mal à l'aise : il n'a pas le droit de posséder de telles armes et encore moins de les vendre à un étranger. Je remonte le 9 millimètres et le fait fonctionner plusieurs fois à vide pour écouter son bruit et décrasser le mécanisme. « Le 9 millimètres m'intéresse, combien ? » « Trois mille francs ! » Je suis surpris qu'il me donne un chiffre en francs. Je lui réponds : « Tu veux dire quatre-vingt-dix mille ouguiyas ? » Il me maintient le chiffre en francs, alors la discussion débute. Je sais très bien qu'au marché noir, il multipliera par 1,5 le cours officiel de l'ouguiya. Les palabres durent quinze bonnes minutes, pour finir par tomber d'accord sur le chiffre de deux mille deux cent cinquante francs avec la centaine de cartouches et un autre chargeur. On se sert la main et je lui offre une cigarette, qu'il prend le temps de fumer. On discute d'un peu de tout mais surtout de rien de personnel. Au moment où il se lève pour quitter la pièce et rentrer chez lui, j'insiste pour qu'il me laisse l'arme cette nuit. Je lui annonce que je le payerai demain matin, quand il amènera le chargeur supplémentaire. Je vois sur son visage que cette décision le contrarie, j'imagine qu'il n'est que l'intermédiaire du véritable propriétaire, mais il accepte. Ce qui me laisse un peu de temps pour aller l'essayer dans les dunes environnantes, dès l'aube, avant de le payer. Le receleur s'éclipse et je m'allonge sur mon matelas. Je ne suis pas vraiment rassuré à l'idée de posséder une arme de poing dans cette ville. J'espère que l'homme sera discret jusqu'à mon départ. J'ai beau avoir quelques connaissances à la gendarmerie de Chinguetti, cela ne me sauvera pas de la prison si jamais on me dénonçait. Je m'endors avec ces pensées. Le lendemain, je me lève dès la première prière, m'habille rapidement, me jette dans ma Land Rover avec l'arme cachée dans mon pantalon et file plein sud dans l'oued, sous le vent dominant. Je ne veux pas que le bruit des déflagrations atteigne la ville. Dans le désert, le claquement d'un tir porte très loin. Je roule environ une heure dans les dunes pour effectuer une trentaine de kilomètres, distance que j'estime suffisante pour conserver une bonne discrétion. Je remplis le chargeur avec neuf cartouches, l'enclenche dans le magasin, arme la culasse, déverrouille la sécurité. Ces gestes me rappellent mes années de tir à l'armée, puis par la suite dans les stands civils de la police. Je suis prêt à tirer, je choisis comme cible un petit caillou que je pose au pied d'une dune. J'appuie sur la détente ; le coup part, mais j'ai la désagréable surprise de m'apercevoir que la seconde cartouche a bloqué la culasse en se plaçant de travers. En inspectant l'arme, je remarque tout de suite que le percuteur n'est pas revenu à sa position initiale, c'est-à-dire rentré dans la culasse. Il s'est bloqué et a empêché la deuxième cartouche de se positionner dans la chambre. Je démonte rapidement l'arme et repousse le percuteur avec le tournevis de mon couteau suisse. Je recommence à tirer et cette fois quatre balles partent avant que l'arme ne se bloque. C'est un progrès ! Une chose est évidente, si je veux pouvoir compter dessus, il lui faudra un sérieux nettoyage en profondeur.

À présent, le soleil éclaire les crêtes des dunes ; il faut que je rentre avant que la ville s'éveille. Je n'ai pas envie d'éveiller les soupçons et que l'on me pose des questions sur mon absence matinale. Depuis que je suis arrivé sur Chinguetti, les gens ont appris, petit à petit, mes intentions de traversée en méharée. J'ai tendance à alimenter les conversations autour du thé, depuis quelques semaines. La curiosité des gens est peu pudique et je suis souvent directement interpellé dans les rues. La plupart du temps, ils repartent en me traitant de fou. Ce qui me donne une certaine immunité dans leur classification sociale. Je reste l'homme un peu idiot qui est prêt à risquer sa vie, pour un but qu'ils assimilent à une pure futilité : aller voir là où il n'y a rien, la Majâbat al-Koubrâ.

De retour à l'auberge, je n'attends qu'une demi-heure, juste le temps de prendre un café, avant que l'homme de la veille ne revienne me voir dans ma chambre. À la lumière naturelle, je m'aperçois qu'il paraît plus jeune que cette nuit. Je lui donne environ 35 ans, avec un visage très marqué par le désert. Je pense qu'il a passé plus de temps dans les sables que dans la ville de Chinguetti. C'est sans doute un chamelier. Il parle relativement bien le français. S'il avait été un gardien de troupeaux, il n'aurait sans doute pas reçu d'éducation scolaire et ne parlerait que l'hassaniya. Je le reçois dans ma chambre, aussi sobrement que la veille.

Il sort des poches de son burnous le chargeur. Je le prends et constate qu'il est moins usé que l'autre. Je le remplace immédiatement, actionne deux-trois fois l'arme à vide et l'éjecte pour vérifier si la culasse ne frotte pas sur ses lèvres. Je conclus définitivement la transaction en le payant. Il recompte les billets un à un, me sert la main et s'éclipse rapidement. Je pense qu'il n'a pas envie d'être surpris dans l'enceinte de l'auberge ; je ne le reverrai jamais. Par la suite, personne ne me parlera de cette arme ; il est par conséquent resté discret et honnête sur notre petite affaire. Je crois qu'il a compris que son intérêt comme le mien était d'oublier cette histoire.

Les derniers instants avant le départ

Je n'ai pas forcément bien dormi cette nuit, ce qui est compréhensible : c'est le grand jour. Dès le réveil, j'ai l'esprit occupé par une multitude de détails qu'il faut encore régler à la dernière minute. Des petits soucis de logistique qui ne se résolvent bien sûr que juste avant le départ. Comme si je ne méritais pas un peu de répit avant la tempête, pour penser une dernière fois à cette aventure. J'aurais besoin de temps pour réfléchir à nouveau, en reprenant tous les paramètres possibles de cette expédition et me convaincre une bonne fois pour toutes que ce n'est pas irréalisable. Avec Taha nous avons, hier, préparé le maximum mais il reste encore des courses de nourriture à faire, faute d'approvisionnement dans les boutiques. Nous n'avons pas assez de corde, nos 98 mètres ne suffisent pas. Il nous reste une selle *(ralha)* de monture qui n'est pas terminée. Hier soir, j'ai commandé également les produits frais que nous emmènerons : quelques galettes de pain pour le début de la marche, 5 kilos d'oignons et 2 kilos de citrons. Les citrons ne sont pas dans leurs habitudes alimentaires, et pour cela je dois aller directement dans la palmeraie où quelques Mauritaniens en cultivent comme plantes d'ornement. Il n'y a donc pas de prix en vigueur, ce qui fait qu'on me les offre avec plaisir. Je m'en servirai non seulement pour un apport substantiel en vitamine C, mais également pour me frotter les dents, faute d'eau pour les brosser. J'oubliais le petit flacon de liquide de frein, qui servira à nettoyer nos armes ensablées le moment venu ; c'est, paraît-il, très efficace. Il est presque 11 heures du matin quand je finis par tout réunir sur la terrasse de ma maison. Évidemment, les achats se sont fait à coups de palabres, avec encore quelques personnes essayant de me décourager et de me pousser à l'abandon pour sauver ma vie. Taha me rejoint précisément à ce moment-là. Il finit le harnachement de la selle, vérifie qu'il y a bien encore les 4 kilos de thé et les 10 de sucre. Selon lui, après l'eau, ce sont les biens les plus précieux en méharée. Puis nous commençons à faire des petits tas méthodiques de toutes nos affaires pour équilibrer et remplir les sacs. En bas, les gens nous observent avec attention et nous rappellent, de temps en temps, que le désert ne pardonne pas, qu'il ne faut rien oublier, qu'il faut bien penser à tout. Pendant que Taha finit de ficeler les petits sacs qui iront dans les grands, je demande à deux gamins de l'auberge de m'aider à transporter les huit tonneaux métalliques près du puits. J'enfile mes gants en cuir, bascule le couvercle en fer qui protège l'eau des contaminations extérieures et plonge le délou et ses 10 mètres de corde dans l'étroit orifice de cette réserve d'eau. Au préalable, j'installe sur le premier bidon un entonnoir pour perdre le moins possible du précieux liquide. Et me voilà parti pour une centaine de remontées, afin de remplir notre réserve d'eau de 400 litres répartie dans nos huit conteneurs zingués. Je m'applique particulièrement à éviter toute bulle d'air au-dessus des bidons qui nous priverait de cette eau très précieuse, en les remplissant bien à plat. La touche finale est le complément de 50 millilitres par bidon d'un produit que j'espère miracle contre les contaminations et les proliférations bactériennes. D'après la notice, une fois le produit ajouté, l'eau reste potable pendant six mois. Je suppose que les concepteurs de ce produit ne l'ont pas testé dans les mêmes conditions que nous allons le faire, alors, faisons confiance à la science. Je suis conscient que cette alchimie est une première et qu'au premier signe de diarrhée ou d'infection des voies digestives, nous serons contraints d'abandonner. Taha ne voulait évidemment rien additionner à l'eau, comme faisaient les anciens dans leurs guerbas. Le problème est le suivant : marcher longtemps, en buvant la même eau qui est en perpétuel mouvement sur le dos des dromadaires et contenue dans le métal à des températures proches de 60 °C la journée, amène l'eau aux conditions idéales d'un véritable bouillon de culture. Taha a été difficile à convaincre mais a admis que le métal n'avait pas les mêmes propriétés que les guerbas en peau de chèvres pour assainir l'eau et la garder fraîche. Il me fait confiance également pour la préparation de nos réserves d'eau.

Au pays des djinns méharée du 1er au 49e jour

15/01 – JOUR 1

En ce premier jour, Taha et moi consacrons plusieurs heures à la répartition du chargement sur nos huit dromadaires, en vérifiant bien tous les deux que l'on n'oublie rien. Ceci nous permet également de visualiser ensemble le contenu des sacs ; ce sera un gain de temps ce soir lors du bivouac. Les animaux qui transportent l'eau ne portent en plus qu'un sac de charbon. J'estime, ainsi, leur charge totale à environ 140 kilos, 100 litres d'eau, plus le poids des bidons en acier galvanisé, auquel s'ajoute celui de la selle de bât et du sac de charbon. Cette charge, que je trouve considérable, sachant l'effort qu'ils vont avoir à faire, va heureusement diminuer un peu chaque jour. Taha propose de vider d'abord les deux bidons d'un même dromadaire puis seulement de puiser dans les suivants. Moi, je pensais que chaque jour, on prélèverait l'eau dans un bidon différent pour atténuer la souffrance des animaux, en diminuant à tour de rôle leur charge. Mais Taha m'explique que ces réservoirs, lorsqu'ils sont pleins, tiennent bien mieux en place sur le dos des dromadaires. La marche nonchalante et tanguante de nos camélidés provoque le balancement de l'eau à l'intérieur des bidons, poussant ceux-ci à un déplacement anarchique qui déséquilibre l'animal. Cette perspective nous obligerait sans cesse à arrêter la progression de la caravane pour remettre le chargement en place et nous ferait perdre du temps inutilement. Pour le reste des bagages, nous entassons tout notre matériel et nos vivres dans des sacs de farine de 100 kilos, les plus résistants sur le marché chinguettien. Nous les ficelons avec précaution, en faisant des nœuds adaptés à chaque type de corde, plus ou moins dense, en poils de dromadaires.

Départ de Chinguetti vers 16 heures, petit tour de la ville accompagnés par un attroupement de « supporters », sceptiques sur l'issue de ce périple. Un vieux sage nous bénit en psalmodiant de sa voix rauque quelques versets coraniques. Nous marchons dans l'oued fossile jusqu'à 18 h 30, au coucher du soleil. Nous campons au pied d'un petit groupe d'acacias, nourriture de prédilection pour nos dromadaires. Au sud commencent les immenses dunes du Tiâr. Éric et Jean sont avec nous, ainsi que Batty et un chamelier. Ils nous suivent à bonne distance avec leur propre méharée et leur matériel de tournage. Le bivouac du soir est l'occasion de nous retrouver tous ensemble, mais j'insiste à nouveau pour ne pas mélanger ni notre eau, ni nos repas, ni nos dromadaires. J'exige que nous formions deux équipes bien distinctes sans aucune interaction. Malheureusement pour eux, ils n'ont pas emporté de bois pour faire leur feu. On leur cède avec parcimonie quelques poignées de notre charbon. L'idée ne m'enchante pas, mais je pense que nous en aurons suffisamment. Pendant cette demi-journée de marche, nous n'avons fait que 9 kilomètres. Les neuf premiers ! J'ai passé tout mon temps à observer les dromadaires pour essayer de distinguer leurs particularités, leur personnalité et tenter de déceler leurs éventuelles faiblesses.

16/01 – JOUR 2

Le réveil se fait naturellement à 7 heures, mais le départ n'est qu'à 10 h 30, car il y a pas mal de travail avant de lever le camp. Il faut, entre autres, aller récupérer les dromadaires qui se sont beaucoup éloignés pendant la nuit. Nous sommes trop près de Chinguetti et ils ont tendance à retourner en arrière pour retrouver les pâturages rencontrés la veille et restés dans leur souvenir. D'après Taha, ils étaient quasiment à 5 kilomètres, sur les traces que nous avons laissées hier. C'est le problème avec ces animaux : ils repèrent les touffes d'herbes les plus vertes en marchant la journée et, la nuit, quand on les relâche, ils y retournent en priorité. De plus, c'est le début de la méharée, ils ne sont pas encore assez épuisés par une marche quotidienne et sont capables d'avaler à nouveau des kilomètres la nuit. Nous avons par conséquent beaucoup de retard sur l'horaire prévu. Lorsque la caravane s'ébranle, le soleil est déjà trop haut et nous avons loupé les heures fraîches de la matinée. Le dromadaire noir, le plus jeune et le plus robuste, semble très mal dressé. Il ne veut pas marcher en file indienne avec les autres. Il ne supporte pas d'avoir un de ses congénères derrière lui, accroché à sa croupe. Il nous cause des soucis en essayant sans arrêt de mordre les autres dromadaires et nous sommes alors obligés de le séparer du groupe. Taha va parfaire son éducation en l'obligeant à accepter de force notre petite communauté. Il commence par l'entraver en lui attachant la patte avant gauche à la patte arrière gauche et puis il va le dresser personnellement, à coups de bâton. Je lui fais évidemment confiance, bien que je ne supporte pas que l'on frappe les animaux. Ce procédé, un peu violent, est pourtant la seule solution efficace pour qu'il intègre rapidement sa place dans notre petite caravane. L'animal finit quand même par éventrer notre bidon d'huile lors d'une ruade, et une partie du liquide se répand sur mon sac à dos et imprègne aussi les précieuses cartes au 1/200 000 qui se situaient dans la poche du rabat. Rien de très grave, nous ne perdons environ qu'un demi-litre d'huile, il en reste encore suffisamment pour le trajet. Dans un dernier sursaut d'humeur, ce dromadaire indiscipliné mord violemment l'avant-bras de Taha. L'entaille est peu profonde, quelques gouttes de sang tombent tout de même sur le sable. Malgré cette douloureuse morsure, Taha reste impassible et je ne ressens aucune rancune de sa part envers l'animal. Cela me rassure, je ne voudrais pas qu'il prenne ce dromadaire en grippe pour tout le reste de notre voyage. La première pause de la journée est à midi, puis nous repartons vers 15 heures pour marcher jusqu'à 19 heures. Dans l'après-midi, nous passons près du squelette d'un jeune dromadaire qui n'a pas survécu à la sécheresse de l'été. Sécheresse qui s'aggrave de plus en plus depuis quatre années consécutives, en Mauritanie. Ahmed Ould Wenane me confiait, avant de partir, que chaque année les chameliers perdent presque un tiers de leur cheptel. Les animaux ont vu et flairé les ossements du cadavre blanchi par le soleil. Cela les rend nerveux un court instant. Ils se mettent à courir sur quelques mètres, et je ne peux les retenir. Je lâche alors la bride du dromadaire de tête et les laisse se calmer. En fin de journée, avant de monter le bivouac et de décharger nos affaires, on réalise plusieurs « plans caméra » de la méharée sur fond de dunes baignées dans un magnifique coucher de soleil. Ce soir, comme la nébulosité du ciel est très faible, nous pouvons admirer le soleil jusqu'à sa disparition derrière la plus haute dune, sans le voir se diluer dans la brume de chaleur. Aujourd'hui, nous avons parcouru 17 kilomètres. C'est un bon début dans les sables mous de ces barkhanes. Durant la nuit, je suis en proie à un dérangement intestinal ; je prends un anti-infectieux. Quand ce genre de mésaventure vous arrive au bout du deuxième jour, vous ne pouvez que vous dire que le voyage commence bien, et que ça promet pour la suite...

17/01 – JOUR 3

Nous avons traversé la barrière de barkhanes qui, tel un océan agité, déversait ses vagues sur la côte du massif rocailleux de l'Adrar. Aujourd'hui, il y a donc peu de dunes de belles tailles, le paysage est assez plat et facile à franchir. Évidemment, cette vue ne satisfait plus Jean-Gabriel et il nous oblige à détourner notre route, juste pour retrouver ces hauts monticules de sable et filmer encore quelques séquences. En fin de journée, ce petit manège m'énerve franchement. J'estime que gravir ces collines de sable, qui ne sont pas sur notre route, épuise inutilement nos dromadaires. Après réflexion et discussion, je comprends qu'il faut faire un compromis entre le film et l'aventure. Je suis conscient que le réalisateur ne tourne pas inutilement des kilomètres de bande vidéo et ne nous demande ces efforts que lorsque c'est vraiment indispensable à la réalisation de belles images. Nous bivouaquons à côté d'un petit bosquet clairsemé d'acacias ; l'endroit est presque bucolique. Ce soir, mon dérangement intestinal est passé et j'en suis vraiment soulagé. Cumulé à la transpiration et à l'excrétion urinaire, c'était une source de déshydratation de trop. J'arrête aussitôt la médication. Taha prépare une *kessera*, une galette de farine cuite sous le sable chauffé par les braises de notre foyer. À chaque fois que notre campement sera installé près d'une source de bois mort, nous aurons encore droit à ce repas, très grand consommateur de braises et donc de charbon.

18/01 – JOUR 4

La marche s'effectue aujourd'hui essentiellement sur un sol dur interdunaire, où de nombreux petits graviers remplacent le sable des dunes vives. Le treillis de petites barkhanes se dissipe et la progression est beaucoup plus facile ; nous avançons à un bon rythme. Dans l'après-midi, les dromadaires s'emballent à la vue d'une vipère et tout le troupeau se détache et se disperse. Il nous faut une bonne heure pour calmer et rassembler tous les animaux. Il n'y aura ni blessé, ni dégât matériel. En fin de journée, nous dérangeons un lièvre du Cap qui décampe rapidement devant notre caravane. Taha essaie de l'assommer en lançant son bâton de chamelier au ras du sol pour lui couper la course. Raté ! Il n'y aura donc pas de viande fraîche ce soir. Cela ne me dérange pas car j'ai opté, il y a quelques années pour une alimentation la plus végétarienne possible.

Notre route longe la bordure des aklés du Dahr Chinguetti vers le nord-est et nous amène à quelques kilomètres seulement des Gneïba. Nous décidons d'y passer la nuit, Taha souhaitant une dernière fois saluer sa famille. Par sécurité, nous en profitons aussi pour changer l'eau de deux bidons. Elle est déjà devenue laiteuse et ne m'inspire pas confiance. Nous faisons également boire, une dernière fois, les dromadaires. Je suis surpris qu'ils boivent peu. J'espère que cela signifie tout simplement que leur réserve hydrique est complétée au maximum. Le repas du soir est à base de couscous mauritanien, un dîner de fête, avant la grande traversée et sa nourriture invariable et monotone. La nuit venue, je partage ma hutte avec l'équipe du film.

19/01 – JOUR 5

Lever de la troupe à 8 heures. Nous déjeunons de quelques arachides et biscuits secs agrémentés d'un thé fort. Peu après ce frugal repas, Taha s'éclipse avec N'Da qui aura pour fonction de le remplacer au sein de la famille pendant son absence. Ils partent régler les derniers problèmes et son fils enregistre les ultimes consignes. Aujourd'hui aussi, nous nous séparons de l'équipe du film. Jean-Gabriel me donne des conseils sur l'utilisation de la petite caméra DV embarquée dans l'aventure. Il me décrit les différents plans qu'il faudra que je filme pour les besoins du documentaire. Avant le départ, je nettoie, une fois de plus, mon arme avec du liquide de frein. J'ai beau avoir refait ce geste à maintes et maintes reprises, il reste encore énormément de sable à l'intérieur. Ce vieux 9 millimètres de type pistolet automatique, acheté au marché noir avec son chargeur de neuf cartouches, n'est pas près de retrouver sa jeunesse. Le ressort du percuteur ne fonctionne toujours pas bien. Cette fois, je démonte l'arme totalement, pièce par pièce, pour enlever toute la vieille graisse souillée. Dans cet univers dominé par le sable, on graisse peu les armes, juste le minimum pour que les parties coulissent sans trop de frottements. Je démonte et remonte l'arme trois fois de suite, mais le percuteur persiste à ne revenir dans sa position d'origine qu'une fois sur deux. Grâce à une seringue récupérée dans la pharmacie, j'injecte directement du liquide de frein dans le bloc du percuteur. En l'actionnant manuellement, le liquide transparent ressort teinté de marron en dissolvant la graisse et la poussière. Au bout d'une heure, je range le pistolet dans un sac en plastique étanche, l'ensemble protégé dans une toile en forme de chaussette. Par précaution et surtout par sécurité, je ne le charge pas et garde la boîte de cent cartouches à côté de l'étui.

Taha salue une dernière fois sa famille qui va certainement beaucoup lui manquer. Sa femme a la larme à l'œil au moment où il lui glisse quelques mots à l'oreille. N'Da essaie d'être digne, bien que je le sache rempli de tristesse face à cette séparation. Taha fait le tour de tout le monde, avec à chaque fois une petite phrase pour chacun. En nous mettant en route, nous repartons en direction du puits de la veille, à quelques kilomètres des Gneïba. Nous essayons d'abreuver une dernière fois les dromadaires qui refusent catégoriquement la moindre goutte d'eau. Il faut dire que le puits est peu profond, à peine 15 mètres, et l'eau qui stagne au fond est trop saumâtre.

Le grand départ vers l'inconnu, la Majâbat al-Koubrâ, est donné vers 11 heures. Un dernier travelling reste à faire, cette fois avec la voiture venue récupérer Jean-Gabriel, Éric et Batty. Nous nous disons au revoir. L'équipe de tournage nous quitte dans le bruit d'un moteur hoquetant et disparaît à l'horizon dans un nuage de fumée noire. J'ai, je l'avoue, du mal à retenir quelques larmes qui s'écoulent le long de mes joues. Je ressens une grande tristesse. Je n'irai pas jusqu'à dire qu'il s'était créé de forts liens d'amitié en trois semaines, c'est trop prématuré. Nous avons marché ensemble dans ce désert, et même si ce n'est que pendant quatre jours, nous avons eu une même destinée quotidienne et partagé les mêmes souffrances physiques dans cet environnement de sable. De plus, nous allons, Taha et moi, être seuls et coupés de tout autre contact humain pendant plusieurs dizaines de jours !

Nous installons le campement à 15 h 30 dans le massif de l'Herrour. Sur le versant sud, nous surplombons un joli panorama. De l'autre côté, les dunes aux arêtes vives sont impressionnantes, c'est un véritable enchevêtrement extrêmement irrégulier. Lors du coucher du soleil, légèrement voilé par une brume de sable stagnante, un petit rapace s'installe dans l'acacia juste derrière nous. Je n'arrive pas à identifier l'espèce. Nous mangeons une grosse gamelle de riz à 16 heures, et buvons le dernier thé vers 19 heures. Nous nous couchons un peu plus tard, relativement épuisés par notre après-midi d'effort, à zigzaguer entre les blocs de grès à la recherche des meilleurs passages pour les dromadaires.

20/01 – JOUR 6

Plat de pâtes dès 8 heures du matin, pour prendre des forces en vue de l'éprouvante journée à venir. Notre caravane descend jusqu'au sud du massif de l'Herrour, là où commencent les dunes du Ouarane. Ici et là, on peut voir des lézards, beaucoup de scarabées noirs et une mue de vipère. Nous marchons au milieu de barkhanes très acérées et très difficiles à franchir, et notre route s'oriente trop au sud. Souvent, Taha, qui marche en tête de la caravane, est obligé de créer des passages artificiels sur les crêtes des dunes, pour que nos dromadaires lourdement chargés puissent avancer. Avec ses mains, il aplanit le sable au sommet des buttes, que nous abordons systématiquement de face, à cause de la configuration du terrain sous les vents dominants. Inlassablement, nous essayons le plus possible de contourner ces masses de sable instable, pour accéder à un sol plus dur et limiter l'épuisement de nos animaux. Dans ce type de dunes, nous pouvons multiplier par deux fois et demie la distance effectuée sur la carte, pour avoir la réalité des kilomètres parcourus. Nous arrêtons la caravane vers le milieu de l'après-midi, à la suite d'un signe de faiblesse d'un de nos dromadaires. Ce dernier s'écroule littéralement sur le sable avec tout son chargement, puis refuse de se relever. Nos animaux ne vont pas pouvoir boire pendant des jours, nous n'avons pas d'eau pour eux. Alors, pour les préserver le plus longtemps possible, nous marchons toujours à leur rythme, sans jamais les pousser plus loin qu'ils ne le peuvent. Chaque jour, c'est la faiblesse d'un dromadaire qui dicte la fin de la journée d'effort.

21/01 – JOUR 7

La nuit dernière, comme depuis le départ, j'ai eu très froid. Je me suis encore réveillé plusieurs fois. Mon sommeil, très perturbé, n'est pas assez réparateur au regard des efforts fournis dans la journée. Même en restant tout habillé dans mon sac de couchage, je sens la fraîcheur vive du sable, refroidi par une température extérieure nocturne descendue à environ 2 °C. La nuit prochaine, j'essaierai de m'isoler un peu plus du sable avec mon tapis de sol. Il est important que je dorme correctement pour bien récupérer.

Le départ de la méharée est à 9 h 15. Bien tard, à mon avis. Une fois de plus, les dromadaires se sont éloignés du campement à la recherche de nourriture. Hier, nous avons suivi une trajectoire un peu trop au sud. Ainsi ce matin, pour compenser, je réoriente notre direction de quelques degrés plus à l'est. Après une heure de marche, les barkhanes sont, petit à petit, remplacées par les aklés. Ce sont des dunes aussi hautes mais qui ont la particularité de posséder des petites cuvettes interdunaires. Dans ces creux (ayoûn), le sable y est blanc-gris par rapport à la teinte jaune-orange habituelle, ce qui indique la présence d'une couche de paléosol ancien. Nous y trouvons de nombreux vestiges préhistoriques (pointes de flèches, haches polies, morceaux de meules en grès...). En milieu de matinée, nous découvrons un magnifique site de poteries intactes. Ce sont des récipients ayant une forme ressemblant aux « canaris » de l'Afrique de l'Ouest en terre cuite et de couleur foncée. N'étant pas spécialiste, mais ayant tout de même quelques notions dans le domaine de la préhistoire saharienne, certains éléments comme l'épaisseur de la tranche, la sobriété de la décoration, voire sur certaine son inexistence, ou encore la qualité de la cuisson me font penser à des objets façonnés il y a plusieurs millénaires, sans doute au néolithique moyen. Je profite de cette découverte pour faire un rappel sommaire sur ce qu'a été le peuplement saharien depuis les débuts de la préhistoire.

La préhistoire de l'Adrar

Le Sahara a connu une alternance de périodes humides (sur quelques siècles ou sur quelques millénaires) il y a sans doute un million d'années, puis vers 125000, 75000, 25000, 8200, 7000, 6000, 4000 et enfin 3000 B.P. Ceci a permis aux civilisations préhistoriques, tout comme à la végétation (steppe sahélienne, savane et forêt) et à la faune (faune de milieu tropical humide, éléphants, hippopotames, bovidés), de s'épanouir. Les périodes sèches intermédiaires engendrèrent la migration de la grande faune vers le sud, remplacée par une faune sahélienne plus adaptée (autruches, gazelles) et conduisirent également l'homme à une transhumance vers les contrées plus clémentes du nord ou du sud de l'Afrique. Cependant, bien que de nombreuses études sur le Sahara central aient été menées, la préhistoire de la région de l'Adrar, pourtant très riche, est encore mal connue.

Au paléolithique (1000000-9500 B.P.), l'existence, dans toutes les régions de l'Adrar, de grès quartzites adaptés à la taille de bifaces ou encore de hachereaux indique une présence humaine dès l'acheuléen, succédant à l'*Homo ergaster (erectus)*. Ce dernier était probablement présent dans la région il y a plus de un million d'années, si l'on en croit les galets aménagés du Sahara, retrouvés dans le massif circulaire des Richât, à l'est de Ouadane. Pendant cette période acheuléenne, l'homme est un chasseur récolteur, installé dans toute la région de l'Adrar, le long des cours d'eau ou autour des lacs, comme dans le Baten, entre l'Adrar et l'erg Maqtayr.

La disparition de l'acheuléen, il y a sans doute cent mille ans, au cours d'une période aride, a été suivie par l'apparition de l'atérien (90000-20000 B.P.) dans le nord de l'Afrique méditerranéenne jusqu'au sud du Sahara. Ces *Homo sapiens* chasseurs-cueilleurs sont à l'origine d'une nouveauté dans le façonnage lithique : le « pédoncule » qui permet l'emmanchement des outils. L'atérien semble s'arrêter au début d'un des plus rudes épisodes arides du quaternaire récent saharien, entre 20000 et 10000 B.P. Malgré quelques traces d'occupation, on ignore si des hommes ont pu survivre dans l'Adrar pendant cette période.

Dans cette région du Sahara, le néolithique commence au début de l'holocène vers 9500 B.P. pour se terminer vers 3000 B.P. À cette époque, les précipitations redeviennent abondantes et l'Adrar, une nouvelle fois, se peuple d'hommes venus du nord comme du sud. Une trace de pas humain a été datée à 9120 B.P., près de Zouérate et dans le nord du Mali, l'occupation date au moins de 7400 B.P. Ces apports d'eau ont permis à l'homme de développer, petit à petit, de nouvelles techniques caractéristiques de cette période, comme l'élevage puis l'agriculture et vont surtout l'inciter à une présédentarisation. D'ailleurs, dans certains sites rupestres qui remontent vraisemblablement à l'époque pastorale, des peintures d'inspiration « bovidienne » ont été découvertes. Dans l'Adrar, l'art rupestre correspond essentiellement à cette période et la région possède un ensemble de peintures uniques dans le sud-ouest du Sahara :

le site d'El Ghallaouya comportant plus de six cents sujets est le plus spectaculaire. Plusieurs groupes humains se succèdent au cours des millénaires, avec des caractéristiques techniques et culturelles nouvelles qui leur sont propres, comme le cheval, le char, l'écriture, le métal. Ceci trace une chronologie relativement claire de la fin du néolithique dans l'Adrar.

Le néolithique de l'Adrar présente, aussi, une grande diversité industrielle : variété des armatures de flèches, abondance du matériel de broyage qui montre l'utilisation des céréales sauvages, perles caractéristiques confectionnées à partir de coquilles d'œufs d'autruche, importance des céramiques. Par la suite, ces populations pastorales polissent leurs outils pour en améliorer le tranchant et vivent aussi de la pêche. L'apparition des microlithes (très petits outils de pierre) caractérise le Late Stone Age, aux environs de 3500 B.P.

Après 3000 B.P., c'est la fin de la préhistoire, et malgré le recul inéluctable des précipitations (quelques rémissions vers 2600, 2000 et 1000 B.P. qui retardent la désertification), le peuplement reste très dense et de nouvelles populations d'origine proto-berbère s'installent. Avec ces nouvelles vagues de peuplement venant du nord, le dromadaire fait son apparition dans le Sahara. De nouvelles sociétés naissent, plus guerrières, plus conquérantes, qui vont favoriser le développement de la métallurgie du cuivre et du fer. D'après nos connaissances actuelles, il semble que deux civilisations aient initié l'Afrique occidentale à la métallurgie : les Guaramantes d'Afrique du Nord et le royaume de Méroé, au Soudan.

Les paysans commencent à cultiver des palmiers, et sous les arbres fruitiers, des céréales et des légumes. Des caravaniers et des commerçants bâtissent des entrepôts. *Gsur* et oasis émergent des sables. À la même époque, éleveurs et agriculteurs sahéliens quittent l'Adrar à la poursuite d'un isohyète (indice de pluviométrie) propice au maintien de leur économie et de leur mode de vie.

Au fil des siècles, ces populations sont à l'origine d'un commerce caravanier de longue distance à travers la bande sahélienne et le désert du Sahara. Les caravanes vont transporter, entre le nord et le sud, des marchandises, propager des techniques, mais aussi diffuser des connaissances intellectuelles apprises du monde extérieur.

Le Mali, dans sa région subsaharienne, a connu vers 2500 B.P. une vie sociale et culturelle intense qui atteint son paroxysme au Moyen Âge, lors des grands empires, âge d'or de l'histoire du Mali.

Jusqu'à maintenant, on n'a pas encore retrouvé en Afrique occidentale les vestiges des formes anciennes de l'humanité, ni aucun outillage organique (bois, corne, cuir...) de l'époque correspondante au paléolithique moyen et ancien. C'est peut-être la composition des sols et la sécheresse du climat qui est impropre à la conservation de ces matériaux. De plus, dans certaines régions du désert, l'inexistence de sédimentation empêche toute estimation de datation d'objets préhistoriques. Cependant un spécimen humain, appelé *Tchadanthropus*, a été mis au jour dans le nord-est du Tchad. Ses fragments de crâne sont trop incomplets pour l'attribuer avec certitude à *Homo habilis* ou *Homo erectus*.

Nous reprenons notre route après une petite demiheure d'exploration du site. Ces poteries me laissent encore songeur un petit moment. J'imagine nos ancêtres vivant, chassant, se déplaçant dans ces paysages maintenant désertiques. Nous croisons en début d'après-midi quelques dromadaires sauvages. Nous prenons garde que les mâles n'attaquent pas notre méharée, car en période de reproduction, ces animaux peuvent être très agressifs pour préserver leur domination sur les femelles du groupe. Les dunes, de plus en plus stabilisées, ont remplacé les dunes vives de la veille. Leur morphologie est plus arrondie, leur sommet (alab) est de moins en moins terminé par des arêtes vives et instables sous le vent permanent. À présent, de véritables vallées se dessinent au milieu des sables, creusées par d'anciens ruissellements, témoins figés d'une période de paléo-environnement plus clémente. Depuis que nous sommes partis des Gneïba, nous ne scindons plus notre marche en deux étapes par un arrêt autour de midi. La pause déjeuner fatigue inutilement nos dromadaires par un débâtage supplémentaire qui casse leur rythme naturel de progression. Nous préférons abattre nos kilomètres en une fois. En revanche, nous arrêtons la méharée plus tôt dans l'après-midi. Aujourd'hui, c'est 15 h 15. Avec Taha, nous souffrons de crampes de déshydratation dans les jambes, dues à l'insuffisance d'eau ingurgitée par rapport aux efforts fournis et aux conditions climatiques. C'est la quantité d'eau embarquée qui nous impose cette restriction. Nous savons que cette première pathologie ne nous quittera plus jusqu'à la fin du parcours. Un dromadaire, épuisé, se couche à côté du camp, près de nous, pendant une heure, avant de se relever pour dénicher quelques touffes à brouter. Taha trouve des vieilles racines de hâdh. Ce soir, nous allons faire un vrai feu avec des flammes, ce qui est toujours agréable pour le moral.

Aujourd'hui, nous avons établi notre record de distance : 24 kilomètres sur la carte, le terrain s'y prêtait. Extinction à 20 heures, ce qui est relativement tôt, mais nous sommes harassés. J'installe mon tapis de sol sous mon sac de couchage pour lutter contre le froid du sable. Avant de m'endormir, je repense à ce paysage de vallées fossiles qui est sans doute la continuité du Khatt, point de jonction entre les massifs de l'Adrar et du Tagant. Je pense que toutes ces rivières fossiles devaient se rejoindre en ce seul point de passage pour se déverser par la suite dans l'océan, à 800 kilomètres de là.

22/01 – JOUR 8

Dormir sur mon tapis de sol est plus efficace qu'à même le sable, mais insuffisant. J'ai encore eu froid. Cela m'agace, je me réveille sans cesse la nuit et je n'arrive pas à récupérer correctement des efforts de la journée. Le départ de la méharée s'effectue à 9 h 35, avec un réveil à 6 h 45. Nous avons vraiment du mal à émerger et à nous mettre en route plus vite ! La matinée de marche est terriblement éprouvante, pour les hommes comme pour les animaux. En plus des plaques de sable très molles, il y a beaucoup de cuvettes profondes entre les dunes (cuvettes de type « khwâreg »), cachées par le terrain et que nous découvrons au dernier moment. Il faut s'arrêter régulièrement, afin de chercher le passage le plus propice, qui nous évite un dénivelé inutile. Vers 15 heures, un dromadaire, exténué, s'écroule avec son chargement d'eau. La chute, une fois encore, est impressionnante. Je crains même que ce ne soit son dernier souffle. L'animal tombe de tout son poids, en arrachant son anneau nasal par lequel il était lié à la caravane. Son museau saigne abondamment. Ce n'est qu'une égratignure pour un animal comme lui. Nous arrêtons évidemment ici notre journée et installons notre camp pour la nuit. Les dromadaires sont, d'après Taha, trop vite fatigués. Ils n'ont pas encore l'habitude de faire des efforts intenses et ils peinent vite dans ces sables où s'enfoncent profondément leurs soles. Ils doivent apprendre à marcher pendant des heures, sans s'hydrater et sans avoir un jour ou deux de répit : ce sera la condition nécessaire à leur survie. Nous n'avons pas assez d'eau pour nous permettre ne serait-ce qu'une seule journée de repos. Je me souviens d'un proverbe maure qui dit : « En méharée, ne pas avancer, c'est mourir. » Quelques heures plus tard, ce dromadaire retrouve un peu de tonus et se relève pour aller brouter.

Ce soir, pendant la préparation du repas, une petite gerbille nous rend visite. Elle est loin d'être farouche et s'installe tranquillement devant nous à quelques dizaines de centimètres. Elle se dresse sur ses pattes arrière et nous observe. Nous lui jetons quelques graines d'arachide qu'elle s'empresse de déguster. C'est étonnant comme les animaux sauvages qui n'ont pas encore croisé un homme ne sont pas craintifs à son égard. Nous nous amusons aussi avec des scarabées noirs en grand nombre, qui nous servent de cible pour lancer nos noyaux de dattes. Ils se battent pour les récupérer et les rouler avec leurs pattes antérieures jusque dans leurs terriers. Les animaux du désert me fascinent par toutes les stratégies qu'ils ont mises en place au cours de leur évolution pour vivre dans ces régions hyperarides, sans la moindre goutte d'eau, ni même d'humidité vaporeuse.

La faune adaptée aux conditions désertiques

À l'encontre de beaucoup d'idées reçues, un être vivant peut lutter plus efficacement contre le froid que contre le chaud. Le désert a conduit certaines espèces animales à développer de multiples stratégies pour survivre aux températures extrêmes et au manque d'eau des milieux désertiques sahariens. C'est une véritable sélection naturelle qui s'est opérée au cours du temps. Les nomades eux-mêmes sont admiratifs face à ces différentes adaptations. Ils pensent généralement que l'animal est protégé par différents djinns ou diverses entités surnaturelles. Mais en réalité, il n'y a pas d'espèces totalement adaptées à ces conditions extrêmes (forte température, insolation élevée, absence d'humidité dans l'air, absence d'eau et de vent). Leurs vies restent fragiles. Chaque animal associe différentes formes d'adaptations réunies essentiellement sous trois composantes. Tout d'abord, certains ont modifié leur comportement, puis leur morphologie et, pour finir, ont adapté leur physiologie à ces conditions climatiques extrêmes.

Pour lutter contre les fortes chaleurs diurnes qui chauffent excessivement le sol de ces régions, les animaux ont appris à s'enterrer ou à se placer à plusieurs dizaines de centimètres au-dessus du substrat. Ainsi, pendant les heures chaudes, les mammifères comme les carnivores (hyènes rayées, chacals, fennecs, chats des sables...), les rongeurs (gerbilles et mériones) ou la plupart des reptiles, des arachnides et des insectes ont pris l'habitude d'occuper des terriers. La majorité des oiseaux, quant à eux, préfèrent prendre leur envol et planer dans les couches d'air d'altitude, plus fraîches. Si jamais ils regagnent la terre, ce sera pour se placer généralement en hauteur dans un buisson ou un arbre. Certains massifs de végétation épars fournissent non seulement de l'ombre mais également, par respiration foliaire, un degré d'humidité non négligeable qui met en place de véritables microclimats plus favorables. En général, aux pieds des touffes clairsemées de sbot, on peut observer des zones sableuses, où règne un biotope complètement dépendant de la plante hôte. Si tous ces animaux ont adopté un comportement spécifique face aux conditions climatiques du désert, c'est en réalité qu'ils ne se sont pas totalement adaptés. D'ailleurs, les laisser au soleil toute une journée entraînerait leur mort. C'est le cas pour les reptiles, animaux à sang froid, qui sont incapables de régulariser leur température interne sous les rayons cuisants du soleil. Comme autre exemple d'adaptation, signalons les herbivores comme l'addax, l'oryx ou la gazelle Dorcas qui ont pris l'habitude de se déplacer en fonction des saisons (migrations saisonnières) à la recherche de pâturages toujours plus nourrissants.

À présent, intéressons-nous aux différentes adaptations morphologiques de l'espèce animale dans l'environnement désertique saharien. Chez certains mammifères (fennecs, chats des sables, lièvres du Cap, renards faméliques), une des adaptations les plus singulières est sans conteste la surdimension des oreilles. Cette transformation corporelle leur sert de radiateur et permet à ces animaux, dits « à sang chaud », de réguler plus efficacement leur déperdition calorifique. C'est grâce à une vascularisation beaucoup plus importante et donc à un contact vaisseaux sanguins/air augmenté que les échanges thermiques vont être optimisés sous les fortes chaleurs. Ces animaux sont également dotés d'une couleur (sable) reflétant les rayons solaires et d'une structure de pelage (poils courts) leur permettant une meilleure thermolyse (perte de chaleur) au niveau de la peau. Les sauriens (varans gris, agames, acanthodactyles), avec leurs écailles étanches, les scorpions, les coléoptères et les fourmis, recouverts d'une sécrétion de téguments imperméabilisés, limitent au minimum leur perte hydrique par transpiration. Les oiseaux se servent de leur plumage non seulement comme bouclier thermique pour se protéger du soleil, mais enferment aussi entre leurs plumes une mince couche d'air rafraîchie, qui limite leur déperdition en eau. Ce plumage permet aussi d'augmenter leur surface d'échange thermique avec l'air, par radiation de leur propre chaleur vers l'extérieur.

Les adaptations physiologiques des animaux sahariens sont, pour l'essentiel, directement liées à une optimisation de leur résistance à la déshydratation. Le dromadaire, comme nous l'avons vu, est capable de perdre 30 % de son poids en eau, sans en être affecté. Plus impressionnant, l'*Uromastix acanthinurus* peut perdre jusqu'à 48 % de son eau corporelle. Cette physiologie particulièrement adaptée lui permet de conserver un métabolisme normal, dans des conditions de déshydratation élevée. En revanche, ces animaux ont la capacité de se réhydrater très vite en compensant la perte hydrique subie, dès que l'occasion se présente sous la forme d'une mare ou d'un puits. La deuxième particularité physiologique de certains mammifères (antilopes, gazelles, microrongeurs) se situe au niveau de leurs excréments. Ils produisent des fèces extraordinairement asséchées et une urine infiniment concentrée. Cela leur permet d'économiser une fois de plus l'eau rejetée. Cette adaptation va encore plus loin chez certains reptiles ou oiseaux qui ont la capacité d'excréter leur acide urique sous une forme pratiquement solide. Enfin, on a constaté que les grands mammifères (dromadaires, antilopes, gazelles) en permanence sous la contrainte des chaleurs diurnes sont capables d'augmenter sensiblement leur température interne pour éviter de transpirer. Ainsi, tant que la température ambiante n'atteint pas la valeur de leur température intérieure, ces animaux n'enclenchent pas le processus de thermorégulation par évaporation de leur transpiration. Ils vont attendre les températures plus clémentes de la nuit pour dissiper leur chaleur accumulée la journée par vasodilatation périphérique, sans perdre la moindre goutte d'eau. Ces mammifères possèdent par ailleurs un système – dit « à contre-courant » – de refroidissement du sang irriguant le cerveau. Le sang chaud arrivant du cœur et allant au cerveau est refroidi, dans un échange thermique complexe, par le sang plus froid redescendant des naseaux. Cet échange se fait à travers un véritable radiateur constitué d'un réseau de capillaires et situé précisément sous le cerveau, au niveau du centre thermorégulateur.

Toutes ces adaptations animales très spécifiques à un climat chaud sont, la plupart du temps, liées entre elles et souvent interdépendantes les unes des autres. Il ne faut pas oublier que la quasi-totalité des espèces reste, malgré tout, en situation de survie dans ces régions hyperarides. Leurs vies restent précaires, il est important de ne pas bouleverser cet équilibre fragile par des actes de destruction ou de prélèvement d'échantillons naturels. Arracher une touffe de sbot ou de hâdh, c'est souvent un geste qui met en péril tout un microbiotope.

23/01 – JOUR 9

7 h 30. Je prépare une gamelle de macaronis agrémentés d'un oignon et d'une boîte de thon. Pendant ce temps, Taha prépare le thé. Ce matin, le vent froid du nord-est souffle assez fort et soulève le sable à quelques mètres au-dessus de nos têtes. J'essaie au maximum de préserver notre repas des grains siliceux, mais l'opération n'est pas si aisée. Le couvercle gondolé de la casserole laisse bailler de chaque côté deux petites ouvertures d'à peine 5 millimètres. Suffisant pour que le sable s'y engouffre. Les pâtes sont craquantes sous la dent, tant pis... Comme d'habitude vers 8 h 30, je rassemble les affaires et prépare les sacs, en les alignant aux endroits où l'on fait baraquer les dromadaires, tandis que Taha part les récupérer. Une fois le chargement en place sur le dos de nos animaux, nous ramassons nos bâtons de chamelier et le départ est donné. Le début de la journée est assez calme, le sable est dur et le relief très arrondi. De nombreuses touffes de sbot d'une couleur gris-vert parsèment cette plaine fossile. Elles ne sont pas toutes sèches et de temps à autre, je cueille une poignée de tiges

pour en donner au dromadaire de tête, espérant que cette herbe encore un peu verte le motive et qu'il entraîne ainsi les autres dans un bon rythme.

Depuis le début de l'après-midi, nous avons comme point de mire une proéminence rocheuse, que l'on atteint vers 15 h 40. Nous y installons notre bivouac. Je suis très surpris de découvrir ces blocs de pierre, j'étais persuadé qu'à cet endroit de la Majâbat al-Koubrâ, nous marchions sur une épaisseur de sable de plusieurs milliers de mètres. La seule explication, je la trouve grâce à ma carte de la région au 1/200 000 qui, bien évidemment ne signale pas cette résurgence rocheuse, mais propose le prolongement du Darh Tîchîtt sous les sables. Cette falaise de plusieurs centaines de kilomètres n'est qu'à dix jours de marche vers le sud.

L'ambiance visuelle autour de ces rochers est particulière, beaucoup de touffes de sbot, quelques lézards, scarabées et oiseaux (sirli) qui hurlent à notre passage. Nous grignotons rapidement et nous partons explorer les rochers. En faisant le tour, je constate qu'ils sont au nombre de cinq avec, pour le plus imposant d'entre eux, une hauteur d'environ 4 mètres. Sur l'un des rochers, on découvre un nid habité par un couple de rapaces au plumage gris-beige, peut-être des faucons laniers *(Falco biarmicus)* et, à son pied, un petit acacia bien vivant. Maintenant, nous sommes suffisamment proches des parois rocheuses pour y admirer très distinctement des peintures rupestres. Nous identifions des chevaux, autruches, girafes, zébus ; d'autres dessins gardent leur mystère. C'est impressionnant d'être sans doute les premiers à les observer. Je passe deux heures à filmer et photographier ces fabuleux vestiges du passé. Nous sommes comme de véritables gamins, riant de chaque trouvaille, escaladant tant bien que mal les parois pour tenter de découvrir et d'entrevoir de nouvelles illustrations tout en prenant soin de ne rien abîmer. Taha redessine chaque peinture du bout de son index droit, comme s'il cherchait une communion spirituelle avec l'artiste disparu. Je constate qu'il est aussi enjoué que moi à la vue de ces merveilles. Un sourire fige son visage quand il m'explique que Dieu a placé ce cadeau sur notre chemin, dans sa grande miséricorde, pour nous montrer que ce désert n'a pas toujours été désert. Et peut-être croit-il qu'un jour, nous le verrons à nouveau peuplé d'animaux.

L'art rupestre au Sahara

L'art rupestre est une expression artistique très universelle que l'on retrouve à différentes périodes sur les cinq continents. L'étude des sites rupestres permet d'identifier des spécificités bien marquées.

Le Sahara est très connu pour ses fresques, notamment la région des Tassilis, le Fezzan et le Tibesti, où gravures et peintures rupestres montrent au moins cinq périodes correspondant à des styles très particuliers. Dans le Sahara, cet art pariétal ne correspond donc pas à une brève période d'activité mais s'étale sur plusieurs millénaires pendant lesquels il n'a pas cessé d'évoluer.

La période bubaline, la plus ancienne (environ 7500 B.P.), coïncide avec les représentations naturalistes d'une faune de pays chaud et humide : hippopotames, panthères, éléphants, girafes et surtout bœufs antiques *(Homoïoceras antiquus)*. Ces sites à gravures sont rencontrés dans le Sud oranais.

Vient ensuite la période des « têtes rondes » (7000 B.P.), où la tête, des figures stylisées, est symbolisée par un cercle. L'exemple le plus frappant de cette période est le « Dieu martien » du site de Jabbaren, dans les Tassilis.

La période bovidienne (entre 7000 et 4500 B.P.) est dominée par des scènes de troupeaux de bœufs, des scènes de chasse et de vie pastorale.

La période caballine (entre 3500 et 2000 B.P.) est marquée par l'introduction du cheval, représenté le plus souvent en attelage, tirant des chars. On peut chercher l'explication de ces représentations : le climat s'étant modifié, la désertification gagne le Sahara, obligeant ainsi les habitants à le quitter et à nomadiser de nouveau.

La dernière période, ou période caméline, montre des représentations de dromadaires à bosse démesurée, associées à des inscriptions en alphabet libyco-berbère, puis en tifinagh.

Pour chacune de ces périodes, un type d'animal semble majoritairement représenté. Ce qui nous aide à avoir des repères écoclimatiques et socioculturels. Cependant, les choses ne sont pas aussi simples et les séparations entre les périodes pas aussi évidentes. Les chasseurs-cueilleurs ont cohabité avec les pasteurs pendant très longtemps. Finalement, dans l'Afrique subsaharienne, l'idée de succession des peuples doit plutôt être remplacée par celle de coexistence.

La fragilité de l'art rupestre dans les déserts

Grâce à l'art rupestre, aux peintures et gravures qui sont les témoins des modes de vie et des activités matérielles et spirituelles de l'*Homo sapiens* depuis quelque trente mille ans, nous possédons une information très riche sur l'évolution des conditions de vie et même des sociétés humaines qui l'ont conçu et produit. Ce constat est encore plus vrai dans les déserts, où l'art rupestre permet de retracer la mobilité des groupes humains en fonction des conditions climatiques, au moins pendant les dix derniers millénaires. Dans le cas du Sahara mauritanien, dont l'inventaire est bien loin

AU-DELÀ DES SABLES

1

CHINGUETTI

Le peu d'informations sur la région et les difficultés de cette méharée en autonomie totale nécessitent une préparation minutieuse du parcours et du matériel. Ecrasées de chaleur, les journées à Chinguetti sont rythmées par les cinq appels à la prière du muezzin.

2.

3

VILLAGE DE TAHA

Taha a installé sa famille aux Gneïba, à 70 kilomètres de Chinguetti. Depuis plus de deux ans, nous préparons ensemble cette traversée de la Majâbat al-Koubrâ en envisageant tous les problèmes que nous pourrions rencontrer. Il prendra soin des dromadaires, et moi je guiderai notre caravane à travers l'inconnu.

8

9

LA MEHARÉE

Pour une autonomie maximale, nous limitons strictement notre consommation en eau à 4 litres par jour et par personne. Dès la troisième journée de marche, nous souffrons de déshydratation. Dans ces conditions extrêmes, nous savons que la persistance de ce déséquilibre physiologique peut nous conduire à la mort. Les bivouacs s'installent en fonctions des maigres touffes de sbot, graminée qui alimente bien misérablement nos dromadaires.

DÉCOUVERTES

Sur notre parcours, nous explorons chaque zone interdunaire où émergent les paléosols, à la recherche d'indices préhistoriques ou de météorites. Au milieu des sables, nous découvrons un site de peintures rupestres encore inconnu des spécialistes. Chaque touffe de végétation abrite un fragile microbiotope où la survie remplace la vie.

12

14

15

16

16

ARRIVÉE À TOMBOUCTOU

Premier puits, nos dromadaires sont sauvés, ils auront marché trente-neuf jours sans boire, un record chez les camélidés… quarante-neuf jours, 1137 kilomètres de marche, loin des hommes et des puits ; après avoir traversé l'antichambre de l'enfer nous pénétrons enfin dans Tombouctou.

d'être achevé, l'art rupestre constitue d'incomparables archives sur les faunes, parfois les flores, les types anthropologiques, les pratiques sociales, les économies de subsistance, les rites, les mythes et les cultes. Actuellement, il existe donc un attrait irrésistible pour la découverte de nouveaux sites. Or, l'art rupestre est naturellement très fragile, même dans les zones arides où il subsiste encore une idée reçue, à savoir que le sec conserve.

Même si les processus d'altération des surfaces rocheuses sont ralentis dans un climat aride, plusieurs facteurs climatiques ou biologiques contribuent à fragiliser et même à détruire les supports de l'art rupestre. Une forte accumulation de la chaleur diurne dans la partie superficielle des roches, suivie dès le coucher du soleil d'un rapide refroidissement, provoque l'alternance de contraintes mécaniques par dilatation et contraction. On observe alors l'écaillage ou la desquamation des croûtes superficielles nommées « patines », principalement sur les parois nues directement exposées et plus rarement dans les abris sous roches, protégés de la radiation directe. Le développement de ces croûtes est lié à un phénomène de biominéralisation, réalisé par des bactéries, très général sur toutes les roches, sous tous les types de climats et particulièrement visible et étendu dans les déserts. Sur plusieurs sites sahariens, des prélèvements de roche ont montré une richesse inattendue en micro-organismes biominéralisants et pouvant résister à de très longues périodes de sécheresse dans un état de dormance. Lorsque les conditions du milieu sont plus favorables, par exemple pendant des phases paléoclimatiques plus humides, ces micro-organismes produisent de la matière minérale et contribuent au développement des patines.

À ce jour, dans les zones hyperarides, l'activité biominéralisante est fortement ralentie voire interrompue par le faible degré d'hygrométrie qui avoisine souvent le zéro.

L'ensemble des dégradations naturelles est particulièrement dommageable pour l'art rupestre. On comprend donc que cette fragilisation des surfaces rocheuses impose à tout observateur une grande prudence devant ces témoignages artistiques.

La palette de couleurs utilisée pour la peinture n'est pas très riche, car limitée par les ressources locales. Le rouge domine et provient de nodules d'ocre naturel (schistes ou oxydes métalliques de couleurs diverses). Les couleurs le plus souvent employées sont les différentes nuances de rouge, de violacé, de jaune, couleur naturelle du grès. Le gris, le bleu, le vert olive, qui apparaissent notamment dans les peintures de masque, proviennent de schiste dont l'existence est plus rare. Le blanc, plus difficile à obtenir, est issu de rares gisements de kaolin. Les colorants sont obtenus en écrasant les roches à l'aide d'un broyeur sur une meule. La poudre est ensuite délayée dans un liant. Le liquide est appliqué sur la paroi avec un bâton mâchonné ou simplement avec les doigts pour les œuvres les plus anciennes, et avec un instrument équivalent au pinceau pour la période des bovidés.

Le coucher est à 20 h 30, tôt, comme souvent. La lune à moitié pleine est déjà haute dans le ciel. Je prends le temps de la regarder en laissant mon esprit divaguer sur ce qui me manque, les gens, mon amie, mes amis, ma famille. Que font-ils en ce moment ? Je ne me laisse pas gagner par mes sentiments et rapidement je me concentre sur ma situation actuelle. Taha dort déjà pendant que je réfléchis, prends des notes et m'inquiète car aujourd'hui nous n'avons fait que

20 kilomètres, alors que le terrain était bon. D'après mes calculs, nous allons mettre soixante jours. Nous n'avons pas assez d'eau ! Il faut marcher plus...

24/01 – JOUR 10

La journée commence avec nos petites habitudes du matin ; je range le camp et Taha va chercher les dromadaires. De loin, je jette un dernier coup d'œil sur notre découverte, ces incroyables rochers parés d'œuvres préhistoriques. Puis nous nous éloignons toujours un peu plus vers l'est. Je trouve que les heures de la journée s'égrènent bien lentement... Comme le terrain n'est pas trop difficile, je passe mon temps à essayer de classer visuellement les différents sables par couleur. Je me rends compte, en comparant les poignées ramassées de-ci de-là, que la gamme est très large. J'obtiens un panel de dégradés que j'essaie de différencier ainsi : fauve brun, marron pâle, gris foncé, châtain-gris, roux fade, cuivre roux, roux brique, rouge sombre, fauve doré, or roux, ocre, ocre roux, blanc ocré, ocre rose, ocre rose clair, saumon, blanc légèrement rosé, rose pâle, beige rosé, fauve rosé, beige, jaune paille, moutarde, blanc, ivoire, lilas, mauve, gris-mauve, gris-bleu, mauve pâle, orangé, gris-beige, ocre safran, blanc-beige, blanc-gris, jaune, beige-jaune.

Cette journée s'écoule ainsi, paisiblement, au rythme de notre petite caravane, au rythme du désert. Le soir, nous décidons maintenant de dîner vers 19 heures au lieu de prendre notre repas juste après l'installation du bivouac. Nous avons tous les deux choisi cette organisation. Avant que le soleil ne se couche, j'en profite en général pour explorer le site autour de notre campement. Je préfère garder notre îlot de survie en visuel. En allumant mon téléphone satellite, je découvre un message sur ma boîte vocale. Je suis étonné, il s'agit d'un rendez-vous pour une interview à 20 h 30 précises, avec une journaliste d'Europe 1. En attendant le coup de téléphone, je suis un peu tendu et espère au fond de moi pouvoir retrouver rapidement l'intimité de mon sac de couchage. Une certaine Géraldine me pose des tas de questions, dont certaines me font sourire. Je dois lui décrire l'endroit où je me trouve et ce que je fais – un exercice peu évident. Je lui explique comment je m'apprête, avec très peu d'eau, à me laver les dents pour la première fois depuis le départ. J'imagine que cela doit passionner les auditeurs ! En fait, je ne sais pas vraiment quoi lui dire. Les questions me semblent si mal appropriées et je suis tellement éloigné de tous ces gens que ce décalage me bloque un peu dans le verbe. J'imagine cette fille dans son studio d'enregistrement à Paris, avec une multitude de personnes autour d'elle. J'essaie même de mettre un visage sur cette voix. En raccrochant, je suis déçu de n'avoir pas su expliquer ce que je faisais au milieu de ce désert. Je jure de ne plus renouveler ce genre d'opération. J'attendrai mon retour en France pour communiquer. Ce soir, le vent souffle fort, j'installe ma « chambre » à l'abri d'une touffe de végétation et l'entoure d'une partie de nos selles. Avant de m'endormir, je songe quelques minutes en admirant la voûte étoilée. C'est le seul moment de la journée où je m'autorise d'autres pensées que celles concernant la méharée.

25/01 – JOUR 11

R.A.S., journée calme. À part le dromadaire noir qui tombe d'épuisement avec son chargement d'eau. C'est notre signal d'arrêt. J'ai vu un fennec. Depuis le début de l'après-midi, nous attaquons la partie des Ogeylets, un paysage marqué par des dunes anarchiquement formées, regroupées par paquets sur quelques kilomètres et séparées sur plusieurs centaines de mètres par une partie relativement plate. Ces dunes vives entassées les unes sur les autres sont en perpétuel mouvement sous l'influence du vent. Elles sont dénuées de végétation. C'est l'action éolienne qui sculpte ces sables dans tous les sens. C'est fascinant de se demander ce que deviendra dans quelques années cette petite dune à peine formée. Si l'on essaie de déchiffrer la façon dont s'est formé un paysage, on peut comprendre l'histoire du terrain, repérer les vents dominants qui l'ont modelé et surtout espérer trouver des traces de vie, de flore, de faune ou encore d'objets préhistoriques...

La formation des dunes

Parmi les différentes structures dunaires, la plus basique est la dune en forme de croissant – en arabe, on l'appelle « barkhane ». Très mobile, elle se déplace jusqu'à 60 mètres par an dans certaines zones et se forme spontanément dans des déserts où le sol est constitué d'un substrat dur (rocailles, graviers, limons agglomérés, etc.), avec peu de sable en surface. L'espace interdunaire laisse apparaître le terrain originel. Il est important pour ce type de formation que le vent dominant souffle dans la même direction tout au long de l'année. On retrouve ces dunes simples sur le plateau rocailleux de l'Adrar, à la jonction des sables du Ouarane. La face exposée au vent est relativement plate et le sable plutôt tassé. La face sous le vent est abrupte et instable. La dune avance d'ailleurs par cette face sous l'action de petites avalanches perpétuellement générées par la masse d'air en mouvement. De façon générale, les grains de sable escaladent la pente, poussés par le vent, puis ils s'agglutinent sur le dos de la dune, juste derrière le sommet. Et comme la force du vent diminue beaucoup, les grains se déposent. Cette petite formation finit par dégringoler et par être recouverte d'autres grains de sable et ainsi de suite... Sur les côtés de la barkhane (les cornes), les hauteurs de sable sont trop faibles pour ralentir la force du vent et le sable n'est pas arrêté, ce qui donne à cette formation une structure très aérodynamique. Les ordres de grandeur de ce type de dune vont de 10 à 200 mètres pour la longueur et de 1 à 30 mètres pour la hauteur. En fonction de leur taille et de la force du vent, les barkhanes peuvent se déplacer jusqu'à une dizaine de mètres par an dans l'Adrar. Les petites formations avancent beaucoup plus vite que les grandes. Leur mobilité importante est la cause des problèmes d'ensablement dans les régions désertiques (routes, infrastructures, habitations, barrières anti-sable). Dans les zones à prédominance sableuse, comme les ergs, où d'énormes quantités de sable forment le substrat et sont déplacées par les vents, les barkhanes se multiplient et se regroupent. Elles sont tellement nombreuses et proches les unes des autres qu'elles fusionnent entre elles par endroit. Les formes en croissant disparaissent pour se transformer en dunes transverses linéaires, séparées par des couloirs appelés *gassis,* qu'empruntent les caravanes de dromadaires. La direction du vent est importante dans la morphogenèse de ces dunes. Ainsi, lorsque le vent change de direction au cours de l'année, en fonction des saisons, des groupes de dunes d'une autre forme apparaissent. Ce sont des structures dites « longitudinales », qui se mettent en place dans le sens de la moyenne des deux directions principales du vent. Les vents irréguliers, quant à eux, vont former des massifs de dunes aux formes plus complexes que les précédentes. Leur dynamique est très évolutive au cours du temps. Les deux principales formations sont les structures sinueuses (les « sifs ») et les structures en étoile avec des bras qui s'étirent à partir du sommet en ondulant. Ces dernières sont spécifiques d'une direction de vent qui varie souvent. Ce sont les dunes les plus gigantesques, atteignant aisément plusieurs centaines de mètres de hauteur, et leurs bras peuvent s'étendre sur plusieurs kilomètres.

Nous observons ainsi que les formes principales de dunes sont étroitement liées à la quantité de sable disponible et à la direction des vents dominants. Vent et sable forment donc un couple inséparable. Étudier les dunes dans le désert, c'est en partie comprendre la dynamique des vents dans une région donnée. Une légère dissymétrie dans la morphologie d'une dune pourra indiquer un récent changement de la direction du vent. C'est évidemment sa force, sa direction et son intensité au cours de l'année qui sont les causes des différentes fluctuations des formes primaires décrites : les barkhanes, les dunes transverses, les dunes longitudinales et les dunes étoiles.

Mais les ergs possèdent également des structures sableuses secondaires. Les *nebkhas* sont des amas de sable de petite taille (quelques dizaines de centimètres) qui se forment devant ou derrière un petit obstacle (plantes, cailloux...), en fonction de la direction du vent. Quant aux *ripples-marks*, sans doute les plus petites structures, elles naissent d'un vent dominant violent et de grains de sable aux caractéristiques différentes. Ces rides, de quelques centimètres seulement, se forment sur les surfaces planes des dunes, mais aussi, à plus grande échelle, sur de vastes étendues extrêmement planes comme le Mreyyé. À ce moment-là, elles s'allongent sur plusieurs centaines de mètres et atteignent une hauteur moyenne d'environ un mètre. Tous les reliefs sableux se déforment quand il y a du vent, et dans le cas contraire, leur structure se fixe. Certains grands massifs dunaires, comme les grands cordons posés des Bnaîg, sont les « buttes témoins » d'un climat qui aujourd'hui a changé. Les spécialistes estiment que leur formation n'est pas uniquement liée à l'action éolienne, mais aussi au ruissellement des eaux qui aurait modelé leur contour pendant les périodes humides de la préhistoire.

26/01 – JOUR 12

Nous marchons toujours dans le dédale des Ogeylets, où il est quasiment impossible d'avancer en ligne droite et de maintenir le cap. Notre progression est donc lente et pénible. Nous sommes sans arrêt obligés de contourner les hautes dunes, orientées à 140° sud-est. Il arrive parfois que l'on soit contraint de renoncer au trajet désigné par la boussole, et dans ces moments-là, le moral en prend un sérieux coup. Quand l'extrémité rouge de l'aiguille indiquant le nord passe de votre droite à votre gauche en quelques minutes seulement, vous savez alors que vous avez forcément eu quelques pas dans la mauvaise direction. Il est difficile de faire autrement. Si les dromadaires ne peuvent pas passer, alors vous non plus. Inlassablement, toute la journée, Taha essaie, au maximum, d'aplanir à la main les crêtes des dunes pour offrir un passage accessible à notre caravane. Quant à moi, qui ferme la marche, je ne peux que constater l'effort incroyable que fournissent les animaux pour avancer.

Après le repas du soir, je téléphone à mon amie Florence. Elle est chargée de la sécurité de cette expédition. C'est elle qui reçoit, via Internet, les positions de la balise Argos et qui, en cas de coup dur, est au courant de ce qu'il est possible de faire ! Elle m'a laissé un message sur la boîte vocale. Apparemment, la balise Argos a des hoquets et le signal satellite n'est plus transmis. Comme d'habitude, on ne s'éternise pas au téléphone, elle le sait, l'essentiel est dit et on raccroche. Je pars vérifier le matériel installé en permanence sur la selle équipée du panneau solaire. L'antenne est complètement dévissée. À mon avis, le problème de transmission doit venir de là. J'en ai la confirmation par un message un peu plus tard. Ce soir, j'essaie de ne pas penser à notre faible progression. Je n'ai pas envie d'installer le doute dans mon esprit. Je veux rester serein et me contenter, simplement, d'admirer le paysage. Le soleil s'est éclipsé depuis près d'une heure. Les couleurs chatoyantes des sables commencent à disparaître dans une nuit sans lune. Les animaux sauvages sortent de leur léthargie diurne pour se nourrir. Au cours de la nuit, Taha et moi sommes réveillés par un bruit de respiration saccadée et entrecoupée de petits grognements relativement aigus. J'attrape rapidement ma lampe frontale, au fond de mon duvet, pour visualiser l'auteur de notre réveil brutal. En allumant le faisceau bleuté délivré par les trois diodes, je découvre à moins de 2 mètres, en face de nous, un fennec. L'animal n'est pas effarouché, il nous observe tout simplement et je pense qu'il doit s'amuser de notre remue-ménage. Pendant quelques minutes, il reste assis calmement sur son postérieur, avant de repartir chasser sur son territoire. Un peu plus tard, deux autres fennecs le rejoignent. Alors commence dans le silence et l'obscurité une série de cris leur servant à communiquer. Je me demande à ce moment-là si dans ces conditions précaires de nourriture (scarabée et lézards), ils n'adoptent pas une stratégie de chasse en groupe. Taha se rendort aussitôt. Quant à moi, j'ai toujours très froid, et je ne parviens pas à retrouver le sommeil dans l'immédiat. Je continue ma réflexion sur ces conditions de survie animale. Quand je finis enfin par m'endormir, quelques dizaines de minutes plus tard, je suis bercé par des rêves étranges dont la netteté des images me surprend. Je revois précisément des visages appartenant aux amis de mon adolescence, que je croyais occultés à jamais de mon subconscient. Je revis des histoires partagées avec ces personnes et qui s'enchaînent à un rythme effréné, mais qui bizarrement ont une fin différente à chaque fois.

J'éprouve un sentiment de déjà vécu et finalement c'est dérangeant de rêver d'une histoire pour laquelle on fabrique une version différente de la réalité. Je n'avais alors que 14 ans et, à l'époque, je me souviens, je rêvais de faire l'amour avec cette fille si belle, sa longue chevelure brune tombant sur ses épaules. Je n'ai jamais osé... Et là, dans ce rêve, comme par magie, tout se réalise. Une nuit à lui faire l'amour ! Tout ce dont j'avais envie, il y a plus de vingt ans ! Pendant toute la matinée du lendemain, moi qui d'habitude ne prête pas du tout attention à mes rêves, j'essaie de comprendre ce qui s'est passé dans mon esprit et de retrouver dans le plus profond de ma mémoire le nom de cette jeune fille et des autres gens dont j'ai revu précisément les visages pendant la nuit. J'avoue que cette plongée dans mon passé me déconcerte quelque peu, les souvenirs de cette nuit me semblent tellement proches et présents. Je me suis préparé psychologiquement à repenser éventuellement à ma vie en France au cours de mes rêves. Ce qui, je le sais, peut me procurer dans ces conditions de survie un peu de nostalgie au réveil. Pour moi, seules les dernières années de ma vie semblaient concernées. C'est toujours étrange de vivre un rêve à l'intérieur duquel on connaît avec un temps d'avance la suite et l'avenir de l'histoire. Je me souviens d'une femme africaine qui lisait l'avenir, dans la petite bourgade de Kéniéba au Mali. Elle appelait ce genre de songes la « petite mort ». Ce sont des instants, pendant le sommeil, où la barrière entre la conscience et l'inconscience est si fragile que l'esprit peut perdre ses repères temporels. Quand on se réveille, on ne sait plus si l'on a rêvé ou si l'on a déjà vécu ces événements par le passé. Je ne peux pas vraiment expliquer ce phénomène, je constate simplement les faits. Est-ce dû à ma fatigue physique et morale, ou à cet air que je respire, cet air pur et complètement dénué d'humidité ? C'est peut-être plus logiquement un esprit sans repère qui va chercher ses marques dans un passé, qui, grâce aux rêves, apparaît comme une vie plus stable que celle vécue au présent.

27/01 – JOUR 13

Dunes, dunes, dunes... La marche est difficile et l'avenir immédiat est assez démoralisant. Nous franchissons un cordon pour en retrouver un autre et le relief est très marqué. Certains cordons atteignent, d'après mes estimations, plus de 100 mètres de haut. Les dromadaires se fatiguent, d'autant plus que, depuis deux jours, nous les montons pendant deux heures. Ce n'est peut-être pas une bonne idée, mais je commence à être obsédé par notre moyenne kilométrique quotidienne qui reste trop faible. Pour sept heures de marche par jour, nous ne parcourons pas plus de 20 à 25 kilomètres. D'après mes calculs, à ce rythme, Tombouctou ne sera pas atteint avant soixante jours. C'est beaucoup trop ! Malgré cet inquiétant constat, je continue à apprécier cette méharée, à rester calme et concentré. Ce soir, après le thé, nous découvrons un joli site paléolithique avec deux superbes grandes pointes de flèche en silex dont la ciselure est très travaillée et très fine et les tranchants bien aiguisés. Je téléphone aussi à Jean-Gabriel qui me dit que le *National Geographic* est intéressé par le sujet photo : c'est une diffusion non négligeable, alors raison de plus pour faire de belles photographies. J'avoue que depuis le départ, je dois me forcer à filmer ou à photographier. Toutes les fois que je sors la caméra ou l'appareil photo, j'ai la désagréable sensation de prendre du recul par rapport à ce que je suis en train de partager avec Taha et les dromadaires. De plus, j'ai le sentiment d'introduire des objets intrus qui n'ont pas vraiment leurs places dans notre petite communauté. Ainsi, à chaque fois que je capture des images, je n'ai plus l'impression de vivre pleinement mon aventure et, pour l'instant, j'ai besoin d'être dedans à cent pour cent. Je n'ai pas envie de parasiter le bonheur de me trouver là, dans ce désert ; j'estime encore avoir le droit de le savourer un peu tout seul.

28/01 – JOUR 14

La pire journée depuis le départ. Non seulement les dunes restent impressionnantes par leur hauteur, mais en plus un vent de sable s'est levé depuis 8 heures ce matin. Les hommes et les bêtes ingurgitent vraiment beaucoup de grains siliceux. La nébulosité du ciel est importante. Par moment, on ne distingue même plus la limite entre le ciel et la terre. En fin d'après-midi, il y a quelques masses nuageuses qui se forment, mais pas de pluie à l'horizon ; c'est juste un passage de nuages moutonneux de haute altitude. D'après la carte et les relevés GPS, nous avons encore 40 à 50 kilomètres à faire dans ces formations dunaires de type Ogeylets, extrêmement difficiles à franchir pour notre groupe. Comme on ne peut pas avancer à l'allure prévue, à cause de la mauvaise orientation des dunes et de leur hauteur, je décide donc de descendre un peu plus au sud pour sortir le plus rapidement de cette zone et quitter, enfin, cet enfer. Nous nous arrêtons au moment où les dromadaires se couchent, épuisés de fatigue. Au bout de deux heures de léthargie, ils se relèvent et repartent de leur démarche nonchalante brouter du sbot. Le seul réconfort après cette journée de marche est de ramasser les quelques racines de hâdh trouvées, là tout près du bivouac, pour faire un bon feu. Tout à l'heure, j'ai vu une espèce de plante ou plutôt une espèce de petit arbuste de la famille du tamarix. Je suis surpris par cette découverte, la nature est étonnante ! Ce soir, nous sommes à 225 kilomètres de Chinguetti. Nous avançons tout de même ! Cette balade, malgré les difficultés, commence vraiment à me plaire, nous pénétrons petit à petit au cœur du désert des déserts et nous nous éloignons de plus en plus du monde des hommes.

29/01 – JOUR 15

Il est 10 heures et, depuis quelques minutes, je ne cesse de fixer ce que je considère être un gros caillou. De loin, je crois reconnaître, peut-être, une météorite. En me rapprochant à quelques dizaines de mètres, je constate que c'est toujours le sempiternel dépôt alluvionnaire de couleur rouge marron. De temps à autre, nous voyons ressurgir au milieu des sables ce type de paléosol, témoin d'une formation de sédiments lacustres. J'ai pour mission de récolter pour le Muséum d'histoire naturelle de Paris tout ce qui pourrait ressembler à une météorite. Et dans cet univers de sable, il est simple de repérer tous les artefacts rocheux posés sur le sol, à des centaines de mètres à la ronde. Ce genre de roche extraterrestre peut avoir une grande valeur pour les scientifiques : c'est peut-être le chaînon manquant de l'apparition de la vie sur Terre. Simple hypothèse à l'heure actuelle.

Les météorites

Une météorite est un objet solide naturel se mouvant dans l'espace et qui réussit à atteindre la surface de la Terre sans être complètement vaporisé par l'échauffement lors de son entrée dans l'atmosphère. Deux observations suffisent à faire des météorites des roches uniques en leur genre. La première concerne leur âge : environ quatre milliards cinq cent soixante millions d'années, ce qui en fait les plus vieilles pierres que l'on ait datées jusqu'à présent. La seconde observation concerne leur composition chimique : à peu près 85 % des météorites ont une composition proche de celle que les astronomes ont mesurée pour le Soleil (exception faite des gaz comme l'hydrogène et l'hélium qui, abondants dans le Soleil, sont rares dans ces roches). Ceci suggère donc une origine commune pour les météorites et le Soleil et par conséquent explique aussi l'intérêt porté à ces roches, précieux témoins de la formation des planètes.

Dans notre système solaire, 99,8 % de la masse totale est occupée par le Soleil. Sa composition chimique doit être, par conséquent, voisine de celle du nuage primaire de gaz et de poussières à partir duquel tout le système solaire s'est formé. Comme les météorites ont une composition chimique comparable à celle du Soleil (ou du nuage primaire) et que ce sont les plus vieilles roches connues, il apparaît donc naturel de penser qu'elles sont des échantillons du matériel brut et primitif à partir duquel des planètes comme la Terre se sont formées.

Les météorites, de composition quasi solaire, représentant 95 % des récoltes sur Terre, sont appelées des « chondrites » car elles sont formées, entre autres, de petites billes rocheuses (pas plus grosses qu'un petit pois) que l'on nomme « chondres ». Aucune autre roche terrestre n'a cette particularité et il faut aller chercher là où les météorites se sont formées, c'est-à-dire dans l'espace, pour élucider le processus de formation des chondres. Malgré le vif débat qui entoure encore aujourd'hui le mécanisme exact de leur formation, les scientifiques s'accordent pour dire que les chondres se sont formées à la suite de la fonte, puis du refroidissement rapide et parfois incomplet d'agrégats de minéraux qui formaient le nuage de poussières primaires. Poussières minérales et chondres seraient ainsi parmi les premiers matériaux à s'être solidifiés dans le système solaire. Sous l'effet de la gravité, ils se seraient peu à peu agglomérés, assemblés les uns avec les autres, pour finalement donner de petites planètes, ou planétoïdes, de composition chondritique.

La Terre, planète du système solaire habitée par la vie, considérée comme ayant des dimensions moyennes, possède une organisation comparable à celle d'un œuf dur. La coquille correspond à la croûte, le blanc, au manteau sous-jacent et le jaune, au noyau. Cette structure a pu être mise en évidence grâce à l'étude des tremblements de terre, dont les ondes peuvent traverser le globe terrestre, radiographiant ainsi son intérieur. La composition chimique de la croûte est assez bien connue. Celle du manteau a été déterminée grâce à des fragments de cette couche intermédiaire, remontés à la surface de la Terre par les magmas des volcans agissant comme des foreuses naturelles. La composition du noyau terrestre a, pour sa part, été précisée en 1961 par l'Américain Francis Birch. Il a reproduit en laboratoire les conditions de très hautes pressions et de températures régnant au centre de la Terre, et a ainsi découvert que l'élément chimique qui expliquait le mieux la vitesse de propagation des ondes sismiques dans le noyau était le fer. Avec ces données, les géologues ont vite essayé de vérifier s'ils pouvaient, à partir d'une chondrite, reproduire la structure et la composition chimique de notre planète. La réponse fut positive. Ainsi, dans une chondrite, les minéraux associés au fer ont une composition chimique similaire à celle des roches du manteau terrestre. De plus, la proportion entre le fer extrait et les autres minéraux correspond à celle observée entre le noyau de fer et le manteau rocheux de la Terre. En fait, lors de la formation du système solaire, le matériel chondritique s'est suffisamment aggloméré à certains endroits pour former des planétoïdes. Ces derniers étaient assez gros et chauds pour que le fer, très dense, se concentre, sous l'effet de la gravité, en un noyau au centre, laissant autour de lui un manteau rocheux et, en surface, une croûte mince également rocheuse.

Intéressons-nous enfin aux autres météorites dites « différenciées », récoltées sur Terre (5 %) qui sont aussi les témoins de la formation du système solaire mais avec une composition chimique différente de celle du Soleil. Ces météorites se répartissent en trois groupes dont la composition reflète justement celle d'un noyau, d'un manteau en formation ou de la croûte d'une planète ! Ce sont respectivement les fers ou sidérites (formés principalement d'un alliage de fer et de nickel), les fers pierreux ou sidérolithes (formés de minéraux enveloppés d'un alliage de fer et de nickel) et les achondrites (formés de minéraux et ne possédant pas de chondres). Ces dernières montrent des traces de fusion évoquant les phénomènes volcaniques que l'on retrouve à la surface de la Terre.

Mentionnons également que la ceinture d'astéroïdes entre Mars et Jupiter n'est pas la seule source connue de météorites. Quelques-unes seraient des fragments de roche arrachés à la surface de la Lune ou de Mars à la suite d'une collision de météorites géantes, d'astéroïdes ou de comètes avec ces planètes. D'autres météorites, enfin, sont soupçonnées d'être des débris de comètes.

L'étude de certaines chondrites carbonées montre une spectaculaire diversité dans leur composition. En effet, en dehors des acides aminés très variés et des hydrocarbures, on trouve des composés azotés, des polymères insolubles... On suppose l'apparition de ces divers composés lors d'épisodes hydrothermaux ayant affecté les astéroïdes carbonés peu après leur formation. Les circulations d'eaux chaudes, qui ont conduit à la formation d'argiles dans ces corps, auraient entraîné la mise en solution du carbone à partir duquel la synthèse des composés, tels les acides aminés, aurait pu s'effectuer. Dans le monde vivant, vingt acides aminés naturels entrent dans la composition des protéines. Or, parmi plus de soixante-dix acides aminés détectés dans les météorites, huit seulement sont aussi communément présents dans les protéines. Certains autres sont beaucoup plus rares et une cinquantaine n'apparaît dans aucun processus métabolique. Cependant, certains composés azotés découverts dans ces météorites, tels l'adénine, la guanine, l'uracile interviennent directement dans le codage de l'ADN humain, qui constitue le support chimique de notre hérédité.

En définitive, les météorites apparaissent comme des fragments de planétoïdes éclatés ayant survécu à un long voyage à travers le temps et l'espace, destinés à nous livrer l'enregistrement des diverses étapes de la construction des planètes voire peut-être de la vie.

À 50 mètres de nous, à l'ombre d'une touffe de sbot, j'aperçois un fennec. Tout comme la dernière fois, l'animal n'est absolument pas affolé et il nous regarde tranquillement passer. Cela fait plaisir de circuler dans ce désert sans déranger personne et sans rien bouleverser. Nous n'effrayons même pas les habitués des lieux ! Jusqu'en début d'après-midi, le modelé du terrain s'adoucit, la hauteur du relief diminue. Nous grimpons sur les dromadaires et soudain nous sommes stoppés par une énorme barrière de dunes d'au moins 150 mètres de haut. Nous ne l'avons pas vu venir car sa base est cachée par une dépression. Nous sommes obligés de contourner ce massif infranchissable par le sud, encore un changement de direction ! Cette formation de sable est impressionnante et de toute beauté. Dans la dépression, nous longeons une vallée fossile sur plus de un kilomètre. Elle regorge de meules et d'objets néolithiques, ainsi que de cette espèce de tamarix assez endémique à la zone. J'imagine que cette énorme masse de sable doit favoriser une rétention d'eau phréatique relativement peu profonde et accessible aux racines de cet arbrisseau. Pour la première fois, nous croisons les traces d'une petite gazelle. Finalement, après avoir passé l'obstacle, nous installons le bivouac sur un terrain en plein vent. Il n'y a plus de dune pour nous protéger. En allant chercher des racines séchées de hâdh, je découvre un objet étrange, une meule miniature creusée sur les deux faces. Vu la taille réduite de cet objet, je suppose qu'il ne servait pas à broyer des graminées mais plutôt des pigments utilisés soit pour les parures des femmes soit pour fabriquer la peinture pour l'art rupestre. Il se peut également que ce soit simplement le jouet d'un enfant de la période du néolithique voulant imiter les gestes des adultes. Pourtant, en regardant d'un peu plus près, j'observe une usure très nette sur les deux parties concaves de l'objet. Ce serait donc bien une sorte de meule qui devait servir au broyage de substances. En revenant au campement avec mon précieux butin, je croise quelques dromadaires sauvages en train de brouter tranquillement. C'est à peine s'ils ont remarqué ma présence, tout comme les fennecs. Le soir venu, nous pouvons faire un grand feu car Taha a aussi ramené du bois de racines. À nos pieds, le sol sableux est jonché de petites coquilles d'escargots qui témoignent que nous sommes installés sur un dépôt lacustre, relativement ancien, datant de l'époque où de grands lacs recouvraient tout. Ce qui est étonnant, c'est que le sable est à nu et qu'il n'est pas recouvert d'une couche déposée par le vent, alors que nous avons rencontré dans la journée un énorme massif avec une gigantesque masse de sable sculptée et amenée par l'action éolienne. La géomorphologie de ce désert me surprendra toujours. Pourquoi là-bas et pas ici ? À première vue c'est un mystère, il faudrait pouvoir sonder l'intérieur de ces dunes.

30/01 – JOUR 16

La matinée s'écoule, peu de choses intéressantes à observer, hormis un paysage dont je ne me lasse pas. Nous évoluons de nouveau dans des dunes de type barkhane, de plus en plus petites et qui s'espacent au fur et à mesure de notre avancée. Nos dromadaires peuvent alors atteindre chaque sommet des buttes sans problème. Ce terrain élargit aussi notre champ de vision sur l'horizon, on peut donc repérer et éviter les obstacles, comme par exemple les cuvettes. Nous allons pouvoir, enfin, progresser presque en ligne droite, chose que je n'espérais plus. Les monticules sont distants entre eux d'environ 400 mètres, séparés par de larges thalwegs où le couvert végétal est abondant et relativement vert. En fin d'après-midi, nous commençons à trouver du sable rouge caractéristique du Mreyyé, cette fameuse zone centrale de la Majâbat al-Koubrâ totalement uniforme et dépourvue de vie. Ces grains de silice, beaucoup plus foncés, recouvrent des petites surfaces clairsemées et soufflées par le vent. Nous y sommes presque, au « pays des djinns » ! Nous croisons encore des dromadaires sauvages et non marqués. Le soir, je pars chercher une bonne poignée de racines de hâdh. J'observe aussi la disposition de quelques touffes de sardoûn, rassemblées en petites parcelles de 1 à 2 mètres carrés. Autour de chaque touffe, rien ne pousse sur le sol dans un rayon de quelques dizaines de centimètres. Ici, les espèces se battent silencieusement entre elles pour conserver leur périmètre de survie hydrique. Certaines plantes sont capables de produire sur leur territoire des substances inhibitrices empêchant ainsi la colonisation à leur périphérie. C'est la première fois que nous côtoyons cette petite graminée, qui apparemment est un régal pour nos dromadaires. Je découvre également une vieille cistanche toute séchée. Même dans cet état avancé de nécrose, je décide de la prendre en photo. Je pense alors que ce type de trouvaille, dans cette portion de la Majâbat al-Koubrâ, est suffisamment rare pour être immortalisé sur la pellicule. Je m'apercevrai plus tard que la cistanche est plus commune dans la zone des aklés, où le couvert floristique interdunaire est plus important. Au coucher du soleil, en plein milieu de notre dîner, sept ombres étirées sur le sable nous saluent. Ce sont sept dromadaires qui passent à moins de 20 mètres de notre campement. Ce qui paraît étonnant, c'est qu'ils se dirigent dans la direction du Mreyyé, la région la plus stérile de la Majâbat al-Koubrâ, où la pénurie alimentaire va être de plus en plus importante. La nuit est toujours très froide, pas plus de 2 °C, comme me le diront les relevés de la balise Argos. Avant de m'endormir, je fais un bilan des observations de la journée. Je peux constater une lente, mais significative modification du couvert végétal. Le hâdh a tendance à remplacer les touffes de sbot et ces dernières sont de plus en plus sèches. C'est un signe attestant que nous nous enfonçons inexorablement vers une zone d'hyperaridité. De plus, la texture du sable s'est transformée. Le diamètre des grains est de plus en plus gros, ce qui modifie la morphologie du relief dunaire.

31/01 – JOUR 17

Plusieurs fois dans la journée, nos pieds foulent une véritable prairie de sbot. Ce dernier sursaut de verdure grise, avant le néant prévisible du Mreyyé dans les jours à venir, est une réelle bouffée d'oxygène. Les dromadaires sont ravis et cela se ressent sur le rythme de leur marche qui s'accélère légèrement. Le terrain est à peine ondulé, juste ridé par de toutes petites dunes. Le sable est à présent plus dur. Quelques traces de dromadaires, sans doute ceux de la veille, semblent suivre notre chemin. Le soir, juste avant de stopper la caravane, nous découvrons un squelette d'addax reconnaissable par ses deux longues cornes de presque un mètre. Nous plantons le bivouac dans un joli coin, à l'abri d'un petit monticule plus haut que les autres et facilement repérable dans cette platitude environnante. Cette butte au sable jaune ocre n'a pas de couvert végétal. C'est une dune vive, en perpétuel mouvement, sous l'action du vent dominant et qui ne permet à aucune plante d'y prendre racine, sans risque de se faire ensevelir. L'endroit est idyllique, mais je n'y suis pas sensible ce soir. Un dromadaire m'inquiète, même si je commence à être habitué à leur mimique de fin de journée. Dès l'enlèvement de sa charge, il se couche sur le flanc avec la tête rejetée en arrière, position caractéristique du camélidé qui attend la mort. Il ne bouge plus, ses pattes sont repliées sous son corps, c'est effrayant. Je le secoue afin qu'il aille se nourrir dans cette prairie de sbot tellement inespérée. L'attrait de cette nourriture fraîche ne suffit pas et il reste immobile. Taha n'est pas soucieux, il me tranquillise en me disant qu'il est simplement très fatigué et que tout à l'heure, après cette position de repos inquiétante, il rejoindra ses compères. Il y a beaucoup d'objets préhistoriques disséminés un peu partout sur le sable, mais rien d'exceptionnel ou d'intéressant, je ne prends pas le temps de les ramasser pour les contempler. Suis-je en train de devenir indifférent à la découverte de ces témoins immémoriaux ? Ou est-ce le signe sournois, heureusement passager, d'une lassitude de cette aventure qui nous épuise physiquement et moralement ? Nous souffrons de plus en plus de la déshydratation. Uriner devient parfois un calvaire quand le liquide foncé, trop concentré, s'écoule. Les crampes dans les jambes apparaissent de plus en plus tôt pendant la journée de marche.

Taha s'est installé près du feu et répare, grâce aux braises rougeoyantes, les nœuds des cordages de nos bâts.

Les frottements incessants du sable finissent inexorablement par tout user, tout laminer. Même mes sandalettes en cuir en ont pris un coup, les lanières se désolidarisent de la semelle et toutes les coutures cassent. Je les range définitivement dans mon sac à dos. À présent, je progresse pieds nus toute la journée. Heureusement que la chaleur du sable est encore supportable. Je dispose quand même d'une paire de rangers, mais je préfère la préserver pour le Sahel, là où le cram-cram, plante épineuse, sera un supplice pour la voûte plantaire. La sueur et le sable ont eu raison de mon unique pantalon qui maintenant se décompose en larges lambeaux de tissu. Il ne me reste que ma tenue traditionnelle de chamelier. Je la conserve pour la fin de notre périple dans la partie malienne, quand je serai peut-être obligé de camoufler mon aspect occidental, pour éviter d'éveiller les soupçons lors de rencontres inopinées.

Le malheureux dromadaire finit par se relever, après une heure et demie de léthargie. Il rejoint le groupe pour s'alimenter. Je suis rassuré, Taha avait encore raison.

01/02 – JOUR 18

Aujourd'hui, le soleil matinal tarde à nous envelopper de ses rayons chauffants, bienvenus après la froideur de la nuit. C'est normal, puisque nous avons dormi à l'ombre d'une dune. Il fallait choisir entre se protéger du vent pendant la nuit et être chatouillés par le soleil levant. En début de journée, le paysage est le même qu'hier, sable dur et plat et touffes de sbot. Plus nous avançons, plus le hâdh, cette espèce qui semble la mieux adaptée aux conditions extrêmes, prend le dessus sur le reste de la population floristique. Nous sentons de plus en plus que nous nous rapprochons du redouté Mreyyé. La couche supérieure du sable devient de plus en plus rouge et les plantes de plus en plus sèches. Le soir, nous avons beaucoup de mal à trouver un endroit acceptable en « herbe à chameaux » pour nos compagnons. Maintenant, le hâdh et le sardoûn dominent sur les autres espèces, mais en quantités beaucoup plus faibles. Et je crains que la ration journalière nécessaire à remplir l'estomac de nos dromadaires soit insuffisante. Je suis sceptique et j'imagine mal, si cela continue à se dégrader ainsi, pouvoir assurer de la nourriture à nos animaux. Or, c'est un des éléments clés de notre réussite, sachant qu'ils ne peuvent pas s'hydrater. Nous verrons bien plus loin ; ce soir, je suis passablement inquiet. Je sais que nos animaux, contrairement à nous, n'ont pas choisi de risquer leur vie pour cette entreprise relativement dangereuse.

02/02 – JOUR 19

En fin de matinée, nous atteignons le Mreyyé, le désert de la désolation. Pour mon humble personne, c'est un grand moment d'émotion, mélange de joie, de fierté et de crainte. J'ai le sentiment d'être enfin arrivé à la première étape de cette aventure. Le paysage dans lequel nous progressons est impressionnant, l'extrême aridité de la zone inhibe petit à petit toutes les formes de vie. La chaleur y est accablante, l'air ultra sec. Le constat est simple : il n'y a plus de nourriture pour les dromadaires. Les traces animalières sont limitées à une sorte de lézard et à une espèce de scarabée, les êtres les plus adaptés au manque d'eau, capables de survivre dans cet univers strictement minéral. La vision de ce néant est malgré tout belle et enivrante. J'ai du mal à mesurer l'ampleur de la situation. Je réalise mon rêve : être, en quelque sorte au bout du monde des vivants, que sûrement peu d'humains ont découvert. Il ne reste plus que le sable, le ciel et la mort. Si jamais notre voyage doit s'arrêter là, je n'ai aucun regret car nous touchons le cœur totalement inhospitalier de ce désert. Un sentiment de plaisir et de satisfaction m'envahit. Toutes ces années dévouées à la préparation de cette expédition, pour atteindre et vivre ce moment : arriver, enfin, à cet endroit qui est devenu magique et mystérieux, mais si attirant pour moi.

03/02 – JOUR 20

Nous évoluons dans cette « étendue de la grande solitude », sur un rythme rapide, sur un sol dur et stabilisé. Cela fait déjà trois jours que les dromadaires ne peuvent plus se nourrir correctement. Il n'y a pas la moindre petite touffe d'herbe et cela ne présage rien de bon pour notre avenir à tous. Le terrain est à présent pratiquement plat, aucune dune digne de ce nom ne ride le paysage. L'horizon est largement dégagé, sans aucune limite et comme nous n'en avons pas l'habitude, nous sommes sujets à des déformations d'appréciation visuelle. La vue porte très loin et les distances estimées par notre conscience ne sont plus fiables. Ainsi, quand nous apercevons au loin un point plus sombre, nous pensons que c'est peut-être un gros caillou ou une météorite. En fait, en se rapprochant, il s'agit juste d'un petit fragment de meule de quelques centimètres de large. Nous étions pourtant persuadés, de loin, que l'objet était plus imposant. La vue paraît altérée, tout est plus gros qu'en réalité. Il va falloir se méfier de nos appréciations spatiales.

04/02 – JOUR 21

Ce paysage qui, il y a quelques jours, suscitait chez moi de l'émotion et de la joie à sa découverte, m'angoisse aujourd'hui de plus en plus. C'est un désert dans le désert. Nous avons peine à imaginer un tel niveau de désolation et de vide. Je perçois de la peur dans les yeux de nos dromadaires et je les sens plus nerveux. Taha me fait part aussi de ses craintes. Si jamais ils ne se nourrissent pas mieux, ils vont vite s'affaiblir et mourir. Leur seul salut jusqu'à présent est leur réserve adipeuse. Je décide pour l'instant de continuer sur cet axe, jusqu'aux aklés Awana, car nous avons considérablement augmenté notre moyenne kilométrique. Aujourd'hui, par exemple, nous avons parcouru 34 kilomètres, un record ! Nous pourrions ainsi rattraper notre retard en une semaine. Seulement, les dromadaires ne tiendront pas. Ils n'ont plus à manger et depuis dix-sept jours ils n'ont rien bu. Alors, pour les préserver et nous préserver aussi, il serait sans doute plus sage de quitter cette « autoroute » pour une route d'une cinquantaine de kilomètres un peu plus au sud, assurément très difficile à franchir avec des hautes dunes, mais très fournie en herbe à chameaux, si précieuse pour la survie de notre communauté.

05/02 – JOUR 22

Pour l'instant, je décide de garder le même cap pendant encore quelques jours. Nous n'avons que légèrement dépassé le tiers de la distance totale à parcourir. Je suis bien conscient que la nourriture est une chose importante pour nos animaux. L'eau en sera une, encore plus importante, dans quelques semaines pour eux comme pour nous quand nous n'aurons toujours pas atteint Tombouctou. C'est un choix délicat et ambigu : privilégier la nourriture, maintenant, au détriment de l'eau plus tard ou faire l'inverse. Cette décision me taraude l'esprit, je suis de moins en moins sûr de moi.

Le soir, pour notre bivouac, nous nous posons en vrac sans choisir un endroit bien précis. De toute façon, il n'y a rien pour différencier un lieu d'un autre, tout est uniformément plat. Pour nous protéger du vent qui amène irrémédiablement dans son sillon le froid nocturne, nous dressons un abri avec nos bidons d'eau. Les dromadaires libérés de leur lourde charge sont entravés et prêts à partir à la recherche de la moindre touffe d'herbe. Les pauvres scrutent l'horizon sans conviction. Il n'y a rien pour les sustenter, alors ils décident de se regrouper et de baraquer à quelques mètres de nous pour passer la nuit. De temps en temps, ils régurgitent un maigre bol alimentaire, qui leur permet de ruminer un peu et d'en extraire de l'eau tout juste suffisante pour réhydrater leur bouche. Dans ce paysage de désolation, nous n'avons même pas le cœur à visiter les environs pour nous dégourdir les jambes, à l'approche du soir. Nous nous contentons de préparer le repas (macaronis, thon, oignon) qui est notre seul réconfort de la journée. Pendant le dîner, nous ne sommes même plus accompagnés par les scarabées qui se délectaient de nos noyaux de dattes. Plus aucune autre forme de vie en dehors de notre caravane n'est détectable à cet endroit. Nous avons laissé les vivants derrière nous. Nous nous enfonçons inexorablement dans le territoire des esprits. Ma joie des premiers instants de fouler cet univers minéral et totalement stérile qu'est le Mréyyé est remplacée jour après jour par la crainte de me trouver en réalité dans l'antichambre de l'enfer. Comment vont se dérouler les prochains jours ? Allons-nous atteindre la limite de survie de nos dromadaires ? Allons-nous les voir s'écrouler un à un terrassé par la mort, dans une impuissance totale et fataliste ? Toutes ces questions sans aucune réponse pour le moment m'empêchent de trouver le sommeil. Cette nuit, il n'y a pas que le froid qui tourmente mon repos.

06/02 – JOUR 23

C'est toujours très poignant de regarder nos dromadaires affamés. Leur bosse commence sérieusement à diminuer, pourtant nous avançons encore à un bon rythme. Pour l'instant, je ne cède pas à l'envie de leur donner l'avoine que nous avons prévue. Pour assimiler cette alimentation de secours, il faut qu'ils consomment de l'eau et nous sommes encore trop loin d'un puits. C'est aussi un choix torturant et déchirant, surtout quand je croise leur regard désabusé. Même si cet animal est extrêmement bien adapté aux conditions désertiques, je reste préoccupé. Depuis le début de cette expédition, je sais que nous leur demandons un effort énorme, qu'aucun de leur congénère n'a déjà réalisé. Ils vont vraiment atteindre les limites de leur survie. Ce sont des animaux fascinants à connaître.

Le dromadaire, adaptation extrême au désert

Le dromadaire *(Camelus dromedarius)*, communément appelé chameau, est un animal originaire d'Amérique du Nord, où le *Protylopus* engendra la famille des camélidés il y a environ 50 millions d'années. Il parvient en Asie vers vingt-cinq mille ans avant notre ère par le détroit de Béring, et au Sahara il y a moins de deux mille cinq cents ans, comme en témoignent certaines fresques rupestres. Les nomades considèrent cet animal comme un don du ciel, et plusieurs versets du Coran en font les louanges au point d'en faire un symbole de la toute-puissance du créateur. Il permet à ses possesseurs de dominer les régions les plus arides de notre planète. Au Sahara, l'apparition du dromadaire est surtout liée à l'arrivée des Berbères et à l'extension de la désertification. À la fin du VIIe siècle, l'islam se répand dans toute l'Afrique du Nord et le dromadaire favorise les échanges transsahariens en direction de l'empire du Ghana (actuel Mali). L'essor du commerce avec le Soudan médiéval transforme le Sahara occidental et les zones sahéliennes en de vastes territoires d'élevage. Les nomades vont y accroître leur cheptel de dromadaires pour constituer les caravanes destinées au commerce à longue distance entre l'Afrique noire et le Maghreb.

Le dromadaire reste l'une des rares espèces domestiques qui permet une production aussi variée (lait, viande, cuir, fumier), et apporte autant de services (transport, travaux agricoles, compétition). Dans beaucoup de zones en Mauritanie (régions de l'Adrar et du Tagant), les chamelles sont élevées essentiellement pour leur lait et les autorités comprennent le rôle actif que peut jouer cette espèce dans l'approvisionnement des villes et dans l'économie du pays d'une façon générale. La valeur nutritionnelle de ce lait est très intéressante ; il est très riche en protéines et contient trois fois plus de vitamine C que le lait de vache. Il possède également une forte teneur en produits antibactériens (gammaglobulines, transferrines, lyzozymes) qui en font un aliment aux véritables propriétés thérapeutiques. En Mauritanie, malgré les différentes périodes de sécheresse qui se sont abattues sur le pays au milieu des années soixante-dix et qui ont fortement décimé les troupeaux, le cheptel est aujourd'hui estimé à un million deux cent mille têtes.

Le dromadaire a développé, au cours de son évolution, tout un arsenal exceptionnel d'adaptations physiques et physiologiques aux milieux désertiques. C'est essentiellement ce qui le différencie de certaines espèces animales sahariennes (guépard, mouflon, gazelle...), qui n'ont qu'une forme d'acclimatation et non une véritable adaptation génétique. Les grandes pattes d'un dromadaire lui permettent de maintenir ses centres vitaux corporels à une hauteur moyenne de 1,5 mètre au-dessus du sol. À ce niveau, les températures ambiantes sont moins chaudes qu'au ras du sable. Les pieds d'un dromadaire sont constitués de deux orteils reliés entre eux par un coussinet flexible qui améliore leur stabilité sur le sable et les terrains rocailleux. L'ensemble est muni de quatre grosses boules adipeuses formant une semelle antidérapante très large, pour ne pas s'enfoncer sur les surfaces meubles, et surtout isolante pour ne pas être sensible à la chaleur du sol. L'extrémité de la patte possède deux ongles protégeant le pied contre tous les dommages potentiels pouvant être causés par des coups. Les genoux de l'animal sont recouverts d'une épaisse callosité qui se compose d'une peau aussi dure que de la corne qui l'empêche de souffrir lorsqu'il s'accroupit sur des sables brûlants. Son long cou souple et musclé lui donne accès à des branchages situés à plus de 3 mètres de hauteur pour se nourrir et lui permet, tout en marchant, de maintenir ses narines, qui sont un véritable ventilateur, à environ 2 mètres du sol, là où la température de l'air est presque deux fois moins chaude. Au niveau de la tête, dans les oreilles et les naseaux, une véritable barrière de longs poils très fournie empêche toute intrusion de sable ou de poussière dans leurs conduits. Les dromadaires, pour protéger leurs yeux, sont équipés d'une double rangée de cils très longs en forme de peigne, repoussant ainsi le moindre élément étranger. Par réflexe, les cils couvrent instantanément leurs paupières, rendant ainsi les yeux étanches à toute agression (sable). Les lèvres d'un dromadaire sont aussi résistantes et fermes que du caoutchouc, lui permettant donc de brouter tous les types d'épineux sans se blesser. La caractéristique de la famille des camélidés est de posséder un sillon qui fend la lèvre supérieure en deux comme l'alpaga ou le lama. Pour parachever leur adaptation physique, parlons à présent de leur fourrure thermorégulatrice. Ce pelage se compose de poils doublés de sous-poils qui protègent le corps de l'animal contre les conditions climatiques les plus froides comme les plus chaudes du Sahara, en emprisonnant une couche d'air neutre. Il permet aussi d'éliminer efficacement la perte d'eau du corps, par transpiration.

Ce qui caractérise sans doute le plus cette adaptation aux conditions extrêmes est leur physiologie très particulière. La bosse du dromadaire est une masse de graisse qui l'alimente périodiquement en nourriture en cas d'abstinence. C'est une réserve énergétique de lipides dont l'utilisation par dégradation consomme deux fois moins d'eau qu'une autre source d'énergie comme les protéines ou les glucides. De plus, cette dégradation lipidique produit de l'hydrogène sous forme ionique qui, associé à l'oxygène de sa respiration, se transforme en eau métabolique. Grâce à sa bosse, cet animal peut vivre en moyenne trois semaines sans boire et sans être physiquement affecté. Il peut également perdre plus de 30 % de son poids en eau sans que son métabolisme n'en soit perturbé. Dans ces mêmes conditions extrêmes, un être humain qui perd 12 % de son poids meurt dans un délai de vingt-quatre heures. De plus, la concentration du gras dans la bosse diminue celle du gras sous la peau, ce qui facilite l'évaporation cutanée et permet à l'animal de mieux gérer sa thermorégulation par transpiration. Par forte chaleur, l'animal est d'ailleurs capable de retarder sa transpiration, donc ses pertes hydriques, par l'élévation de sa température interne. Il peut atteindre ainsi des valeurs de 42 °C, sans affecter le métabolisme de ses protéines. Inversement, il abaisse sa température corporelle jusqu'à 30 °C limitant ses dépenses énergétiques lors des nuits souvent froides de l'hiver. Son estomac, composé de quatre compartiments, lui permet de stoker jusqu'à 50 kilos de nourriture et 136 litres d'eau. Ces quatre poches lui donnent aussi la particularité de pouvoir digérer n'importe quelle nourriture ligneuse, en extrayant toujours le maximum d'eau. La plupart des autres animaux meurent quand l'urée accumulée dans leur corps pénètre dans leur système sanguin circulatoire. Les dromadaires, eux, recyclent cette urée en la filtrant sans cesse à l'aide de leur foie, et l'utilisent comme source de protéines et d'eau. Ils sont également pourvus d'un système rénal particulier, avec une réabsorption de l'eau qui concentre au maximum l'urée dans son urine. Au niveau de ses naseaux, un mucus épais et réfrigérant piège la vapeur d'eau exhalée, ce qui lui permet de réduire les pertes importantes d'humidité engendrées par la respiration. Ainsi, les structures cellulaires du dromadaire sont adaptées pour qu'il puisse survivre très longtemps dans des conditions de privations nutritionnelles extrêmes.

07/02 – JOUR 24

Aujourd'hui, dans la matinée, nous reconnaissons un site de chasse avec plusieurs squelettes d'addax entassés autour des restes d'un foyer. D'après les crânes, il n'y a pas moins de sept spécimens, mais impossible de pouvoir estimer la date de ce massacre. Il me semble que nous nous trouvons à la jonction d'une ancienne piste du commerce caravanier. Je sais, d'après la littérature, qu'il en existait peut-être une, il y a plusieurs siècles, qui traversait les sables de la Majâbat al-Koubrâ en son centre, du nord au sud. Cet itinéraire hypothétique reliait les puits périphériques de El Mrâyer et de Tîchîtt.

L'histoire du commerce saharien

Dans l'Antiquité déjà, les hommes traversent le Sahara, principalement du sud au nord, directions déjà choisies 2500 ans B.P. avec l'assèchement progressif de ce vaste territoire. Ces migrations jusqu'aux rives des fleuves Sénégal et Niger ou du lac Tchad mélangent les populations qui s'établissent ou qui continuent leur migration vers le sud. Un peu avant le début de notre ère, le chameau ou, plus précisément, le dromadaire, importé d'Orient, y est apparu pour la première fois, ce qui sans nul doute va influencer le commerce transsaharien nord-sud.

C'est l'or qui reste jusqu'au XVIe siècle le principal support de ce commerce. En effet, au IXe siècle, les Arabes, installés à Aoudaghost et à Ghana (aboutissement des routes transsahariennes venant du Maroc), deviennent les premiers marchands de cet or. Pendant presque sept siècles, l'or, extrait des mines de Bambouk, voit sa production augmenter jusqu'à une moyenne annuelle de plus de neuf tonnes d'or pur. Pour se le procurer, les Arabes vont même inclure l'Afrique occidentale dans leur zone d'influence économique, culturelle et religieuse.

Dès lors, ils sillonnent sans répit ces pays, dont la Mauritanie et le Mali, dans les deux sens, avec leurs caravanes de dromadaires chargés d'or, mais aussi de bois précieux, d'esclaves venant du sud, de sel, de textiles et de produits de luxe venant du nord. La piste principale pour apporter l'or en Afrique du Nord reste celle de la Mauritanie.

Le commerce devient non seulement l'élément qui relie les différents peuples du Sahara et du Sahel, mais il favorise aussi les échanges d'idées et de personnes. Il sert également de vecteur précoce de l'islam, auquel adhèrent essentiellement les classes supérieures, et qui, sans tenir compte des problèmes ethniques, peut transmettre des structures étatiques.

En outre, ce commerce exige une répartition du travail. Or, dans le Sahel et dans les territoires limitrophes du Soudan, posséder des êtres humains est parfaitement normal. Ainsi, les esclaves sont groupés dans des villages, cultivent les céréales nécessaires afin que leurs « maîtres » puissent se consacrer au commerce ou au « noble » art de la guerre. Ceux qui sont esclaves appartiennent à des groupes ethniques non islamisés, vivant au sud, en particulier aux

Bamanas (autrefois appelés Bambaras), aux Bobos et aux Dogons, trois tribus vivant au Mali. Ces pauvres gens sont le plus souvent enlevés par des troupes montées, lors de la saison sèche (avril et mai), afin qu'ils puissent commencer la culture du mil au début de la saison des pluies (juin et juillet). Après la récolte (octobre et novembre), une partie de ces hommes, les malades ou les rebelles, sont alors vendus. L'esclavagiste gagne ainsi sur tous les tableaux : il a une récolte particulièrement bon marché et réalise en plus un profit substantiel en or, en chevaux ou en vêtements. Ainsi, les esclaves (ou serfs, assujettis) sont jusqu'au début de ce siècle le facteur de production le plus important au Sahel.

À propos de l'esclavage, il est faux de penser que seuls les hommes de peau claire possèdent des esclaves noirs ; le servage existe également entre hommes de race noire. Les Soninké, par exemple, utilisent des serfs pour les travaux jugés les plus durs, comme l'orpaillage.

La présence européenne, prépondérante sur les côtes d'Afrique de l'Ouest, va petit à petit porter préjudice au commerce transsaharien. Déjà vers 1600, une caravelle peut charger plus de deux cents tonnes de fret, alors qu'une caravane composée de mille dromadaires en transporte seulement la moitié (environ 100 kilos par dromadaire). Le début du XXe siècle marque la disparition quasi totale du commerce par caravane entre le nord et le centre de l'Afrique. Les prix du transport avantageux pratiqués par les Européens entraînent une inversion radicale des transports vers le sud. Il en résulte une nette diminution du profit commercial des peuplades nomades, entraînant un affaiblissement successif des royaumes noirs à l'ouest du Soudan.

C'est au XIe siècle, lors de la pleine expansion du commerce transsaharien, que les traditions orales situent la création de quelques-uns des principaux *ksars* de cette région : Ouadane et Tîchîtt en Mauritanie, Oualata un peu plus tard (1224), Tombouctou, à cette même période, associé à la création de Djenné, plus au sud. Ces dates, rapportées par la tradition orale, ne sont naturellement pas absolues.

Le destin de ces cités sahariennes et sahéliennes fut lié aux mouvements politiques au Maghreb et au Soudan, influençant les mouvements commerciaux et les itinéraires des caravanes.

En fin de journée, trois grandes dunes de plusieurs dizaines de mètres de haut surgissent devant nous. Leur présence est inattendue dans cet univers complètement plat. À cet endroit, le sol est jonché d'objets néolithiques, pointes de flèche, meules, ainsi que de deux anneaux de pierre intacts au milieu d'autres fragments. Nous passons une petite heure à explorer les lieux, et j'effectue pour ma part quelques plans film et quelques photographies. En définitive, c'est une journée riche en découvertes et en surprises, nous n'avions plus l'habitude d'autant de diversité visuelle depuis un bon moment. Ce soir, en discutant avec Taha, ma décision est prise, je décide d'arrêter la diète forcée de nos camélidés. Demain, je réoriente la direction pour les prochains jours. Nous tracerons plus au sud pour retrouver les massifs dunaires et notre fameuse herbe à dromadaires !

08/02 – JOUR 25

Boussole orientée sur un azimut à 112° au lieu des 105° habituels des derniers jours. Nous nous dirigeons directement sur les aklés Awana. *In sha Allah !* Nous verrons bien ce que nous réserve l'avenir. J'ai pris la décision de changer notre direction après de longues considérations. Je commence à prendre conscience que cette aventure ne va pas se dérouler, comme nous l'avions prévu, en trente-cinq jours. Je voulais retarder le plus possible notre entrée dans les aklés Awana, car d'après la littérature, nous nous dirigeons vers une zone de dunes décrites comme très difficiles à franchir. Je sais que la marche dans cette morphologie de terrain sableux va être une rude épreuve pour tout le monde. Mais nos dromadaires doivent manger !

En fin de matinée, nos pas nous amènent devant une dune d'environ 15 mètres de hauteur. Étrange formation au milieu de cette désolante platitude. À sa base, nous tombons sur un site de taille de silex. Des milliers d'éclats jonchent le sol sur une superficie de 50 mètres carrés. Au milieu de cet amoncellement, nous ramassons quelques pointes de flèche de type microlithe de plusieurs centimètres. Leur façonnage est très fin et très précis, ce qui en fait des objets très tranchants. Leur forme varie de la feuille de laurier tout oblongue à des formes triangulaires comme la tour Eiffel, extrêmement effilée et pointue. Toutes ces armes sont issues de la même roche, un silex de couleur marron clair et translucide. C'est rare que, sur un site donné, il n'y ait qu'un seul type de matière première. Par déficit de matière rocheuse, les hommes du néolithique fabriquaient leurs pointes de flèche dans n'importe quelles pierres suffisamment résistantes à la taille, sans distinction de matière. Dans la région, en général, ces objets se taillent dans toutes les qualités de silex, de quartzite, d'agate, d'opale et même de malachite. La finesse de la taille dépend au final de la dureté de la roche.

Nous escaladons ce monticule de sable pour scruter l'horizon de cette hauteur. Nous n'observons rien de rassurant, seulement le trait plat et uniforme qui délimite le sable du ciel, l'enfer du paradis ! En redescendant, Taha découvre un anneau en grés d'un blanc cassé, de 22 centimètres de diamètre et de section triangulaire, d'une masse estimée à 2 kilos environ. Cet objet intact, d'une symétrie étonnante, a une fonction qui reste encore énigmatique pour les spécialistes. Sert-il d'arme, de meule, d'entrave pour les animaux domestiques, de bracelet ou simplement à tenir par leurs faîtes les piquets d'une habitation nomade ? En tout cas, il est beaucoup trop lourd pour que je laisse Taha l'emporter. Nous ne pouvons pas, par décence envers nos dromadaires, les charger avec tous les objets que nous découvrons. Comme d'habitude, je me contente de photographier et de filmer cette découverte. Puis nous repartons, nous avons assez perdu de temps ici, il faut atteindre au plus vite les aklés et leurs maigres touffes de végétation salvatrices.

09/02 – JOUR 26

Journée de transition entre le plat du Mreyyé et les petits massifs de dunes vives de type barkhane, qui se multiplient et se profilent à l'horizon. En observant le relief, j'ai l'impression de passer successivement d'une mer d'huile très calme à une mer qui se gonfle au fur et à mesure, pour finir par une mer démontée sous une tempête tropicale. Nous retrouvons également des petites touffes éparses de sbot, et cela est plutôt rassurant pour nos animaux. Tout en avançant, j'arrache quelques poignées de cette herbe desséchée, que j'offre aussitôt à nos dromadaires. C'est plus pour les rassurer sur leur devenir que pour les nourrir. Petit à petit, je crois déceler dans leurs regards un certain retour au calme qui contraste sérieusement avec le profil du terrain qui se déchaîne généreusement. Il va falloir réapprendre à progresser en zigzag entre ces dunes. Avec cette maigre végétation, les traces de vie de la petite faune locale réapparaissent aussi : lézards, scarabées, gerbilles. Il est évident que c'est uniquement la flore qui conditionne la survie de ces petits animaux.

Hier encore, au centre du Mreyyé, il n'y avait plus aucune forme de vie et là, une activité animale réapparaît dans ces microbiotopes épars. Le sable change aussi de couleur et de granulométrie, il devient plus jaune et plus fin. Au pied des dunes, sur leur face convexe, les petites cuvettes *(tyârs)* sont à nouveau présentes avec leur paléosol sédimentaire gris.

Grâce à la forme de ces grains de silice, il est possible d'imaginer la géologie de la région. Ces témoins, érodés par un passé préhistorique souvent tumultueux, peuvent être classés en trois grandes catégories. Rappelons d'abord qu'il y a quelques millions d'années, la Majâbat al-Koubrâ n'était pas cette immense cuvette immergée sous les sables. Il se dressait à cet endroit, sans doute, d'énormes massifs granitiques qui se sont, au fur et à mesure de la succession des périodes humides, sèches et même glaciaires, délités, érodés, pour libérer ces minuscules cristaux de quartz. La première classification rassemble tous les grains de formes originelles, souvent variées, n'ayant subi que très peu d'usure entre eux. Ces grains sont en principe directement issus de la roche-mère sans avoir été érodés par une action extérieure. Puis viennent les deux autres types qui sont des grains de forme ronde. Dans un cas sont regroupées des petites sphères lisses, transparentes, résultant de l'action aquatique et dans l'autre cas, des sphères dont la surface sera piquée par des chocs permanents survenus lors de l'action éolienne. Dans cette région, l'étude de ces sables, en partie menée par Théodore Monod, a démontré, contrairement à nos attentes, qu'il y eut, en des temps très anciens, une prédominance de l'action fluvio-lacustre. Ainsi, les paysages dans lesquels nous évoluons chaque jour n'ont pas été tellement modifiés et transformés par les vents, ils ont été malaxés et figés aux périodes humides de la préhistoire.

Le soir venu, nous établissons notre bivouac au pied d'une petite barkhane et retrouvons avec plaisir notre abri naturel contre le vent. Nous sommes sur un gisement néolithique de tessons de poterie qui assouvit notre curiosité quand le travail avec les dromadaires est terminé et le thé savouré.

10/02 – JOUR 27

En fin de matinée, nous sommes de nouveau au cœur du massif typique des aklés avec les cuvettes interdunaires séparant deux dunes qui dans un premier temps ne sont pas si terribles que ça à franchir. Je vais vite regretter mes paroles. En gravissant une des plus hautes, nous prenons conscience de ce qui nous attend dans les heures à venir. La vision est dantesque, rien d'autre qu'un immense océan démonté, où la moyenne entre le creux et le sommet d'une dune est d'une trentaine de mètres. Impossible de passer sans contourner ces monticules et inutile donc d'espérer, dans ces méandres, maintenir notre moyenne kilométrique ! Nous avons franchi le 19e parallèle et l'après-midi, la chaleur devient insupportable. La température atteint à présent 42 °C à l'ombre, mais il n'y a évidemment pas d'ombre pour nous. J'attends avec impatience que les heures s'égrènent et que le soleil finisse enfin par disparaître sur l'horizon pour me soustraire à son inévitable présence. Sa morsure quotidienne a fini par me provoquer des brûlures sur les joues et le nez. Je n'ai pas emmené de crème, sachant que nous ne pouvons pas nous laver. Alors, des morceaux de sparadrap me protègent des rayons si offensifs jusqu'au renouvellement de l'épiderme. Je pensais que la crasse accumulée ferait un écran efficace contre les coups de soleil. Elle ne suffit pas, pas plus que le bronzage de ma peau pourtant déjà très important. Le rayonnement est trop fort. Les dromadaires en souffrent aussi, ils avancent en permanence avec la bouche ouverte pour ventiler et éliminer plus efficacement cette chaleur directe. J'ai observé aujourd'hui le même comportement chez un sirli bifascié en vol.

Depuis le premier jour de la méharée, nous évitons de boire pendant la journée, ce qui présente l'avantage de ne pas arrêter la progression des animaux. Cette mesure que nous nous sommes imposée devient, ces derniers jours, extrêmement difficile à respecter et plus particulièrement pendant les deux dernières heures de marche qui nous paraissent inhumaines. La soif devient alors douloureuse. Toutes les muqueuses s'assèchent et chaque inspiration irrite un peu plus la gorge.

11/02 – JOUR 28

Entre les dunes s'insèrent maintenant des creux (ou cuvettes de type khwâreg) qui multiplient par deux au moins la hauteur estimée de la butte. Je n'avais jamais vu ça, ce sont des immenses vagues acérées et figées pour l'éternité. Plus nous avançons dans ce labyrinthe sans fin, plus j'ai le sentiment que ces dunes se referment sur nous et finissent par nous engloutir. Des touffes de sbot surgissent de tous les côtés et arborent une couleur de plus en plus verte. Nos animaux se régalent, c'est au moins un petit réconfort dans notre périple qui se transforme en chemin de croix.

Ce soir, après avoir installé notre bivouac et préparé le thé, je réfléchis... Finalement, j'hésite à continuer dans cette direction. N'est-il pas préférable de regagner la lisière des aklés Awana et du Mreyyé pour avancer plus vite ? Bien sûr, la route sera plus longue ! Et nos dromadaires n'auront rien à se mettre sous la dent ! Encore un dilemme sur le choix de notre direction. Nous avons tout juste atteint la moitié du parcours. De plus, l'élévation de la température se confirme. Comme hier, nous frôlons en permanence les

42 °C en pleine journée, encore un paramètre de plus à supporter et à prendre sérieusement en considération. La déshydratation forcée et l'état général de nos dromadaires m'inquiètent. Personne n'a jamais testé la résistance de ces animaux sous de telles conditions d'efforts et de température. Je ne souhaite pas faire part de mes doutes à Taha. Je ne veux pas qu'il décèle en moi autant d'hésitations. Je garde mes interrogations pour ma conscience, aggravées par la responsabilité de notre devenir. Hors de question que Taha ne se sente pas en sécurité à mes côtés. Ce serait la fin de notre équilibre déjà précaire par ces conditions démesurées. Je ne veux pas qu'il me considère comme une personne indécise, immature face à ce désert, à travers mes changements de position. Alors, en définitive, on conserve ce choix de route avec ce qu'il implique comme sacrifice !

12/02 – JOUR 29

Taha est malade, il présente tous les symptômes de l'épuisement de chaleur. Je sais que nous ne buvons pas assez, mais on ne peut pas augmenter notre quantité d'eau. Il se repose toute la matinée. Nos corps sont mis à rude épreuve avec cette déshydratation permanente qui finit par user nos forces et dérégler notre métabolisme.

L'acclimatation de l'homme à la chaleur

L'homme est un homéotherme. Il a la capacité de maintenir sa température corporelle stable à 37 °C au repos et jusqu'à 40 °C à la suite d'un effort intense, en dépit des variations de la température extérieure. Pour cela, le corps possède un véritable « thermostat » biologique : l'hypothalamus. Grâce à des thermorécepteurs centraux (récepteurs localisés dans le cerveau) et des thermorécepteurs périphériques (récepteurs situés sous la peau), il va immédiatement informer le reste du corps de la variation de la température extérieure et déclencher alors les adaptations nécessaires.

Dans le corps humain, pour stabiliser sa température interne, il existe un équilibre entre les phénomènes de production de chaleur (thermogenèse) et ceux d'élimination (thermolyse). C'est principalement l'alimentation qui fournit la quantité de chaleur nécessaire à tout être humain en fonction de sa dépense physique, de son âge et de son sexe. Elle est estimée en moyenne à mille sept cents calories par jour. Quant à la thermolyse, elle se fait par quatre mécanismes. La conduction est l'échange thermique par contact avec un objet (habits, chaise, etc.) au niveau des surfaces d'appui du corps. La convection est l'échange entre le corps et un fluide en mouvement, qui est presque toujours l'air dans notre cas. Le rayonnement infrarouge est l'échange thermique entre la peau et les éléments solides placés dans l'environnement et enfin, l'évaporation ou la sudation, qui est le moyen le plus efficace pour éliminer la chaleur produite.

Quand le corps humain se trouve dans une atmosphère chaude, la température cutanée qui se situe normalement entre 28 et 36 °C va augmenter avec un seuil d'alarme à 42 °C. Il va immédiatement tenter d'équilibrer son bilan thermique, avant d'atteindre cette température critique, en mettant en jeu plusieurs mécanismes se traduisant par trois astreintes.

L'astreinte thermostatique, qui se manifeste par une élévation de la température superficielle de la peau par vasodilatation, afin d'augmenter les échanges de chaleur par convection et rayonnement. L'astreinte circulatoire, qui correspond à une augmentation du débit sanguin et de la fréquence cardiaque (risques de diminution du débit cérébral et d'hypotension artérielle). Cependant, dans la majorité des cas, le bilan thermique reste encore déséquilibré. Intervient alors l'astreinte sudorale qui est l'élimination des calories par la sueur, le moyen le plus efficace de lutter contre la chaleur. Cette évaporation peut être entravée par un vêtement trop serré, qui certes protège des rayons solaires, mais ne laisse guère circuler l'air entre la peau et le vêtement. Ce phénomène est malgré tout limité par la sudation maximale qui est la quantité maximale de sueur qu'un sujet donné peut fournir, soit, en moyenne, près de 4 litres pour huit heures. Ce volume peut être multiplié par deux ou trois dans le désert où règne un air particulièrement chaud et sec. N'oublions pas que la sudation entraîne par ailleurs une perte importante d'eau et de sels divers. La déshydratation doit se limiter à un maximum de 10 % du poids corporel, sous peine d'approcher une limite létale pour l'organisme.

Les affections liées à la chaleur sont les conséquences d'une défaillance dans la thermorégulation, se traduisant, dans le cas le plus aigu, par un coup de chaleur. Il survient brutalement après une sudation importante suivie d'une insuffisance des glandes sudoripares ou d'une carence centrale des mécanismes de thermorégulation. La température centrale monte rapidement autour de 41 °C et il en résulte un malaise général avec accélération du pouls. Le visage est cyanosé, la peau devient rouge et chaude. Le coup de chaleur entraîne souvent des vertiges, des troubles de la vision, de l'audition et des difficultés d'élocution. Il s'ensuit une augmentation importante du rythme cardiaque pour couvrir les besoins circulatoires liés à une vasodilatation périphérique intense. Le coup de chaleur peut être suivi d'un état de choc, de convulsions voire de coma. C'est une urgence thérapeutique, il peut engendrer la destruction des membranes cellulaires et des systèmes enzymatiques thermolabiles, ce qui explique certaines séquelles comme les insuffisances rénale et hépatique ou encore le syndrome de lyse musculaire avec myoglobinémie. La mort peut survenir brutalement si un refroidissement et une réhydratation ne sont pas rapidement entrepris.

L'épuisement de chaleur, quant à lui, peut survenir rapidement après un effort musculaire. La température centrale est souvent moins élevée que dans le coup de chaleur, la peau est humide et pâle (symptômes différents du coup de chaleur), le sujet devient somnolent avec des vertiges, des vomissements et des crampes musculaires liées à la déshydratation. La pression artérielle tend à s'abaisser jusqu'au collapsus.

L'insolation, par contre, correspond surtout à une exposition à la chaleur de la tête et du cou. Les signes neurologiques sont prédominants avec céphalées, convulsions et perte progressive de la conscience accompagnée d'un syndrome méningé. Des hallucinations peuvent aussi survenir.

Une thermorégulation excessive peut déclencher des accidents généraux de déshydratation. Ils se traduisent par une déshydratation intra- et extracellulaire, une soif intense, des plis cutanés, une baisse de la pression artérielle, une baisse de la diurèse, la langue sèche et des troubles de la conscience. En sachant qu'une perte de un litre de sueur représente 2,5 % du volume d'eau total d'un adulte, les accidents de déshydratation existent dès que la perte atteint 5 % du volume d'eau corporelle totale. Cette perte d'eau augmente la viscosité sanguine, qui finit par ralentir le flux et accroître le travail de pompage du cœur, pouvant conduire à long terme à de graves troubles cardiaques.

Le déficit sodique est lié à l'absence de remplacement du sodium perdu par une sudation excessive. Ce déficit conduit généralement aux crampes de déshydratation essentiellement localisées dans les jambes et l'abdomen. Ces douleurs plus ou moins violentes sont associées en général à une tachycardie. Ces crampes de chaleur sont précédées de troubles du goût et de l'odorat.

Lorsque l'être humain effectue un effort physique, même modéré, sous une forte chaleur, une diminution de la performance est observée car le volume sanguin va être distribué différemment avec une forte dérive vers la périphérie du corps, afin de permettre une meilleure perte de chaleur. Ainsi les muscles vont être moins bien alimentés en oxygène et en substrats. Dans ces conditions, l'organisme va, en priorité, tout faire pour limiter l'augmentation de sa température, mais petit à petit il habitue le corps à travailler dans un environnement chaud. C'est ce qu'on appelle l'acclimatation.

Le délai moyen d'acclimatation est d'environ deux semaines en zone désertique. On commence par effectuer des séances d'une heure environ en dehors de la période de forte chaleur. Après deux ou trois entraînements, on effectue des séances plus longues. Enfin, on finit par quelques exercices au moment le plus chaud de la journée durant plusieurs heures. Grâce à cette préparation, notre corps supporte mieux l'effort en ambiance chaude en développant une plus forte sudation avec un délai d'apparition plus court. On aura également au fur et à mesure une concentration moindre en éléments minéraux dans la sueur. Ainsi, chez un sujet non acclimaté, la perte en sodium peut avoisiner 6 à 9 grammes par litre, alors que chez le sujet acclimaté, elle n'est plus que de 3 ou 4 grammes par litre. Cet entraînement à l'effort sous la chaleur est indispensable pour optimiser les réponses du corps humain.

Même si le soleil améliore notre moral et nous donne un joli teint hâlé, il peut aussi être notre ennemi.

Associé à une sudation excessive, il favorise le développement, sur la peau, des mycoses, des dyshidroses et des dermites d'irritation par macération. Nous pouvons aussi observer de l'urticaire à la chaleur, peu fréquent cependant, qui va former des papules ortiées au niveau des zones exposées. Parmi nos ennemis dans le désert, nous pouvons compter sur les rayonnements solaires, dont l'infrarouge (IR), qui, par la chaleur qu'il véhicule, est responsable de l'insolation ou, encore plus préoccupant, du coup de chaleur. Il provoque aussi des atteintes de l'œil beaucoup plus graves. Ainsi, les IR proches (entre 700 et 1 400 nm) induisent une cataracte ; les moyens (entre 1 400 et 1 900 nm) provoquent des brûlures cornéennes et des conjonctivites rebelles et récidivantes. Les IR sont la cause des brûlures et des coups de soleil cutanés. Mais ce sont principalement les rayons ultraviolets (UV), invisibles et non calorifiques, qui représentent un réel danger pour l'être humain. Les UVA, quoique responsables du bronzage de la peau, le sont aussi de son vieillissement prématuré. Les UVB sont impliqués dans les brûlures de la peau et, à terme, dans la survenue des cancers cutanés. Enfin, les UVC, les plus dangereux, sont eux heureusement filtrés par la couche d'ozone de l'atmosphère.

Un dernier paramètre physiologique modifié sous des conditions climatiques chaudes est l'urémie. Les urines servent essentiellement à éliminer du corps les toxines et déchets engendrés par le métabolisme. La diminution de la quantité d'urine émise pendant un laps de temps donné s'appelle l'« oligurie ». Elle est due soit à une réduction de la consommation de liquide, soit à un déficit du fonctionnement des reins. Chez tout individu, la quantité normale d'urine excrétée quotidiennement varie entre 0,5 et 2 litres. Ce volume d'urine est fonction de la quantité de boisson absorbée, de l'activité physique, de la chaleur ambiante, de l'alimentation et de la fonction rénale (capacité de filtration du sang par les reins). Dans des conditions habituelles, quand le volume urinaire est inférieur à 300 millilitres par jour, c'est le signe d'un mauvais fonctionnement rénal. La diminution presque complète de la sécrétion des urines constitue l'anurie, évidemment mortelle à très court terme. Dans les conditions climatiques extrêmes comme celles présentes dans le Sahara, le symptôme le plus fréquent est la colique néphrétique liée à une trop grande concentration des urines depuis trop longtemps et finissant par irriter le système rénal.

Notre caravane se met en route uniquement l'après-midi lorsque Taha se sent mieux. Les aklés Awana sont un enfer pour la marche. La hauteur des dunes, qui se dressent devant nos yeux, semblables à des murs, ne cesse de s'amplifier et le sable est incroyablement mou sous nos pas. Nous n'arrivons plus à déchiffrer le terrain pour trouver des passages plus adéquats afin de s'extraire de ces méandres de sable.

13/02 – JOUR 30

Stupeur, vers 11 heures, nous nous apercevons qu'il nous manque un dromadaire, c'est celui qui transporte toute notre réserve d'eau. Il faut impérativement le retrouver. Je ne comprends pas notre erreur. Habituellement, quand nous marchons côte à côte devant les animaux, nous nous retournons chacun à notre tour, tous les quarts d'heure. Et là, comme un fait exprès, nous avons tous les deux oublié cette tâche pendant plus d'une heure. Plus tard, Taha me dira que même son plus jeune fils n'aurait pas commis cette erreur. C'est impardonnable, ou alors ce sont les djinns qui s'emparent insidieusement de nos esprits. Nous arrêtons le reste de la caravane, nous baraquons sans décharger les dromadaires. Je reste là avec les animaux pendant que Taha se lance à la recherche de ce maudit dromadaire porteur de notre seule réserve d'eau. L'attente est indescriptible ; je repense calmement à cette erreur qui peut nous être fatale. Comment faire si Taha ne le ramène pas ? Tout d'abord, c'est l'obligation de mettre fin à cette aventure et ensuite, je me surprends à échafauder un plan de secours ! Une seule solution. Nous sommes d'après la carte à environ 300 kilomètres du puits de Oualata. En marchant bien nous pouvons l'atteindre en dix jours, avec une consommation minimum de 80 litres d'eau. Alors, nous n'aurons pas le choix, nous sacrifierons un ou deux dromadaires et, en filtrant le liquide stomacal à travers un morceau de tissu, nous pourrons récupérer ce précieux liquide. La théorie paraît simple, la pratique risque d'être éprouvante pour le moral !

Heureusement, nous sommes bénis des dieux : Taha le retrouve en retournant sur nos pas dont les traces ne sont pas encore complètement effacées par le vent. Taha m'explique que l'animal est simplement resté à l'endroit où il s'est détaché, sans chercher à s'aventurer en dehors de notre route. Nous avons eu beaucoup, beaucoup de chance ! Le Tout-Puissant nous préserve encore une fois, il nous laisse une carte de plus sur l'avenir. Cet incident nous fait perdre simplement trois heures de marche et nous a fait une belle frayeur ! Plus question de stopper notre progression vers Tombouctou, nous récupérons nos derniers 100 litres d'eau et un dromadaire défiguré. En arrachant son anneau nasal, probablement dans sa chute, une de ses narines s'est déchirée et un bout de peau sanguinolente pend misérablement. Cette dernière, hyperirriguée, saigne abondamment et une véritable marre se forme sur le sable. Taha n'est pas inquiet de cette blessure, il l'est d'ailleurs rarement avec nos animaux. Il s'empresse de le rattacher par la mâchoire inférieure au reste de la troupe et nous repartons. L'incident qui aurait pu mettre un terme définitif à notre voyage est clos.

14/02 – JOUR 31

Notre route croise deux belles vipères des sables lovées autour d'un pied de sardoûn. Taha les tue avec son bâton. Il m'explique qu'il a peur que nos dromadaires soient mordus. Je trouve ce geste un peu brutal, je pense que nous aurions pu simplement les effrayer pour les écarter de notre passage. Je ne veux pas perdre de temps et surtout de la précieuse salive à lui exposer ma vision sur le respect à avoir pour chaque être vivant, sur cette planète. J'ai un sentiment qui peut paraître stupide ou alors ce n'est que de la superstition, mais je suis presque persuadé que c'est en respectant toutes les formes de vie et uniquement à cette condition que cette nature acceptera de nous laisser la traverser.

La marche est plus aisée qu'hier dans ce paysage chaotique. Nous nous déplaçons sur du sable relativement durci et sur la pente la plus faible des dunes. Ces dernières sont d'ailleurs assez espacées et moins hautes que la veille. En revanche, nous devons traverser une série de vallées distantes du sommet des dunes de plus de 100 mètres et de plusieurs centaines de mètres de large. Au pied des formations dunaires, au fond de ces vallées, apparaît un paléosol rouge brique, typique du sous-sol d'un ancien lac. Cette couleur est due essentiellement à la forte teneur en minerai de fer. Sur cette couche de quelques dizaines de centimètres d'épaisseur, une multitude d'objets façonnés par l'homme du néolithique jonchent le sol. Nous arrêtons régulièrement le convoi pour explorer et observer ces zones. Nous ramassons également des nodules ferreux qui aimantent nettement l'aiguille de la boussole en la déviant de sa trajectoire, à la manière de certaines catégories de météorites. La similitude est troublante, ces nodules possèdent une enveloppe externe très sombre et lisse qui semble avoir fondu sur quelques millimètres, comme si ces objets avaient subi l'échauffement d'une traversée de l'atmosphère. En réalité, ce sont les conditions lacustres suivies des conditions désertiques qui ont modelé ces nodules. Je reste par contre intrigué par leur éclat interne gris métallique, lorsque j'en casse un morceau. Je décide de prélever quelques échantillons que je ferai analyser en rentrant *(In sha allah !)* par l'équipe de minéralogie du Muséum d'histoire naturelle de Paris.

Aujourd'hui, c'est la Saint-Valentin, le fameux jour des amoureux. Je ne suis pas du tout attaché à ces coutumes dictées par notre société, mais je me dois de téléphoner à Florence (plus pour elle que pour moi !). En plus, je ne lui ai pas donné de nouvelles depuis plusieurs jours. Je sais qu'elle s'inquiète pour moi. Je sais aussi qu'elle reçoit nos coordonnées plusieurs fois par jour via les satellites et qu'elle peut visualiser notre progression quotidienne avec la balise Argos. Si nous avançons toujours dans la bonne direction, elle peut se rassurer et imaginer que nous n'avons pas de problèmes graves. Avant de partir, je lui avais dit qu'en méharée, je ne lui donnerai que très peu de nouvelles. Je ne veux pas, psychologiquement, avoir ce repère du téléphone pour me rattacher à l'autre monde, celui que j'ai laissé derrière moi. Par expérience, je sais que ces contacts m'affaiblissent plus qu'ils ne me stimulent, particulièrement dans les moments difficiles comme ceux que nous connaissons ces derniers temps. Mais en ce 14 février, je dois lui parler, pour lui dire simplement que je pense à elle et que je ne suis pas seulement un animal en survie. Je veux lui montrer que je suis encore un homme habité de sentiments, à défaut d'être auprès d'elle. Je ne suis malheureusement pas le gentleman avec qui elle aurait pu partager un petit dîner au restaurant. Ce genre d'appel, je le sais, est toujours déroutant. Je lui cache bien sûr nos difficultés réelles, je ne veux pas qu'elle s'affole. Je lui décris d'une façon relativement idyllique notre épopée en la ponctuant d'anecdotes, ce qui semble la rassurer un peu. Le décalage entre sa vie en France et la mienne actuellement est tel que nous ne sommes pas en phase. En plus, la communication avec le téléphone-satellite est hachée et nous avons du mal à établir une discussion, même pour quelques minutes. Finalement, je ne sais pas quoi dire pour meubler la conversation et elle non plus d'ailleurs. Cet échange ne me satisfait pas, il me faudrait des heures pour vraiment raconter ce que nous vivons sur le terrain. Je raccroche en essayant de ne plus penser à cet appel pour ne pas me fragiliser. Je sais qu'elle est là, c'est l'essentiel, c'est égoïste !

15/02 – JOUR 32

Magnifique mirage, dès 9 h 30 du matin ! Il ne disparaît que vers 11 heures. C'est, sur le sommet de cette mer de dunes, le reflet du Dahr Tîchîtt qui se trouve en réalité à 200 kilomètres de ce lieu. Cette vision est complètement irréelle, un relief posé au sommet de ces dunes, avec juste un fin trait de ciel bleu pour les séparer !

Les mirages

Les mirages ne révèlent évidemment ni une expression surnaturelle, ni un problème pathologique du cerveau. Cette vision d'optique peut simplement s'expliquer par un phénomène scientifique lié à la courbure des rayons lumineux reflétés par une image. Il faut préciser que la lumière ne suit une trajectoire rectiligne que dans un milieu homogène, transparent et isotrope, c'est-à-dire dans un milieu d'indice constant. Dans l'air, la température n'est pas constante : entre la température près du sol et celle à un mètre de hauteur, il peut y avoir une différence de plus de 10 °C. Une telle amplitude thermique est le résultat de l'existence d'une multitude de couches d'air de températures différentes (couches isothermes). Or, chaque couche d'air de température donnée représente un milieu spécifique et homogène. Ainsi, lorsque la lumière passe d'une couche à une autre, c'est-à-dire d'un milieu physique à un autre (ayant des propriétés différentes), les rayons changent de comportement et leur trajectoire en est affectée : changement de direction, changement de vitesse, réfraction, diffusion. Donc, quand un rayon lumineux passe d'une couche à l'autre, il change de direction. Ainsi, tous les rayons ont un point d'incidence distinct, c'est-à-dire qu'ils rencontrent un milieu différent à des instants différents. Leurs nouvelles directions sont modifiées, ce qui va avoir pour effet de grossir, voire de retourner un objet. Que l'air chaud soit près du sol ou, au contraire, que ce soit l'air froid qui soit sous l'air chaud, les mirages se forment et nous apparaissent (de préférence si l'on est près du sol). Il y a deux grands types de mirages : ceux qui présentent une image droite souvent grossie et surélevée (c'est notre cas) et ceux qui nous montrent une image renversée où le ciel apparaît sous les roues des voitures, nous laissant ainsi croire qu'elles roulent sur l'eau !

Taha semble épuisé en cette fin de journée. Il grimpe sur un dromadaire pour continuer. Notre déshydratation ne s'arrange évidemment pas, ce qui engendre une fatigue permanente qu'il nous faut combattre à tout prix pour avancer.

16/02 – JOUR 33

Ce que je craignais, suite à la lente progression de la caravane, arrive : nous n'avons plus de nourriture. Nous sommes encore à plus de 400 kilomètres de Tombouctou, soit à au moins quinze jours de marche ! Nous attaquons par conséquent l'avoine destinée initialement aux dromadaires. Comme eux trouvent à nouveau facilement leur herbe, ils n'en ont pas besoin pour le moment. Nous commençons à payer cher ce choix d'itinéraire. En plus, Taha rechigne à se nourrir d'une alimentation prévue pour les animaux. Il m'explique comme un gamin que d'après ses principes, ce n'est pas digne d'un homme. Et moi, je lui rétorque que c'est ça ou rien ! Nous n'avons pas le choix, nous n'allons quand même pas tuer un dromadaire pour que monsieur ait sa ration de viande !

Taha me cause doublement du souci. En plus du problème de la nourriture, depuis ce matin, il me pose trop de questions sur notre direction et les différentes options en cas de problèmes. Nous avons passé une bonne partie de l'après-midi à marcher côte à côte et à en parler. Bientôt, nous aurons quitté la Mauritanie et je sens que l'approche du Mali le rend nerveux. Ce n'est plus le territoire des Réguibats (ethnie mauritanienne d'où est issue la lignée ancestrale de Taha) et cela l'inquiète. D'ailleurs, pendant le premier thé du soir, il vérifie et nettoie son fusil avec un peu de liquide de frein, signe de pensées pas forcément sereines... Je pressens qu'autre chose le tourmente. Je serai fixé dans peu de temps. Je continue à lui cacher mon inquiétude, non sur une éventuelle rencontre avec des Touaregs, mais sur nos dromadaires qui dépérissent à vue d'œil. Leurs côtes sont apparentes sous leur peau toute desséchée, leur cou décharné. Ce qui m'alarme le plus est qu'ils ont de moins en moins d'appétit le soir quand nous leur rendons leur pseudoliberté. Chaque matin, nous vérifions aussi la couleur de leur urine. C'est en général en début de méharée qu'ils excrètent et nous essayons de déceler une quelconque anomalie qui montrerait une atteinte rénale : urine foncée ou présence de sang. Pour le moment, aucun symptôme anormal. Chaque jour au moment de leur chargement, nous scrutons également minutieusement leur bosse amaigrie. Sur leur dos, les bidons métalliques peuvent leur causer des blessures cutanées qui se transforment vite en plaies infectées. Nous nettoyons chaque entaille apparente et appliquons soigneusement un peu d'huile alimentaire pour accélérer et protéger la cicatrisation.

17/02 – JOUR 34

C'est un jour marqué par le franchissement de la frontière du Mali : à 12 h 42, d'après le GPS. Nous avons donc bouclé les deux tiers de la distance. Maintenant, jusqu'à Tombouctou, nous avançons en territoire non sécurisé, non surveillé par les autorités. Il peut y régner une contrebande réelle entre la Mauritanie, le Mali, le Maroc et l'Algérie. À partir de ce soir et jusqu'à la fin du voyage, nous dormons avec nos armes dans le duvet, armes évidemment chargées et prêtes à faire feu. Taha dort même avec une cartouche engagée dans la culasse armée. Je préfère juste avoir mon pistolet chargé mais non armé. La sécurité sur le côté de ma culasse étant usée, ce serait trop bête qu'un accident m'arrive au cours de la nuit.

La journée, nous sommes dorénavant plus attentifs à nos arrières, et quand en fin d'après-midi, pendant les deux dernières heures, nous grimpons sur nos dromadaires respectifs, nous scrutons attentivement l'horizon. Nous bivouaquons uniquement dans le creux des dunes, en faisant un feu limité. Nous avons un ennemi transformé en allié inattendu et tout à notre cause, le vent, qui heureusement efface quotidiennement nos traces. Ce stress moral, à présent journalier, ajouté au stress physique, ne fait qu'aggraver notre fatigue, mais aussi notre irritabilité. Ce qui n'est pas très recommandé pour notre cohésion et menace notre survie.

Seule consolation de la journée : en explorant les environs du campement, je découvre plusieurs cistanches qui cette fois semblent bien vivantes et à un niveau optimal de leur croissance. Je peux admirer les corolles des fleurs bien épanouies qui recouvrent la partie supérieure de la forte tige. Je trouve cette plante parasite d'une étonnante beauté. Dans ce désert, il y a très peu d'insectes capables d'assurer la pollinisation du pistil de ces fleurs, et pourtant cette espèce a développé cette stratégie de reproduction. Je procède à quelques macrophotographies à plat ventre sur le sable en essayant de caler le boîtier au mieux.

18/02 – JOUR 35

Ce matin, avant de quitter notre bivouac, nous procédons à quelques essais de tir sur un morceau de charbon placé à 20 mètres, pour nous rassurer sur le bon fonctionnement de notre « arsenal » défensif. Taha, avec son fusil, est beaucoup plus précis que moi ; en contrepartie, je possède avec l'automatisme de mon pistolet une cadence de tir plus rapide. Nous quittons hâtivement le lieu, au cas où quelqu'un aurait entendu les coups de feu qui, à cause du vent, portent très loin au sud-ouest.

Taha repère son premier lièvre, il en a déjà marre de l'avoine. Nous essayons pourtant de varier sa préparation, soit grillée avec le thé du matin, soit moulue à l'aide d'une meule néolithique dénichée sur notre route, pour le soir. Pour ne pas déchiqueter l'animal qui ne se trouve qu'à 20 mètres, il prend le temps de vider une partie de la poudre contenue dans la cartouche. Puis tranquillement, puisque l'animal ne bouge pas, il s'allonge, stabilise son canon sur sa baguette de chamelier et tire. La bête est touchée au ventre, elle avance tout de même quelques mètres puis s'affaisse, morte. Taha la récupère, la saigne sur place en l'égorgeant, et la fixe sur un des bidons pour la faire sécher. L'opération me dégoûte, je suis contre la chasse de manière générale. Là, il est vrai que notre situation lui donne des circonstances atténuantes. De toute façon, de tendance fortement végétarienne, je ne mange pas de cette innocente victime.

Le soir venu, nous avons une grave discussion. Taha veut arrêter la méharée et regagner au plus vite la Mauritanie, soit le puits de Oualata. Depuis deux jours, je savais bien qu'il réfléchissait à quelque chose. Il n'a plus confiance dans notre aventure et par conséquent en moi. Manifestement, il reste très lucide sur sa décision et ce n'est pas un coup de tête, je le remarque à ses questions à propos de notre devenir dans les jours suivants, trop réfléchies pour être spontanées. Nous en venons même à envisager une éventuelle séparation avec chacun sa route et ses dromadaires. Une solution que je juge extrêmement dangereuse et comme un non-sens à la survie en milieu désertique. Je deviens méfiant. Finalement, je préfère lui mentir sur la distance qu'il nous reste à parcourir. Je la réduis au même kilométrage que pour aller à Oualata. Je lui cache également la difficulté du terrain qui nous attend en direction de Tombouctou. Ces mensonges sont provisoires, il finira bien par démasquer la supercherie. Dans l'immédiat, je ne trouve pas d'autre solution pour calmer les esprits afin de pouvoir continuer la route sereinement et le rattacher à ma cause : Tombouctou à tout prix. Je suis persuadé, à ce moment-là, que l'on peut y arriver.

20/02 – JOUR 36

Aujourd'hui, la marche est longue et difficile et, vers 15 heures, je suis épuisé et décide de monter sur le dromadaire que j'ai adopté depuis quelque temps comme monture. C'est le plus vieux, mais depuis que je l'ai choisi, il a le privilège de ne presque plus rien porter. Comme tous les autres d'ailleurs, puisque nos bidons d'eau sont quasiment vides, et notre nourriture totalement consommée depuis plusieurs jours. Ce « vieux dromadaire » est d'une docilité épatante, jamais agressif, ni envers ses congénères, ni envers nous. De plus, il a dû, sans doute, être dressé pour le méhari, car je n'ai aucune difficulté à me faire obéir une fois perché sur son dos. Au départ de cette méharée, j'étais persuadé de ne pas m'attacher à ces animaux de bât. J'avoue que trente-six jours plus tard, ce principe ne tient vraiment plus debout. Chevaucher l'animal en tête de notre caravane, avec quelques longueurs d'avance sur le reste du convoi, nous a indiscutablement rapprochés et nous nous habituons réellement à la présence l'un de l'autre.

En cette fin de journée, c'est auprès d'un acacia que les dromadaires s'arrêtent. Ils doivent sentir leur nourriture préférée qui, depuis bien longtemps, avait disparu de leur ration alimentaire quotidienne. Donc, de ce côté-là, tout va à peu près bien. Côté humain, Taha et moi ne nous sommes pas adressé la parole de la journée. La glace s'est légèrement brisée juste au moment de la préparation du thé. Et encore... Le sujet brûlant du choix de la direction à prendre est complètement évité. Entre nous, la confiance s'évapore aussi vite que notre sueur. Je considère sa réaction comme normale : nous sommes épuisés par la lente progression imposée par ces dunes et notre situation devient réellement critique. Je me refuse à baisser les bras et je veux continuer sur Tombouctou. Je persiste dans le mensonge sur la distance qu'il nous reste à parcourir. Ce soir, nous nous couchons encore avec nos armes respectives, mais l'ennemi ne semble plus être uniquement les bandits...

21/02 – JOUR 37

La tension entre nous atteint son maximum. Cela devient de la folie pure et simple et même un danger pour nos vies. Je crois que Taha a senti chez moi le mensonge. Il n'ose pas m'en parler, d'ailleurs depuis hier nous ne nous parlons presque plus. Nous sommes arrivés à une sorte de paroxysme de méfiance l'un envers l'autre. Nous portons nos armes continuellement, même en marchant, sous prétexte pour lui de chasser, et pour moi de nous protéger contre d'éventuels contrebandiers. Dans mon cas, je sais parfaitement qu'ils n'attaquent jamais le jour et jamais en prenant des risques inconsidérés. Nous évitons de nous côtoyer. Il est en tête de notre petit convoi, devant nos dromadaires, et moi je ferme la marche en ayant un œil sur lui. Personne n'est dupe de cette tension, même les dromadaires doivent la remarquer. Je me demande pourquoi et comment la situation a pu se dégrader aussi vite pour en arriver à ce stade si extrême. Ce désert finit-il par nous rendre fous au point de nous entre-tuer à propos d'un choix de route différent ? Ce soir, Taha me demande la carte, prétextant vouloir regarder quelque chose ; c'est bien la première fois que ce bout de papier l'intéresse. Je sais qu'il n'est pas capable de lire le français, ni les distances métriques, mais en un coup d'œil, il peut facilement repérer le dernier point GPS que j'ai inscrit, et donc estimer la longueur réelle des intervalles entre les puits, soit les deux points bleus, de Tombouctou et de Oualata. Je refuse de lui passer la carte, objectant qu'elle est à présent bien rangée au fond de mon sac et que je préfère la lui donner demain matin au jour. J'espère intérieurement qu'avec la nuit, il oubliera cette maudite carte, preuve irréfutable de mes mensonges. Il comprend, par mon refus légèrement hésitant, que l'on a chacun nos responsabilités dans cette survie contre le temps : lui les dromadaires, et moi la direction et les décisions.

À la tombée de la nuit, je remarque que Taha prie plus longtemps et qu'il prononce ses phrases sur un ton plus marqué avec une diction très nette. Il veut peut-être me faire partager ce moment ou être mieux entendu par le Tout-Puissant, je ne sais pas. En tout cas, je sais qu'il lui demande d'excuser notre prétention dans la folie de notre entreprise : « Ce désert est trop grand, trop chaud, trop loin de la vie et des puits, qu'Allah pardonne notre folie, *el hamdulillah* ! »

19/02 – JOUR 38

Mon vœu est exaucé, Taha ne me demande pas de consulter la carte ce matin. La tension entre nous semble baisser, il esquisse même un sourire en me tendant le verre de thé. Admet-il, après cette nuit, que je ne suis pas possédé par les djinns ? Ou tout simplement se résigne-t-il à me suivre même jusqu'à la mort ? C'est la seconde hypothèse qui est confirmée plus tard, à l'arrivée à Tombouctou, lors d'une conversation qu'il partage avec un Touareg. Il lui dit qu'il était prêt à aller jusqu'à perdre la vie pour cette expédition. Est-ce à ce moment-là qu'il en a pris conscience ? Je n'en sais rien, mais ce don de sacrifice pour cette aventure me bouleverse encore aujourd'hui, lorsque j'écris ces lignes.

Une journée

Parmi toutes ces longues journées de marche, de l'aube jusqu'au coucher du soleil, une plus que les autres reste gravée dans ma mémoire. Peut-être parce qu'elle fait partie de ces moments où le doute s'installe, où la remise en question de l'aventure devient obsédante, où le plaisir quotidien de la découverte commence à flirter avec la peur. Nous avons franchi depuis quelques jours la frontière virtuelle de la Mauritanie et du Mali, cette journée est notre trente-huitième, une journée pourtant comme les autres...

5 h 30. Comme chaque matin, le vent se lève, un vent glacial. La température avoisine les 3 °C. Impossible de rester dans mon duvet, j'ai froid. Je me lève doucement, mes gestes sont lents. On ne sait jamais : en dormant à même le sable, on risque toujours de partager sa couche avec des animaux indésirables. Taha se réveille aussi. Il fait encore nuit quand je récupère une poignée de charbon, enfouie la veille sous le sable pour l'économiser. Je ramasse une petite touffe d'herbe sèche pour allumer le foyer. Le silence est interrompu par la première prière de Taha. Je ne comprends pas très bien le sens de chaque mot, mais je devine qu'il remercie Dieu d'être en vie. En vie, mais dans quelles conditions ! Loin de tout, au milieu de l'immense désert de la Majâbat al-Koubrâ, qui, une fois de plus, ne nous fait pas de cadeaux aujourd'hui. Nous nous réchauffons autour des petites flammes, puis les braises commencent à rougir ; je remplis notre théière avec un peu d'eau, juste de quoi faire nos deux verres du premier des trois thés. La moindre goutte d'eau est comptée, utilisée à bon escient comme chaque jour. Taha sort les deux récipients protégés dans leur emballage de tissu, le sucre, l'avoine grillée et le thé dont la préparation reste un véritable rituel. Nous échangeons peu de mots, nous sommes encore dans les brumes du sommeil et engourdis par le froid. « *Bismilah* », Taha me tend le premier des trois verres, le breuvage est fort et chaud, la journée peut à présent commencer. J'attrape quelques graines grillées que je mâche doucement, les carences en vitamines et sels miné-

raux ayant sensibilisé mes dents. Depuis trois jours, nos réserves de vivres sont épuisées, notre épopée dure plus longtemps que prévue et nous n'avions que trente-cinq jours de nourriture. Maintenant, il ne nous reste que les 30 kilos de graines d'avoine, initialement destinés aux dromadaires.

À l'est, un fin trait de lumière apparaît. L'aube découpe sur l'horizon notre futur immédiat, une mer de dunes vives, instables : les aklés. Nous scrutons la scène en cherchant du regard un passage moins haut que les autres pour démarrer notre journée de marche. Chaque matin, j'espère secrètement que le terrain va s'améliorer en avançant, que nous allons sortir de cette pénible zone nommée sur les cartes « aklés Awana ». Les dromadaires n'ont pas bu depuis plusieurs semaines et ils s'épuisent un peu plus chaque jour. Je suis inquiet. Le jour découvre également les nombreuses traces d'animaux autour de notre bivouac. Deux fennecs sont venus nous renifler dans la nuit, quelques empreintes de gerbilles attestent d'un certain festin d'avoine avec les quelques graines oubliées autour du foyer. La majorité de la faune locale noctambule est sans conteste constituée des scarabées noirs, qui s'incrustent de préférence au chaud sous nos duvets. Un peu plus loin, une trace caractéristique de la vipère des sables, en forme de canne ; je n'aime pas ces bestioles, c'est ma crainte. Nous n'avons rien pour nous prémunir d'une éventuelle morsure. Je suis d'ailleurs surpris que le froid de cette saison hivernale ne les maintienne pas en hibernation.

Dans la lumière timide de ce début de matinée, nous observons sur nos visages les stigmates d'une nuit dont le repos n'est pas vraiment réparateur. La vision de nos têtes emmitouflées dans nos chèches me fait penser à deux vieilles femmes autour du foyer familial. Notre allure, il est vrai, est loin du cliché de l'aventurier comme on peut se l'imaginer.

Une fois le dernier thé absorbé, Taha se lève pour aller chercher les dromadaires, sans perdre de temps. Comme il y a peu de touffes de sbot dans le secteur, durant la nuit, les animaux s'éloignent du camp pour se nourrir. Taha ne revient qu'une demi-heure plus tard, heureusement avec les huit bêtes. Nous sommes conscients de ne jamais être à l'abri d'en perdre un pendant notre sommeil. Ils sont sans doute, encore plus que nous, en situation de survie du fait de l'épuisement lié à leur travail quotidien et surtout à cause du manque hydrique. Cependant, ils accusent le coup relativement bien pour l'instant, même si leur bosse disparaît et leurs côtes deviennent apparentes. Souvent, je me culpabilise de les avoir emmenés dans cette aventure. Plus le temps passe, plus je m'y attache et partage leurs souffrances. Notre situation doit m'interdire tout sentiment si je veux que l'on y arrive, et c'est ce que je désire le plus au monde. En attendant le retour de Taha, j'ai remballé nos affaires et préparé le départ en positionnant chaque bagage à l'endroit où nous baraquons les dromadaires. Tout cela dans un unique but, perdre le moins de minutes possible à charger nos huit bêtes, de façon à marcher le plus longtemps possible à la fraîche.

Le chargement d'un dromadaire se fait toujours à deux. Les tonneaux avec leur capacité de 50 litres d'eau pèsent très lourd, même maintenant qu'ils sont presque vides. Nous devons les accrocher en même temps pour équilibrer l'animal. Malgré toutes les précautions prises, l'incident peut survenir. Si jamais la bête tente de se relever, nous nous retrouvons avec la charge à bout de bras et une glissade peut engendrer soit un accident corporel, soit la perte d'une partie de nos réserves d'eau. En vingt minutes, nous sommes opérationnels et prêts à partir. Nous séparons le troupeau de camélidés en deux, chacun étant responsable de son groupe. J'indique à Taha, via la boussole, la direction précise à suivre.

Nous récupérons nos bâtons taillés dans des racines d'acacia, et la caravane s'ébranle dans les premiers rayons du soleil. La difficulté des premières dunes à franchir donne le ton. Depuis quelques jours, nous marchons sur l'azimut 107° est, ce qui nous oblige à traverser en permanence les cordons d'aklés quasi de face. Souvent, pour pouvoir progresser, nous ouvrons la route en éboulant les arêtes vives de ces dunes, à la main, de façon à créer un passage praticable pour nos animaux, alourdis par leur charge d'environ 100 kilos. Les huit dromadaires, attachés en file indienne, peinent dans ces sables mous. Ce matin, Taha est en tête du convoi et cherche les meilleurs passages. Quant à moi, je ferme la marche en surveillant l'arrimage des bidons et des sacs. Avec ces cordes en poil de dromadaires, nous ne sommes jamais à l'abri de voir un nœud se défaire ou se casser. La perte de la moindre petite chose peut avoir des conséquences dramatiques. Nous ne possédons rien de superflu. Dans ces passages difficiles, nous accrochons les animaux entre eux de manière spécifique, pour qu'ils puissent se détacher tout seul, en cas de chute. Le problème lié à ce système est qu'ils se désolidarisent également de façon volontaire. Ainsi, régulièrement, je dois courir rechercher ceux qui décident d'abandonner notre petite caravane. Parfois, nous repérons une zone de sable blanc-gris au pied des dunes ; nous stoppons alors la marche. En général, cette couleur annonce une résurgence de sables anciens, souvent associée à un site néolithique. À cet instant, nous sommes comme des enfants, nous adorons explorer ces zones, en quête de nouvelles moissons d'objets préhistoriques. Évidemment, nous ne les ramassons pas, non seulement parce que c'est interdit par la loi, mais surtout parce que nous ne voulons pas alourdir de cailloux nos pauvres animaux ! Nous nous contentons juste d'observer, de photographier et de filmer. J'avoue qu'il m'arrive d'en ramasser certains, mais c'est uniquement dans un but scientifique. Je ne collecte que les objets qui me paraissent insolites pour l'endroit, ou ceux dont l'utilité me semble inconnue, pour les faire expertiser par le Muséum national d'histoire naturelle de Paris. Les premières heures de marche sont encore agréables. Dès que nous franchissons le cap des 11 heures, la température dépasse les 40 °C, et la chaleur devient une ennemie jusqu'à 16 heures environ. Elle apporte la soif, sensation qui est notre combat quotidien. Je termine toutes les journées de marche avec les lèvres et la langue gonflées, ainsi qu'avec des crampes dans les jambes, symptômes caractéristiques de la déshydratation. Ce n'est pas agréable, mais nous finissons par nous habituer à ces douleurs.

La flore

Ce qu'il y a de merveilleux à observer, dans ces zones désertiques, c'est la vie animale ou végétale. Elle est là, à nos pieds. Elle reste extrêmement précaire et fragile, souvent minuscule et peu visible. Elle a su s'adapter à cet environnement hostile et profiter de la moindre opportunité pour exister. Tous les éléments de ce biotope sont en étroite interaction, ils dépendent l'un de l'autre, c'est magnifique. Ces sables me fascinent littéralement. Il y a une chose caractéristique et très particulière, en cette zone de la Majâbat al-Koubrâ, c'est la flore. Dans la partie centrale de ce désert hyperaride, il n'y a que quatre espèces de plantes répertoriées, ce qui, après les zones polaires, en fait une des régions au monde les plus pauvres en diversité végétale. Ce couvert floristique est représenté essentiellement par le sbot et le hâdh. Le sardoûn, quant à lui, couvre l'ensemble des surfaces plus faibles, souvent liées à la nature du sable *(substratum)* et à la topographie du terrain (creux de dune). La quatrième espèce est une cistanche de la famille des *Orobanchaceae*, plante de nature parasite, que l'on croise rarement. En revanche, il peut paraître surprenant, pour les néophytes, de rencontrer des populations parfois importantes d'une espèce donnée. Faute de concurrents et une fois installée, elle se développe d'une façon très active et peut parfois coloniser seule de vastes étendues. Toutes ces espèces végétales ne sont pas des éphémères, tirant profit d'une averse occasionnelle pour se développer. Elles ont adopté une tout autre stratégie en s'adaptant à la longueur des sécheresses par une vie très ralentie et des pertes d'eau limitées au minimum. Ces plantes, qualifiées de pérennes, ont la particularité de présenter des parties aériennes et surtout des feuilles extrêmement réduites. C'est ainsi que le hâdh forme des touffes aux rameaux épineux, recouverts d'une cuticule épaisse. Le sbot, comme toutes les graminées monocotylédones, présente des feuilles réduites à la base foliaire et au pétiole sans véritable limbe. On comprend donc aisément que de telles dispositions anatomiques réduisent considérablement la réception de l'énergie lumineuse, de même que les pertes d'eau par évapotranspiration. La densité des stomates est souvent très faible, directement liée à l'intensité de la transpiration. Toutes ces plantes présentent des adaptations morphologiques inscrites dans leur patrimoine génétique et non des adaptations physiologiques occasionnelles tenant plus à des mécanismes de régulation. La pérennité de ces végétaux ne semble donc pas en danger, si ce n'est par la nourriture potentielle qu'ils peuvent représenter pour la faune herbivore locale (dromadaires, lièvres, gazelles...). Tout au long de la journée, je scrute sans cesse le sol pour découvrir éventuellement une entité végétale non recensée. À ce jour, je n'ai observé qu'un champignon, peut-être de la famille des agaricacées (coprin), par conséquent une espèce saprophyte souvent associée aux graminées. Et encore, je n'en suis pas certain. À première vue, je ne m'attends pas à relever des espèces différentes de celles précédemment citées, mais comme aucune prospection n'a été effectuée dans notre zone, je conserve un petit espoir. Dans cette région, on ne peut omettre la part importante de l'action éolienne sur le transport des graines et l'usure de leur enveloppe superficielle. N'oublions pas non plus que l'hyperaridité de ce désert n'exclut pas une de ces averses d'hiver qui peut faire pousser et fructifier quelques plantes éphémères, en dormance depuis peut-être plusieurs dizaines d'années. L'existence de la vie dans les biotopes extrêmes de notre planète n'est plus à démontrer.

L'après-midi se déroule lentement, très lentement. J'ai l'impression en regardant ma montre que les aiguilles ne tournent plus à la bonne vitesse, voire qu'elles se sont arrêtées. La dernière heure est souvent un calvaire, les crampes de déshydratation deviennent insupportables dans les jambes, la langue et les lèvres gonflent, la gorge s'assèche par manque de salive et rend la respiration irritante. Je lutte pour ne pas dire à Taha : « Ça suffit pour aujourd'hui, on cherche un endroit pour les dromadaires. » Je sais qu'il est comme moi, qu'il souffre aussi. Nous sommes conscients que notre salut est dans cette marche quotidienne de forçat, au-delà de notre fatigue, de nos douleurs, pour enfin atteindre notre but : Tombouctou. Le rituel, avant de se fixer au pied d'une dune pour la nuit, à l'abri du vent, est de regarder le GPS et d'estimer notre progression afin de nous satisfaire de notre journée. Il y a d'ailleurs eu quelques fois où nous nous sommes contentés de peu. Ces journées-là, je crois que nous ne pouvions pas avancer davantage. Pour pouvoir se poser et atténuer nos souffrances, nous devons fournir encore un peu d'efforts. La journée se termine réellement quand les animaux entravés broutent paisiblement leur maigre pâturage desséché et que nous préparons le thé. Ce qui n'arrive généralement pas avant 18 heures.

Quand Taha parvient à repérer un endroit plus fourni que les autres en herbe à dromadaires, cela fait environ sept heures que nous marchons. À présent, nous immobilisons définitivement la caravane pour installer notre bivouac. Nous scindons le groupe en deux, les porteurs d'eau d'un côté et les porteurs de matériel de l'autre. Les animaux baraquent en général d'eux-mêmes avec la fatigue. Nous ôtons en priorité les bâts les plus lestés et par principe, nous défaisons nos propres nœuds pour ne pas perdre de temps sur une corde que nous n'avons pas fixée nous-mêmes le matin. Tout le matériel est déchargé avec précaution. Nous éloignons tous les sacs fragiles, pour éviter qu'ils soient malencontreusement piétinés, lorsque nous entravons les dromadaires, pour la nuit. Nous repérons ensuite le bidon d'eau dans lequel nous allons siphonner le précieux liquide. Nous le relevons pour l'isoler des autres. Ils sont numérotés, ce qui permet de contrôler le volume de leur contenu en fonction de notre consommation. Ainsi, nous pouvons en permanence les équilibrer par deux sur chaque animal. Puis le bivouac s'organise, les selles et les sacs servent à faire un petit barrage contre le vent, c'est le coin cuisine. Pour soulager la colonne vertébrale et garantir une nuit relativement paisible, nous creusons un petit alvéole, dans la mesure du possible à l'abri d'une touffe de sbot. Lorsqu'il y a trop de vent, nous sommes obligés de monter nos petites tentes individuelles pour éviter l'ensablement et le froid.

C'est à partir de cet instant seulement et pas avant que le cérémonial du thé peut commencer. À l'aide d'un tuyau, nous siphonnons dans le bidon métallique la juste quantité d'eau surchauffée nécessaire à la soirée : soit exactement 4 litres. Une partie est versée dans l'unique gamelle pour la laisser refroidir à l'ombre et en plein vent. Elle sert à nous désaltérer. L'autre partie est destinée à la préparation du thé et du repas. J'allume dans notre petit foyer en fer-blanc amélioré une poignée de charbon. Dès que les braises rougeoient, je m'empresse de déposer la théière. Nous reprenons vite l'habitude de tout économiser, même la chaleur dégagée par cette maigre combustion. Pendant ce temps, Taha en profite pour prier et remercier Allah.

Il y a des jours où nous avons la chance de ramasser des racines séchées de hâdh pour faire un vrai feu. Lors de ces rares occasions, nous prenons plaisir à nous passer les pieds dans la petite flamme pour nous décontracter les chevilles. En prenant le thé, nous discutons un peu de la journée, des découvertes, de l'état des dromadaires, tout en nous massant chacun les muscles des jambes, pour essayer d'éliminer les crampes. Ce petit moment de répit est un véritable bonheur, sans doute le seul aussi régénérateur de la journée. Taha a décidé de compléter ma formation par un cours théorique sur le dromadaire. Il m'explique le rôle essentiel de ce dernier dans la société et la vie économique des nomades. Capable de transporter des charges de 150 à 200 kilos, il est indispensable aux échanges. Son lait sert de base à l'alimentation de la famille, son poil est tissé pour confectionner de chauds burnous. Le rang social et la richesse de l'homme sont directement proportionnels à l'importance de son troupeau.

Pour les tribus de l'Adrar, le dromadaire n'est pas seulement un moyen de transport, c'est aussi un compagnon de route et une source inépuisable de renseignements.

La vie en brousse se trouve souvent conditionnée par le comportement de ces animaux. Les nomades savent décrypter et interpréter le moindre de leurs gestes. Taha n'hésite pas à me dire que ses dromadaires lui parlent uniquement par le regard.

Ainsi, il m'explique que le matin de bonne heure, si un de ses camélidés contourne son campement plusieurs fois et vient s'agenouiller spontanément en blatérant face à sa hutte, il annonce la venue d'étrangers. Ou, si un dromadaire renifle l'air à l'est et garde cette position depuis l'aurore jusqu'à une certaine heure de la matinée, c'est qu'il annonce l'orage. Ou encore, lorsqu'un animal est en rut et ne veut pas aller avec ses femelles dans une direction donnée, c'est qu'il a senti la présence d'un autre troupeau avec un autre mâle, et cela dans un rayon d'une trentaine de kilomètres. Dernier exemple, un dromadaire ne veut pas lever le cou et reste allongé pendant qu'on harnache sa selle, il avertit simplement son propriétaire qu'il va au-devant de problèmes, qu'il ferait mieux de renoncer à son voyage et de rester sous sa tente à boire du thé... Pendant les transhumances, ce sont aussi les dromadaires qui renseignent les chameliers sur la localisation des pâturages et la présence de l'eau. C'est de cette manière que les nomades arrivent à échapper, grâce aux enseignements du comportement de leurs animaux, à toutes sortes de tracasseries et de dangers. C'est sans doute ce qui explique l'attachement particulier que les populations de Mauritanie ont pour cet animal, une affection qui ne s'est pas démentie de nos jours, même à l'époque de l'automobile.

Taha finit par me donner quelques conseils pour maintenir mon cheptel en bon état. Je dois combiner trois catégories de pâturages. Le pâturage de cailloux, qui durcit la bosse, le pâturage de sable, qui la renforce et, enfin, le pâturage salé des *sebkhas*, qui purge l'animal.

Après cette grande leçon, je lui propose de m'occuper de l'infusion et de faire le service, comme un disciple le ferait pour son maître. Évidemment, cela le fait sourire. Nous avons un petit rituel, nous commençons par ingurgiter les trois thés brûlants, avant de nous désaltérer avec l'eau tiédie du récipient. La plupart du temps, après cette petite pause, nous partons explorer les alentours du bivouac, pendant qu'il fait encore jour. Là, nous avons plus de temps pour pousser une investigation sur un site néolithique, observer des traces ou des plantes... C'est le moment où l'on peut enfin se pencher sur cette nature dite « austère » et s'intéresser à tous les petits détails de ce monde.

De retour au campement, je rajoute une poignée de notre précieux charbon, et commence à faire griller les grains d'avoine, notre unique menu. Il nous reste encore un peu de *tichtar*. Ce sont des morceaux de viande séchée, extrêmement durs, que nous broyons avec une meule néolithique spécialement ramassée à cet usage, avant de les consommer. Nous n'en avons malheureusement plus suffisamment pour accompagner les céréales. En fait, nous en utilisons deux petits morceaux, juste pour améliorer le goût de l'avoine à l'eau salée. La préparation du repas demande en général une bonne heure. Il faut trier les graines des cailloux et des brindilles. Ensuite les griller à sec, avant de les réduire en farine avec la même meule contre le couvercle de notre gamelle. Puis reprendre l'ensemble dans de l'eau chaude et légèrement salée pour en faire une bouillie. Les deux premiers jours, cela passait encore, mais maintenant nous nous lassons franchement de cette saveur. Nous avons également essayé l'eau sucrée, mais rien n'atténue cet arôme de terre. Nous savons que six bonnes poignées correspondent aux deux mille huit cents calories quotidiennes dont nous avons au minimum besoin. Ce n'est pas la mer à boire.

Dès que les derniers rayons du soleil disparaissent, le froid s'installe, nous sommes en hiver. Au début, c'est agréable car nos corps rejettent la chaleur emmagasinée dans la journée, puis cela devient vite saisissant. Comme je n'ai pas un duvet assez chaud, je suis obligé, la nuit, de dormir tout habillé et d'enfiler des chaussettes. Une fois le repas ingurgité, nous nous empressons de faire la vaisselle avant que le fond de la gamelle ne durcisse. Bien entendu, cette opération est faite avec des poignées de sable rudement frotté sur l'aluminium. Puis, si je ne l'ai pas fait avant, je reporte sur la carte les points GPS. J'étudie sommairement la journée du lendemain, en imaginant la future position du bivouac, que j'espère atteindre la prochaine nuit. Je ne déplie jamais la carte en entier, cela évite de voir tout le chemin qu'il reste à faire, ce qui serait un bon moyen pour se saper le moral. À présent, à la lueur de la lampe frontale, nous recouvrons les braises de sable. Nous rangeons soigneusement la nourriture dans les sacs, pour la mettre à l'abri des rongeurs, et nous nous installons dans nos duvets. Sous cette magnifique voûte étoilée, le sommeil ne va pas tarder à nous emmener chacun dans nos rêves. *« Laida saïda ! »* « Bonne nuit à toi aussi, Taha ! »

Cette journée, je m'en rends compte plus tard, est un moment important dans mon parcours initiatique. Au début de l'expédition, je craignais mais respectais cette nature hostile à la vie, puis au fur et à mesure des semaines, je me suis mis à l'aimer et à la désirer. Je la vois un peu comme une femme avec ses caprices, un être à conquérir, à comprendre. Et je crois que ce jour-là, le trente-huitième, je finis par admettre qu'en réalité nous en faisons partie, ce n'est plus la nature d'un côté et l'homme de l'autre qui essaient de survivre, mais une communion, une symbiose. À ce moment-là, plus rien ne peut nous arrêter, je sais que nous irons jusqu'au bout : à Tombouctou.

22/02 – JOUR 39

C'est le jour de l'aïd el-kébir, la fête du mouton des musulmans. En début de méharée, Taha part à la chasse. Il repère le vol d'une outarde, gros oiseau des milieux désertiques. Finalement, il revient avec une petite gazelle de quelques jours. J'essaie toute la matinée de le dissuader de sacrifier cette pauvre petite bête. Il me rétorque que c'est Dieu (Allah), dans sa miséricorde, qui a mis cette gazelle sur notre chemin. Abandonnée par sa mère, elle n'allait de toute façon pas survivre. Pour lui, le croyant, c'est un signe du destin, une offrande que nous ne pouvons pas refuser. Cette coïncidence dissipe définitivement ce qui reste de faible tension entre nous. Ce sacrifice n'est finalement pas complètement inutile. Bien au contraire ! En une soirée autour d'un feu de racines de sardoûn, nous nous mettons à rediscuter et à rigoler de bon cœur ensemble. Pour cette occasion de fête, Taha s'offre même le luxe de se raser la barbe à sec avec un vieux Bic. Ce qui déclenche chez moi un véritable fou rire : je lui signale que nous ne sommes toujours pas arrivés et que hormis nos dromadaires, je ne vois pas qui il veut séduire. Les femmes de Tombouctou sont encore loin ! Ce moment de rigolade ne règle rien, j'ai simplement le sentiment que notre petite communauté retrouve peu à peu son unité. Puis Taha prépare le ragoût avec une grande dextérité. Par principe, je ne goûte pas la viande de cette gazelle. Taha ne s'offusque pas, bien trop préoccupé à se régaler. Il n'insiste d'ailleurs pas vraiment pour partager ce repas, et je me contente de mes poignées d'avoine.

L'endroit du bivouac est magnifique, nous surplombons d'une dizaine de mètres une cuvette toute ronde, dont le fond garni de sable blanc-gris abrite trois acacias. Bien sûr, nos dromadaires se précipitent sur cette succulente nourriture pour s'en faire un véritable festin. C'est reposant de pouvoir les surveiller dans leur ensemble ; ils arrachent calmement et méthodiquement toutes les épines de ces arbustes sans en laisser une miette. En face de nous s'élève une énorme dune, d'au moins 40 mètres, d'un sable orangé par endroits et jaune à d'autres. Sa pente visible est mouchetée de touffes de sbot relativement vertes, ce qui compose le dessert de nos camélidés. C'est jour de fête pour tout le monde, et nous oublions un peu nos difficultés et notre stress.

23/02 – JOUR 40

La tension entre nous n'est plus qu'un mauvais souvenir. La page sur ces quatre derniers jours est définitivement tournée. Je n'imaginais plus cela possible. Maintenant je suis rassuré, nous sommes prêts de nouveau à unir nos efforts pour nous en sortir vivants. Taha ne me parle plus de la Mauritanie, il accepte définitivement l'idée que, quoi qu'il arrive, il faut aller jusqu'au bout.

Depuis la fin de la matinée, nous sommes dans des formations dunaires étranges. Le paysage n'est plus formé que par une multitude de dunes complètement enchevêtrées, dont la hauteur ne dépasse pas 5 mètres. Ces amas de sable transversaux, posés sur un substrat de dépôt lacustre très sombre, sont séparés par de fins couloirs que nous empruntons sans grande difficulté. L'inconvénient majeur est leur orientation qui n'est pas tout à fait dans l'angle de notre azimut. Alors, tous les 300 mètres, nous changeons de couloir par la gauche pour prendre le suivant et ainsi de suite toute la journée. Autre inconvénient, nous sommes dans des dunes très vives et très mouvantes. Le couvert végétal ne peut pas s'y développer, ce qui me fait présager à nouveau une diète forcée pour nos dromadaires. J'espère, malgré l'aisance de la progression, que nous retrouverons vite nos bons et gros aklés, relativement bien stabilisés sur leur large embase et, surtout, très fournis en herbe à chameaux !

Le coucher du soleil est flamboyant et projette au sol l'ombre des crêtes des petites vagues de sable les unes sur les autres, dans un dégradé de teintes qui va du gris sombre au jaune-blanc. En même temps, le ciel se décompose dans un panel de tons pastel, du violet foncé à l'orangé du soleil. C'est sans conteste le plus beau coucher de soleil depuis le début de notre aventure. Je profite de cette explosion de couleurs pour immortaliser notre bivouac sur pellicule. Le dromadaire noir a décidé de rester près de nous, il espère bien récupérer un peu de notre eau ! Il est malin, il essaie de mordre le bidon où il nous a vus prélever notre ration. Le pauvre, psychologiquement, ce doit être terrible pour lui. Toute la journée, il entend le cliquetis du liquide sur son dos et le soir, il n'a même pas droit à une seule goutte, alors qu'il meurt de soif. Je comprendrais s'il se vengeait de notre intransigeance. Taha le chasse par de grands gestes et des cris aigus.

24/02 – JOUR 41

Ce soir, j'ai décidé de broyer au moins 5 kilos d'avoine. Je veux prendre de l'avance pour les jours à venir qui seront sûrement de plus en plus durs. Évidemment, je ne trouve pas de meule. Comme un fait exprès, aujourd'hui, il n'y en a pas une dans les environs, tout se paie dans ce pays. Je broierai demain...

Le moral tient bon, seulement à présent, le physique est au bout du rouleau. Je ne sais pas si cela est lié à la déshydratation intense et par conséquent à l'épaississement de mon sang. Je souffre de palpitations cardiaques et d'une douleur dans la poitrine à chaque effort. J'essaie de me ménager de plus en plus pendant la journée de marche. Ces alertes me font peur, je ne voudrais pas être terrassé par un infarctus au milieu de ce désert. Je sais que Taha n'a aucune notion de secourisme, il ne pourrait pas me venir en aide avec un massage cardiaque, il saurait tout juste déclencher la balise Argos. Je dois donc être encore plus vigilant et rester à l'écoute de mon corps.

Le soir, pendant la préparation de notre maigre repas, je m'assieds en tailleur et soudain je découvre un petit scorpion entre mes jambes. Bien entendu, à la vue de l'animal et par une réaction incontrôlée, je me redresse aussitôt. Une fois la surprise passée, je m'amuse avec lui à l'aide d'un petit morceau de bois. Je veux tester la rapidité avec laquelle il assène ses coups d'aiguillon pour se défendre. Bien sûr, Taha, fidèle à son comportement envers ces nuisibles, veut que je le tue. Je refuse et l'emmène pour le relâcher à une centaine de mètres de notre bivouac, au pied d'un acacia. Pour cette fois, ce scorpion ne mourra pas écrasé sous la semelle des tongs de Taha. Depuis le début de notre aventure, je reste persuadé que si nous ne dérangeons pas trop ce biotope, il nous laissera en paix. En fait, ce n'est pas de la superstition, mais plus une forme de croyance en une force supérieure que je nomme la « Nature ». Cette force, pas toujours bienveillante à notre égard, nous laisse encore survivre un peu tous les jours. Cette entité continue à pardonner notre folie.

Nous sommes contraints d'avaler les grains d'avoine simplement grillés, faute de meule digne de ce nom. Pour essayer de ramollir quand même la dureté des téguments que mes dents ne supportent plus, je les fais tremper dans une tasse avec un peu d'eau salée. Je commence à être écœuré de ce goût de terre, qui est toujours le même à chaque repas. Je sais aussi que c'est la seule possibilité pour ingurgiter quelques calories grandement utiles, hélas insuffisantes pour les efforts du lendemain.

25/02 – JOUR 42

Taha part chercher nos dromadaires complètement décharnés et je profite de ce moment de solitude pour déféquer calmement derrière une petite dune. Cette opération est devenue très délicate, une fois de plus à cause du manque hydrique, mais surtout à cause du sable que nous ingurgitons à longueur de temps. Les selles durcies se transforment en véritable toile émeri, et ce matin j'ai la désagréable surprise de constater qu'elles sont accompagnées de sang. J'espère que cela n'est que passager et que tout rentrera dans l'ordre d'ici quelques jours, pour pouvoir reposer et soigner mon organisme lourdement maltraité. Notre état général ne peut que se dégrader tant que nous ne sommes pas sortis de là. Cette anecdote me motive pour arriver au plus vite à Tombouctou.

Cette fois-ci, en fin de matinée, Taha tire un lièvre. Ce qui est étonnant, car à ces heures chaudes de la journée, ces mammifères préfèrent la fraîcheur de leur terrier. Taha le dépèce et le découpe en grossiers morceaux. Il vide les intestins des excréments très odorants, puis les plonge avec le reste de la viande dans notre gamelle. Il fait revenir l'ensemble dans un fond d'huile avant de tout recouvrir avec un peu d'eau et un morceau de sel gemme. Le soir venu, à contrecœur, j'accepte d'en manger un peu. J'ai le sentiment que notre régime céréales, carencé en protéines animales, peut, à la longue, me causer de graves ennuis de santé. Notre équilibre physiologique est déjà suffisamment fragilisé par la déshydratation et l'épuisement. Le goût de cette viande est très fort. J'imagine qu'il ne peut en être autrement avec ces animaux sauvages capables de retenir un pourcentage élevé d'urée dans leur système sanguin. Ce n'est pas la saveur de ce genre de nourriture qui va me réconcilier avec le côté carnivore de l'homme. J'ai dérogé à ma philosophie d'alimentation. Je n'en suis pas fier. Si je veux pouvoir avoir des forces pour avancer jusqu'à Tombouctou, je dois améliorer mon menu végétarien.

26/02 – JOUR 43

Le terrain est de plus en plus favorable pour la marche des hommes et des dromadaires. Les dunes s'estompent et le sol se nivelle, nous passons enfin dans le Sahel après l'enfer des aklés Awana. La flore se diversifie et s'intensifie, quelques arbustes colonisent même le paysage. Cette vision nous est agréable et nous confirme que nous atteignons bientôt la terre !

Ce matin, pour la première fois, je suis sidéré par la bêtise de nos dromadaires. Attachés tous les huit ensemble, par la tête et la queue, les uns derrière les autres, ils arrivent face à un acacia. Les trois premiers passent à gauche et le quatrième à droite. Bien sûr, les quatre derniers suivent machinalement par la droite. Le pauvre animal ayant ouvert cette nouvelle voie est tiraillé entre les deux courants et coincé par l'arbrisseau. Il se retrouve en déséquilibre et s'effondre lamentablement en arrachant son anneau nasal. Le plus embêtant est que l'animal placé derrière lui ne peut se libérer, il est attaché par la mâchoire et tire comme un fou furieux sur sa corde. Ceci a pour effet de serrer à fond le nœud sur la queue de la pauvre bête déjà à terre. Dans un affolement général et pour libérer l'animal, nous sommes obligés de découper au couteau une bonne partie des poils de la queue serrée dans le nœud. Pour se faire, nous lui laissons son chargement pour l'empêcher de se relever. Puis nous nous affairons sur l'animal à terre en faisant très attention aux coups de pattes qu'il distribue allègrement dans sa panique. En définitive, il y a plus de peur que de mal. Maintenant, nous avons un dromadaire sans poils sur la queue. L'aspect esthétique n'est pas gênant, mais c'est beaucoup moins efficace pour chasser les parasites !

27/02 – JOUR 44

Rencontre avec notre premier Touareg vers 11 heures du matin. À 300 mètres environ, une silhouette à dromadaire se détache de l'horizon et s'avance vers nous. Nous ne sommes pas très rassurés. Nous ne savons pas d'avance s'il aura l'esprit belliqueux. C'est notre premier contact avec une tierce personne depuis le départ des Gneïba, soit depuis trente-huit jours. Malgré ces réticences, il est impératif de trouver un puits, et nous comptons ardemment sur lui. La carte de 1975, la plus récente que je possède, signale un premier puits à 50 kilomètres de là, légèrement au nord de notre route. Avant de nous y rendre, il serait judicieux d'avoir confirmation de l'état et de la position actuelle du puits, qui, suite à un assèchement, a peut-être été recreusé un peu plus loin. L'homme et sa monture s'approchent de nous au trot et s'arrêtent à la hauteur de Taha. C'est un jeune gardien de troupeaux, en tenue traditionnelle de méhariste, bleu indigo. Sa monture est une race plus petite que celle de nos animaux, avec une tête plus ronde. Nous nous saluons dans la tradition et le respect. Il nous demande d'où nous venons : notre réponse reste vague, de toute façon il ne nous croirait pas. Le Touareg remarque bien que nos dromadaires ne sont pas ceux de sa région et leur pauvre allure ne trompe pas. Il devine que nous avons dû faire beaucoup de chemin. Taha lui demande sans autre préambule la direction du puits le plus proche. Il nous l'indique ! Évidemment, cela ne correspond pas tout à fait au puits signalé sur ma carte et Taha lui fait répéter plusieurs fois la direction. Nous finissons par nous décider. Nous lui faisons confiance et nous optons pour la direction indiquée. Nous restons cependant méfiants. Il n'est peut-être pas seul et nous craignons toujours d'être détroussés une fois notre destination connue. L'homme demande à Taha qui est l'Européen qui l'accompagne. Je semble énormément l'intriguer. Taha lui répond simplement que je suis un frère, un musulman. Le fier Touareg n'est pas vraiment satisfait de la réponse qu'il estime, je pense, un peu moqueuse. Il n'insiste pas et nous quitte pour continuer sa route.

L'après-midi, nous marchons vers le point indiqué d'un pas accéléré, motivés par l'appel de l'eau. Vers 18 heures, nous voyons et suivons les traces laissées par un troupeau de chèvres, en supposant qu'elles conduisent bien à ce fameux puits. Nous progressons en vain jusqu'à la tombée de la nuit sans atteindre le puits, soit 37 kilomètres dans la journée. Ce soir, nous avons un sérieux doute sur la direction que le Touareg nous a indiquée, même si nous avons suivi des traces d'animaux. Après réflexion, je pense que nous sommes sur une piste qui peut nous conduire jusqu'à Arawane ; or ce n'est pas la bonne direction. D'après le point GPS, nous avons beaucoup trop avancé en direction du nord. Nous sommes quasiment dans la direction opposée à Tombouctou ! Demain, il faudra reprendre notre route initiale, tant pis pour le puits.

28/02 – JOUR 45

Ce matin, pendant que nous préparons le thé, un homme, surgi de nulle part, se présente devant nous. Nous l'invitons à partager notre sommaire petit déjeuner. C'est un berger habillé simplement de quelques guenilles. En discutant, nous apprenons qu'il est d'origine peule. Bien entendu, nous lui posons la question qui nous obnubile depuis hier : « Quelle est la direction du puits le plus proche ? » Il y en a un à 800 mètres à peine, qui est en parfait état, et il s'y rend ce matin. Nous préparons rapidement le convoi et nous lui emboîtons le pas. Le Touareg d'hier ne nous a peut-être pas menti.

Enfin, notre premier puits après trente-neuf jours d'efforts intenses. Les dromadaires sont sauvés ! Ils ont tous réussi à atteindre cette eau salvatrice, je suis immensément fier d'eux. Nous déchargeons nos animaux à une cinquantaine de mètres de l'orifice bétonné, ils deviennent très nerveux. Ils sentent l'eau. Ils tournent autour du puits, nous sommes même obligés de les repousser à coup de baguette pour pouvoir préparer la zone d'abreuvage. Nous choisissons le dromadaire noir, le plus robuste, pour remonter les outres remplies d'eau. La profondeur est d'environ 70 mètres, ce qui correspond à la norme des puits dans cette zone sahélienne. Les nappes phréatiques temporaires sont toujours très difficiles à atteindre. La profondeur de celle-ci devrait être un gage de pureté pour son eau, mais cette dernière reste saumâtre et impropre à la consommation humaine. Ce puits, comme tous les puits cimentés, est surveillé par un homme qui a la tâche de l'entretenir et de veiller à sa bonne utilisation. Cet homme, Mohamed, nous loue son matériel et ses services de puisard moyennant quelques pièces de monnaie mauritaniennes. Il attache une longue corde rafistolée, qui n'est en réalité qu'un patchwork de diverses matières, tissus, fibres végétales, fibres synthétiques, à une outre d'une contenance d'au moins 50 litres. Il plonge le tout dans les profondeurs du trou, passe ensuite le reste de corde autour d'une poulie très archaïque – cette dernière tourne librement autour d'un gros bâton coincé entre des troncs croisés qui servent à maintenir l'ensemble de la structure. Nous équipons notre vaillant dromadaire d'une selle de bât sur laquelle nous accrochons l'autre bout de la corde. Nous alignons l'animal dans la direction de la piste qui sert à l'aller-retour de la bête de somme. Ce qui est amusant, c'est de voir cette piste creusée et parfaitement délimitée par les années de traction de ces 70 mètres de corde. Le reste de notre troupeau est de plus en plus nerveux à l'idée de s'hydrater. Les bêtes ont à présent les yeux brillants et leurs pupilles noires sont complètement dilatées. Je leur donne maintenant de violents coups de bâton, pour les éloigner et éviter qu'elles ne plongent leur cou directement dans l'orifice du puits. Taha conduit le dromadaire d'« utilité publique », Mohamed réceptionne l'outre, je l'aide à la soulever pour la transporter à l'abreuvoir, une moitié de fût métallique de 200 litres. Au bout de trois remontées, le réa, taillé dans un tronc d'acacia, grince terriblement et s'échauffe sur son moyeu en bois. Au niveau de la friction, un fin filet de fumée commence à s'échapper. Mohamed arrose à grande eau le système mobile, pour éteindre le début d'incendie qui endommageait son outil de travail.

Au début, c'est une véritable cohue autour du récipient en fer rouillé. Ils arrivent tous ensemble et essaient de plonger en même temps leur tête dans l'abreuvoir. Ils s'énervent, se cognent, se poussent et finissent même par se mordre. Bien que sensible à tout ce qu'ils ont enduré pour pouvoir arriver jusque-là, je suis obligé de faire la police et de les scinder en deux groupes. Je les fais boire chacun leur tour, en veillant bien à ce que chacun ait la même ration d'eau. Lorsqu'ils sont rassasiés, ils s'éloignent d'eux-mêmes. Je suis surpris par le peu d'eau ingurgitée. Après toutes ces journées de marche et d'abstinence, ils ne boivent en moyenne que 50 litres d'eau par tête, pas plus ! Une si longue privation ne se résorbe pas en une seule fois. Physiologiquement, pour optimiser l'absorption et l'assimilation de l'eau afin d'atteindre la réhydratation complète, il faut que les animaux boivent régulièrement par petite quantité. Nous n'oublions évidemment pas d'abreuver notre dromadaire noir, qui vient de remonter la dernière outre. Je partage avec lui son abreuvoir pour m'asperger le visage et les cheveux. Cela fait plus de quarante-cinq jours que ma peau n'a pas été en contact avec ce délicieux liquide. Quarante-cinq jours que je me gratte pour me nettoyer et éliminer les parties mortes du derme à la surface de mon corps. Dans ce périple, il m'est arrivé seulement deux fois de me laver les parties intimes avec un peu d'eau dans le creux de la main et quatre fois de me brosser les dents. Et c'est tout ! Je savoure pleinement cet instant de fraîcheur, un petit bonheur extrêmement plaisant. Depuis notre départ et toujours dans ce même souci d'économie, nous savons toujours largement apprécier tout ce qui peut nous apporter une petite sensation de plaisir, même si ce ne sont à chaque fois que des petites choses, qui peuvent paraître bien ridicules pour toute personne qui n'en a pas été privée.

Nous passons presque toute la matinée à faire boire nos animaux, ils le méritent bien. Nous ne marchons qu'à partir de 14 heures, soit seulement 11 kilomètres. En fin de journée, nous apercevons des petits enclos *zéribas* délimités par des branchages, sans doute utilisés pour parquer des chèvres. Les belles dunes de sable se font de plus en plus rares et nous nous contentons d'un simple petit espace de quelques mètres carrés dégagé de toutes broussailles. Depuis que nous sommes dans la zone sahélienne, le sol se recouvre petit à petit d'un couvert végétal typique et plus dense. Le maudit cram-cram *(Cenchrus biflorus)* fait son apparition et nous contraint à marcher chaussés. Il s'accroche partout avec ses dizaines de petits crochets et finit immanquablement par se loger entre la peau et les vêtements, nous obligeant à de minutieuses séances d'extraction d'aiguillons à la pince à épiler.

01/03 – JOUR 46

L'équipe du film est à Tombouctou, un contact par téléphone-satellite est établi. Grâce aux coordonnées GPS, nous fixons notre lieu de rendez-vous au sommet de la plus haute dune que nous trouvons dans le secteur. Puis nous empilons nos bidons d'eau les uns sur les autres, pour qu'ils forment un repère brillant visible de très loin. La jonction se fait en fin de matinée. Le groupe arrive dans un gros véhicule 4×4 dont la vue dénature complètement le paysage. Nous avons un peu oublié qu'il existe d'autres moyens de locomotion que les dromadaires. C'est le début du retour à la civilisation.

Je retrouve avec plaisir Jean-Gabriel. Éric n'est pas avec lui, je suis surpris. Il m'explique qu'il travaille actuellement sur un film à gros budget qui a pris du retard. Par conséquent, il ne viendra pas finir le tournage. De toute façon, je sais que Jean-Gabriel, en tant que réalisateur de terrain, est capable de finir le film seul. Il est accompagné de Marmoud, un grand Touareg arborant un superbe *draa* (boubou local) bleu foncé. Il est l'assistant et le traducteur de l'équipe, comme l'était Batty à Chinguetti. Deux autres Maliens à la couleur de peau plus noire font partie de l'équipe. L'un est le cuisinier, l'autre le chauffeur du véhicule.

Jean-Gabriel nous félicite chaleureusement pour notre exploit et nous confie qu'il doutait réellement de nous retrouver à Tombouctou, surtout depuis nos graves problèmes de nourriture. Taha fait connaissance avec Marmoud et commence à lui raconter avec moult détails, non sans une grande fierté, notre périple et ses multiples événements. Il a un certain don pour décrire d'une façon très solennelle certaines situations épiques et émouvantes de notre épopée. Marmoud est abasourdi par ce qu'il entend. Il se demande comment nous avons pu traverser cet immense territoire inhospitalier sans y laisser notre vie ou en tout cas notre raison. Il nous apprend qu'autour de Tombouctou, la majeure partie des puits appartient à des ethnies différentes. Je comprends à présent pourquoi le premier Touareg rencontré nous a indiqué un autre puits que celui de la carte. Je pense qu'il ne voulait pas qu'un puits touareg serve à désaltérer les dromadaires d'un infidèle. Notre premier puits devait donc bien appartenir aux Peuls. Marmoud confirme ma conclusion et m'explique que cette attitude peu accueillante des Touaregs est plus proche de la superstition que de la fidélité à l'islam. Évidemment, dans cette région, l'eau est aussi sacrée que dans l'Adrar, et les Touaregs ne peuvent pas se permettre de prendre des risques au regard de leurs croyances, qui semblent ressembler à une forme d'animisme traditionnel.

Connaissant nos difficultés alimentaires, les nouveaux arrivants nous apportent du ravitaillement (spaghettis, thon et sardines en boîte, dattes et pain frais) et nous proposent aussi de l'eau minérale encore fraîche. Comme un seul homme, Taha et moi nous voulons, par fierté, continuer à consommer l'eau qu'il reste dans nos bidons en acier galvanisé. Une eau symbolisant notre sacrifice, que nous avons économisée jusqu'à la dernière goutte et qui arrive avec nous, de l'autre côté de ce désert. De plus, cela signifierait que notre parcours en autonomie s'arrête là, alors que nous sommes si proches du but. Nous désirons impérativement parcourir la totalité de la distance entre Chinguetti et Tombouctou avec nos 400 litres et sans rien de plus. En revanche, bien malgré nous, nous acceptons la nourriture proposée, c'est une petite faiblesse de notre part. Nous avons tellement faim et nous sommes réellement dégoûtés depuis treize jours par ce régime « avoine à bétail » !

02/03 – JOUR 47

Ce matin, avant de poursuivre notre méharée, Jean-Gabriel et moi faisons un bref bilan de tout ce que j'ai filmé. Comme c'était à prévoir, il est peu satisfait et il est bien sûr inquiet à propos du montage final du film. Il estime, comme tous les réalisateurs scrupuleux, que je n'ai pas assez pris d'images. Ces gens sont boulimiques de bandes vidéo. Il décide alors de nous faire tourner quelques scènes, pour parachever le film. Avec sa caméra, il nous fatigue sincèrement, au propre comme au figuré. Il avance des arguments pertinents pour nous convaincre. Tout d'abord, il nous promet d'entraver le moins possible notre progression et surtout, il joue sur ma fierté et mes sentiments en clamant haut et fort qu'une telle aventure doit absolument être retranscrite et expliquée par un super film à la hauteur de l'exploit. Il ne veut pas de qualité médiocre, sa réputation de réalisateur est aussi en jeu. Il ne conçoit ce documentaire qu'avec de très belles images. Finalement, nous nous inclinons et faisons un effort pour jouer le jeu.

Cette fois, comme l'équipe est véhiculée, Taha et moi ne sommes pas obligés d'attendre toutes les mises en place des différentes scènes à tourner. Le véhicule nous devance et s'installe à l'endroit désigné par Jean-Gabriel en attendant que nous apparaissions dans le champ de l'objectif. Le seul problème vient du véhicule dont le bruit du moteur a tendance à effrayer nos animaux, peu habitués à ce vrombissement. La consigne est donc d'attendre que nous soyons suffisamment loin pour démarrer le 4×4. La journée se passe ainsi au rythme des allées et venues de l'équipe. De temps en temps, Jean-Gabriel nous demande de nous rapprocher sensiblement de telle ou telle dune, sans jamais interrompre la marche. Ce sont ses seules exigences qui, en fait, entravent à peine notre avancée rectiligne jusqu'à Tombouctou.

Ce soir, nous ne sommes plus qu'à 26 kilomètres du but tant attendu. Inopinément, une idée étrange me traverse l'esprit : « Ai-je réellement envie que cette méharée s'arrête demain ? Je ne suis pas prêt psychologiquement à l'arrivée ! » Ces pensées m'empêchent de trouver le sommeil. Je reste seul autour du feu à contempler les braises qui s'éteignent au fur et à mesure que le temps s'écoule. Je suis presque frustré de devoir suspendre cette vie de nomade au goût subtil de liberté. J'essaie d'imaginer ce que sera ma vie, maintenant, enrichie d'une telle expérience. Je sais que je n'aurai jamais les mots qu'il faut pour raconter à mes proches ce que nous venons de vivre.

03/03 – JOUR 48

Aujourd'hui, nous ne marchons que 20 kilomètres et installons notre bivouac à 6 kilomètres seulement de Tombouctou. Bizarrement, Taha et moi ne sommes plus pressés d'arriver. Je crois que nous sommes un peu angoissés de reprendre contact avec une ville fourmillant de gens et de bruits, et ce n'est que Tombouctou ! Ce n'est pas facile de s'avouer que l'aventure se termine. Nous nous étions finalement habitués à ce rythme journalier, pourtant si éprouvant. Dans la souffrance physique, nous avons soudé des liens de fraternité et formé finalement une petite communauté avec nos dromadaires. Que ce soit Taha ou moi, nous ne nous sommes pas préparés à la fin de l'aventure. Nous avons eu certes peu de temps, mais c'est surtout que nous ne voulions pas y penser ! Nous savons simplement que le terme de cette épopée va sûrement arriver trop brutalement. Alors, ce soir, nous voulons encore nous donner quelques heures de répit avant d'affronter ce monde qui n'est plus le nôtre, celui des hommes. Ce monde dont nous sommes pourtant issus et d'où nous sommes partis, il n'y a que quelques semaines. Cette immersion dans l'autre monde, celui de cette nature austère, nous a demandé un tel investissement personnel que nous nous sentons à présent trop loin de nos semblables. Cet univers de sable a exigé de nous le maximum et nous lui avons tant donné. Nous avons, par conséquent, le droit d'y rester encore un peu, juste une nuit.

Dans un premier temps, Jean-Gabriel et toute l'équipe ne comprennent pas notre choix d'attendre demain pour arriver enfin à Tombouctou. Je leur dis simplement : « Nous ne sommes pas prêts. » Ces quelques mots, sans plus d'explication, sont ma seule réponse. Ils finissent par saisir que la fin de cette aventure demande un dernier élan de courage que Taha et moi n'avons pas ce soir.

Je passe une partie de la soirée, en retrait du campement, à discuter avec Taha du retour à Chinguetti, du devenir des dromadaires et de notre épopée, sujets que nous n'avons pas abordés ou que nous avons délibérément évités jusqu'à maintenant. Dans la nuit, sous ce ciel étoilé, Taha part se coucher et me laisse seul, noyé dans mes réflexions. Nous avons marché durement chaque jour, avec une seule idée en tête, atteindre tous vivants notre objectif ! Et ce soir, Tombouctou est à peine à 6 kilomètres. Je suis presque déçu de ne pas être plus excité que ça. Je me rends compte que le but atteint à la fin de cette aventure est moins important que le voyage en lui-même. Ce n'est qu'au bout de cette expédition que je comprends tout ça ! Pendant toutes ces longues journées de marche, je n'ai pas eu assez de recul et de temps pour apprécier pleinement l'intensité de tout ce que nous vivions. À présent, je le regrette. Ce doit être le début du processus de réflexion et d'acceptation qui permet une fois pour toutes de tourner la page et de continuer à avancer vers d'autres cieux.

04/03 – JOUR 49

C'est le dernier jour de cette aventure ! Je sais qu'aujourd'hui tout va basculer, c'est la fin de cet équilibre précaire que nous avons instauré entre notre méharée et cette nature extrême, une entité particulièrement exigeante que nous avons su apprivoiser pour y survivre pendant quarante-neuf jours.

Un sentiment de tristesse inimaginable m'envahit. Je me suis terriblement lié à notre « petite famille » et je n'arrive pas à rompre avec cette vie de nomade. Dès que nous levons le camp, je me mets volontairement à l'écart du groupe pour libérer des larmes qui m'étouffent et que je ne peux retenir. Je ne veux pas montrer cette faiblesse à Taha. Le dromadaire qui partage ces derniers instants avec moi est, bien sûr, celui auquel je me suis le plus attaché. À cet instant, je n'ai envie d'être qu'avec lui pour boucler ces six derniers kilomètres. Je me sens curieusement vidé de ce courage qui était le moteur de chacun de mes pas. Sans m'en rendre compte, je suis en train de ralentir ma cadence de marche, et la distance qui nous sépare, ma monture et moi, du reste de la méharée, ne cesse de s'agrandir. Au bout d'une heure, Taha et le reste du troupeau se dessinent à l'horizon à plusieurs centaines de mètres devant nous. Ils disparaissent de temps en temps derrière une dune, pour réapparaître au sommet d'une autre. Ce cache-cache déclenche une réaction curieuse de la part du dromadaire qui m'accompagne. Je ne me suis pas aperçu qu'en fait, il surveille ses congénères et, du moment où il ne les voit plus, il se met à paniquer et la peur se lit dans ses yeux exorbités. J'ai beaucoup de mal à le tenir par sa longe, il se cabre, essaie de se mettre à courir, blatère avec force tout en secouant violemment la tête. Je le calme après dix minutes d'un intense face-à-face où j'essaie de faire preuve d'autorité et, dans la foulée, je décide de le monter pour rejoindre au trot le reste de notre petite troupe. Cet instinct de groupe me rappelle une phrase d'un vieux de Chinguetti : « En méharée, les hommes deviennent ennemis, et les dromadaires deviennent amis... » Peut-être, aussi, que leur survie dépend d'une entente et d'une unité dans leur groupe, qu'ils développent au fur et à mesure des difficultés rencontrées au cours d'un voyage dans des conditions extrêmes, comme celui qu'ils viennent d'endurer. En arrivant à la hauteur de Taha, j'attache mon dromadaire à la queue du dernier et le laisse se rassurer et continuer au rythme de la caravane.

À présent, avec Taha, nous marchons côte à côte dans un silence qui signe une certaine angoisse de ce futur proche. À environ 2 kilomètres, à la limite du sable et du ciel, les premiers bâtiments en banco de Tombouctou apparaissent devant nous. Nous commençons à distinguer le brouhaha de cette cité africaine sans doute dans la pleine effervescence matinale, avant les heures chaudes de la journée. Il est 9 h 30. Jean-Gabriel et son équipe nous rejoignent pour nous annoncer que Radio Tombouctou suit de très près notre arrivée, et que les journalistes font un flash info tous les quarts d'heure sur notre progression. Les autorités locales ont également bloqué les voies de circulation aux véhicules, pour nous permettre d'atteindre à pied avec nos dromadaires les portes de la célèbre mosquée de Djingerey-Ber, au centre de la ville. Je crains cette arrivée en fanfare. Après les dunes, c'est au milieu de la foule qu'il va falloir louvoyer. J'ai peur que nos dromadaires soient effrayés. Jean-Gabriel me promet que le bain de foule est contrôlé et limité aux environs de l'hôtel qui nous accueille. Je lui souris, je suis heureux que l'organisation de notre arrivée se fasse ainsi et permette dans un premier temps à Taha de se recueillir à la célèbre mosquée. J'estime qu'il mérite bien ce moment de communion avec Allah, dans un certain calme. Pendant ce temps, je garderai les dromadaires et notre chargement. Je crois qu'en tant qu'infidèle, je n'ai pas le droit de pénétrer dans l'enceinte sacrée.

Dernières barkhanes dénuées de plantes, aux couleurs jaune clair, au-dessus de ce sol sahélien à peine vallonné et recouvert entièrement de végétation séchée. Elles nous rappellent la pureté minérale que nous avons connue dans les zones sahariennes. Le paysage n'est plus franchement séduisant aux abords de Tombouctou. Parfois nous croisons des campements de Touaregs formés d'une poignée de tentes tissées en poil de dromadaire ou de huttes en branchage. Je constate que ces habitations diffèrent peu de celles des Réguibats, il y a juste la couleur des tissus utilisés qui change. Les gens nous saluent au passage, mais ne viennent pas engager la conversation. Ils restent à bonne distance, souvent assis sous leur tente. J'ai le sentiment en observant leur maigre cheptel et leur peu de confort que ces gens font partie des plus pauvres parmi les Touaregs. Sans doute des nomades contraints par la sécheresse à une semi-sédentarisation et qui vivent essentiellement de ce que rejette la ville.

Finalement, nous arrivons en moins de deux heures dans la périphérie de Tombouctou. Nous traversons quelques lignes d'arbustes plantés là pour freiner l'avancée des sables, mais ces barrières végétales semblent illusoires. Devant nous, à une centaine de mètres, le 4×4 de Jean-Gabriel nous indique la bonne direction ; il y a une multitude de pistes qui partent dans tous les sens. Nous devons arriver directement sur la mosquée par les routes qui sont coupées à la circulation, comme il a été convenu entre Jean-Gabriel et les autorités. Quelques curieux nous saluent et nous souhaitent la bienvenue. Un peu plus loin, les enfants d'une école sont tous alignés sur deux rangs, nous offrant une haie d'honneur en chanson. Ce spectacle est émouvant. Au passage, Taha tapote sur quelques petites têtes juvéniles. Il a sans doute alors une pensée pour ses propres enfants qui l'attendent à Chinguetti. L'accueil est déjà très chaleureux et nous ne sommes pas encore arrivés. Des petits groupes de femmes, parées de boubous aux couleurs vives, crient et applaudissent en nous apercevant. Je constate que le bouche-à-oreille fonctionne bien en ce qui concerne l'heure et la direction de notre arrivée. Les dromadaires ne sont pas effrayés par tout ce monde, je suis rassuré, ils marchent paisiblement sans signe de nervosité. Nous avançons dans les faubourgs nord de la ville, au milieu d'habitations traditionnelles en pierres recouvertes de banco beige. Escortés par une foule grandissante, nous remontons à présent la grande rue goudronnée qui nous conduit directement sur notre objectif : Djingerey-Ber. Je demande à Taha si tout va bien. Il me répond simplement par un large sourire. Il a l'air très heureux d'arriver à Tombouctou dans cette ambiance, acclamé comme un grand héros. Je suis content aussi, même si ma joie est plus réservée : notre aventure s'arrête dans quelques minutes. Au loin, le minaret ocre de la mosquée, hérissé de poutres en bois, se découpe sur le ciel azuréen, symbolisant à la fois le succès mais aussi l'arrêt définitif de ce pari fou, après 1 137 kilomètres de marche à pied dans le Sahara.

Les larmes de sable

L'arrivée à Tombouctou

Les imposants murs de la mosquée se dressent à présent devant nous. Nous arrêtons nos dromadaires en face d'une des grandes portes d'entrée en bois, ornée de magnifiques ferronneries traditionnelles. La vue de cette œuvre d'art est le synonyme de la réussite de notre aventure. Par respect pour nous et comme si chacun comprenait la magie de ce moment solennel, les gens se taisent et le silence s'installe tout autour de nous. Taha me confie les dromadaires et s'avance doucement vers l'ouverture. L'émotion est trop grande et je ne peux retenir un sanglot. Mon dromadaire préféré, qui se tient tout à côté de moi, pose alors délicatement sa tête sur mon épaule droite, pour me consoler. Je suis sûr qu'il comprend ma détresse. Il est rare que ces animaux deviennent aussi proches d'un humain. C'est dire si des liens inouïs se sont tissés. Au lieu de m'apaiser, ce geste de tendresse déclenche instantanément des larmes qui se mélangent au sable de mes joues et roulent jusque sur le sol. Je me penche sur son museau et lui parle à voix basse : « Ça y est mon vieux, c'est fini, tu vas pouvoir enfin te reposer. » Mes premières pensées sont pour mes animaux. Je les remercie du fond du cœur pour avoir enduré cette terrible épreuve de la soif que je leur ai imposée. C'est parce qu'ils ont survécu que nous avons pu survivre à notre tour. Je pense aussi aux êtres que j'aime, à mes proches, qui ne sont malheureusement pas là avec moi pour partager cet instant subtil et intense qu'est notre victoire.

Sa prière achevée, Taha revient m'informer que l'imam autorise le non musulman que je suis à pénétrer dans ces lieux saints. Je confie les dromadaires à Marmoud et emboîte le pas à Taha. Nous nous déchaussons à l'entrée de la mosquée. Nous suivons notre guide. L'imam explique à Taha l'histoire et l'architecture de cet édifice. L'intérieur est sombre, constitué de nombreuses salles carrées dont le sol est recouvert de tapis. Seules quelques petites ouvertures dans le mur principal distillent un peu de lumière. Ce principe de calfeutrage permet de conserver une fraîcheur agréable en permanence. Après la visite du rez-de-chaussée, essentiellement dédié aux salles de prière, l'imam nous invite à grimper sur le toit de l'édifice, par un escalier étroit en banco, pour admirer le minaret. C'est une construction massive d'environ 5 mètres de côté et 7 de hauteur, hérissée de pieux en bois permettant aux ouvriers de refaire chaque année l'enduit en banco. De façon très protocolaire, devant l'imam et quelques fidèles, j'offre à Taha la boussole qui a tracé notre azimut au quotidien pendant quarante-neuf jours. Ce qu'il y a de magique avec cet instrument, c'est qu'il suffit de prendre sur le cadran le point opposé pour avoir la direction de retour : Chinguetti.

Nous quittons ce lieu saint, récupérons nos chaussures et nos dromadaires au milieu d'un attroupement grandissant. Escortés par plus de deux cents personnes, nous reformons une dernière fois notre caravane pour nous diriger vers l'hôtel Bouctou, qui a accepté de nous héberger à titre gracieux. Arrivés devant la bâtisse tout en pierre, vestige du colonialisme, nous nous offrons un bain de foule. Les gens nous observent, nous dévisagent souvent avec le sourire et nous saluons un nombre impressionnant de personnes. Après ces instants de liesse, deux Touaregs prennent en charge nos dromadaires, les conduisent hors de la ville pour les soigner et les nourrir correctement, enfin. Tout le monde est aux petits soins pour faciliter notre réinsertion dans la communauté des hommes. Nous, les survivants de l'étendue de la grande solitude. Le décalage entre cette nouvelle vie civilisée et notre vie de nomade est considérable, il nous faudra plusieurs jours pour nous y habituer. Dans un premier temps, nous apprécions les plaisirs les plus simples comme la douche, les commodités, le matelas et la variété de la nourriture. Taha est déconcerté devant ce confort auquel il n'a jamais été habitué, et il me demande de lui expliquer la différence entre le lavabo, le bidet et les toilettes... J'en suis amusé, je m'aperçois vite qu'il n'est pas très à l'aise dans cet environnement qui lui est étranger. Finalement, le soir, je le retrouve devant l'hôtel sous une tente de nomade où il fait la connaissance de deux vieux, avec qui il partage tranquillement un thé. Je suis invité et rejoins le petit groupe isolé sous cette khaïma, havre de paix, loin du tumulte de la civilisation.

Nous restons cinq jours à Tombouctou, ça nous permet de nous reposer et de reprendre un peu de force. Nous en avons le plus grand besoin. Je profite de cette oisiveté pour visiter les lieux incontournables de cette cité antique. En dehors des vieilles pierres, je suis très intéressé par le travail de restauration des vieux manuscrits réalisé à l'université. Tout comme à Chinguetti, ces trésors, reliques de la splendeur passée de l'histoire africaine, se sont inéluctablement détériorés au fil des siècles. J'emmène également Taha voir le fleuve Niger. Au niveau de Tombouctou, il est large d'une bonne centaine de mètres. De toute sa vie de chamelier, Taha n'a jamais vu une aussi grande étendue d'eau. Il est très intrigué par les pirogues qui traversent et commercent sur cet axe fluvial. Ces embarcations sont tellement remplies de marchandises et de monde que leurs flancs émergent à peine au-dessus du niveau de l'eau. Nous restons accroupis là, sur les berges, jusqu'au coucher du soleil, à contempler les longs allers et retours des fragiles pinasses. Ce sont les dernières images que Jean-Gabriel tourne avant de regagner la France, dès le lendemain matin.

Je dois aussi me séparer de mes dromadaires et me résoudre à les vendre à un riche commerçant qui désire les utiliser pour le transport du sel, une fois leur remise en forme achevée. Ils « serviront » deux fois par an dans la fameuse méharée commerciale de 600 kilomètres qui relie les mines de Taoûdeni à Tombouctou. Prendre la décision de les abandonner là ne m'enchante pas du tout. Je n'ai malheureusement pas le choix. Je n'ai ni le temps, ni les moyens de les ramener à Chinguetti. De toute façon, ils couleront une retraite plus calme ici, plutôt que dans l'Adrar où chaque année la sécheresse sévit toujours un peu plus. Bien que Taha soit d'accord avec ce choix, dans l'intérêt des animaux, il aurait bien aimé les ramener avec nous pour augmenter son cheptel et garder un souvenir vivant de notre exploit. En plus, il connaît la valeur et le potentiel de chaque dromadaire, des bêtes aux capacités exceptionnelles. Un soir, un homme vient me voir pour finaliser la transaction. Nous nous mettons d'accord sur le prix. La vente se fait en euros. C'est la première fois que je vois cet argent ! En France, quand je suis parti, le franc était encore la monnaie officielle.

Je suis donc bien incapable de vérifier si ces bouts de papier sont des vrais ou des faux. Je me contente simplement de les compter. Je ne peux que faire confiance. J'empoche la liasse de billets entourée de papier-journal et salue pour la dernière fois, non sans tristesse et amertume, mes fidèles compagnons de route. « Adieux mes amis, merci et bonnes pistes ! » C'est un moment très pénible, je l'écourte pour ne pas fondre en sanglots devant tout le monde. Plus tard, seul dans ma chambre, je me laisse aller à pleurer à chaudes larmes en essayant de me remémorer les instants privilégiés que j'ai pu vivre avec chacun d'eux. Même si je ne voulais pas me l'avouer, je me rends compte à quel point je les ai considérés comme des personnes et combien je m'y suis attaché. Que ce soit Taha ou moi, nous savons que c'est essentiellement grâce à eux, à leur courage, leur abstinence hydrique, que nous avons réussi ce périple, ce pari de fous. Le désert est un combat inhumain que la force du dromadaire a conquis pour l'homme.

Au matin du sixième jour, un homme très grand, très fort, à la peau noire me rend visite. L'homme sait que depuis trois jours, je cherche un moyen de transport pour rentrer en Mauritanie. Il fait partie de ces trafiquants que nous redoutions tant sur la portion malienne de notre périple. Je suis méfiant, mais nous devons à tout prix retourner aux Gneïba avec le matériel de bât, les selles et le fusil de Taha, je le lui ai promis. Je veux aussi en profiter pour ramener mon arme, en souvenir. C'est un risque stupide. Je suis prêt à le prendre. L'homme d'une voix posée s'adresse à moi, et l'échange de propos se fait dans l'encadrement de la porte de la chambre d'hôtel.

« Je m'appelle Abdou, vous voulez retourner en Mauritanie, j'ai un véhicule, cela vous intéresse ?

— Oui, mais combien, et vous nous déposez où ?

— Où vous voulez, tout dépend de ce que vous payez.

La discussion est directe, sans détour.

— Je peux payer un bon prix, mais quelle garantie me proposez-vous pour aller jusqu'à la ville de Néma ?

— Aucune, il faut me faire confiance ! De toute façon, ce que nous ferons est illégal, je sais que vous n'avez pas de visa pour le pays et que vous n'avez pas envie d'aller jusqu'à Bamako, la capitale, pour les formalités. En plus, tout le monde sait que vous avez des armes ! »

Bien que surpris par toutes les informations qu'il détient sur nous, je décide de lui faire confiance. Je lui demande simplement si le véhicule lui appartient et si c'est lui qui nous conduira jusqu'en Mauritanie. Avec un large sourire, il m'apprend que cela fait six ans qu'il fait du trafic de cigarettes entre le Mali, la Mauritanie, le Maroc et l'Algérie. Il me promet de couvrir les 600 kilomètres qui nous séparent de la première ville mauritanienne en moins de quarante-huit heures. Nous emprunterons un itinéraire de contrebande, non surveillé par l'armée. Nous partirons en fin de matinée, il passera nous chercher vers 11 heures. J'informe Taha et nous rassemblons nos affaires. Nous démontons le fusil pour le dissimuler au fond d'un sac de cordage. Je préfère conserver le pistolet près de moi, dans mon sac vidéo qui ne me quitte jamais. Ce sera plus facile de m'en débarrasser, si jamais il y a un problème avec les autorités. Je n'aurai qu'à discrètement le jeter en pleine brousse. Le 4×4 est devant la grande porte de l'hôtel à l'heure prévue. C'est un Hilux 2,8D flambant neuf avec deux roues de secours et un réservoir auxiliaire doublant son autonomie. Il est également surélevé avec une garde au sol de plusieurs dizaines de centimètres, ce qui doit lui permettre des franchissements impressionnants. C'est une belle voiture pour assurer la contrebande, apparemment ce genre de business paie bien !

Nous entassons nos affaires dans la benne du véhicule pick-up et nous les maintenons à l'aide d'un filet de pêche tendu par-dessus. Il n'y a rien de plus efficace pour éviter de perdre son chargement sur les pistes défoncées d'Afrique de l'Ouest. Taha et moi grimpons sur la banquette arrière du véhicule, juste derrière Abdou qui s'installe promptement au volant. J'avoue que l'idée de franchir la frontière avec la Mauritanie, de façon illégale et dans ces conditions, ne me rassure pas plus que cela. Faisons confiance à la chance, elle ne nous a pas abandonnés jusque-là et *In sha Allah* ! Comme il a été convenu, je donne à Abdou une partie de l'argent pour le gasoil et le reste à l'arrivée à Néma, une fois le contrat honoré.

Nous traversons rapidement les faubourgs de Tombouctou pour nous retrouver en dix minutes sur la piste qui mène au lac Faguibine. Après 20 kilomètres, à un croisement de pistes, Abdou nous montre du doigt un endroit sous un gros acacia. Il nous apprend que c'est ici que se serait fait tuer un Canadien qui traversait le Sahara à pied. Je connaissais cet homme, il avait fait étape un jour chez Justus à Atar. Il était assez étrange, je n'ai jamais compris ce qu'il recherchait exactement dans ces immensités désertiques. Quelle était sa quête ? Abdou nous confie que l'un de ses assassins est une de mes dernières connaissances sur Tombouctou. Je ne suis qu'à moitié surpris par cette révélation. Un de mes grands principes est de toujours rester méfiant de prime abord, avec les nouvelles rencontres, dans une ville que je ne connais pas. Apparemment ce ne fut pas le cas de ce Canadien, puisque tout le monde savait qu'il avait sur lui une grosse somme d'argent ! De plus, il a profité d'un cybercafé à Tombouctou pour réactualiser son site Web, qui donnait le détail de son trajet. Ces erreurs cumulées l'ont conduit directement dans un autre monde. Je dois reconnaître, par ses méharées en solitaire, que c'était tout de même un grand saharien.

La piste est véritablement cahoteuse à présent. Nous encaissons nids-de-poule, bosses et passages de tôle ondulée. Il semble, et cela me rassure, qu'Abdou connaisse bien la route puisqu'il se permet de rouler à plus de 80 kilomètres à l'heure sur un tracé à peine dessiné. À l'arrière, violemment secoués, nous nous agrippons comme nous pouvons à tout ce qu'il est possible de saisir. Je remarque le visage crispé de Taha, maculé de poussière. Je sais qu'il a horreur de la vitesse, il me le signifiait à chaque fois qu'il m'accompagnait dans la Land Rover. Nous longeons la vallée fossile du Tilemsi. Le paysage sahélien cède peu à peu la place à un paysage typique de brousse africaine où acacias et baobabs se côtoient avec d'autres arbres de plus en plus nombreux. Le très pulvérulent *fesh-fesh*, puis la latérite, terre de couleur brique, remplacent petit à petit le sable de la piste. Aux abords du lac Faguibine, de noires et hautes falaises se détachent sur l'horizon. Ces énormes blocs rocheux confèrent une atmosphère mystérieuse à cet endroit isolé et vierge de présence humaine. Avec un peu d'imagination, on se croit être entouré de gigantesques monstres d'un autre âge qui se seraient pétrifiés dans cette région de steppe complètement nivelée. Je suis toujours en admiration devant la géologie très particulière du Sahara, qui, tel un livre toujours ouvert, nous montre les stigmates successifs de plusieurs centaines de milliers d'années. Pas une forêt, une sédimentation ou une intervention humaine n'entrave la contemplation de tels lieux. Tout est comme si hier l'eau s'était arrêtée de couler pour laisser sa place au vent dont le souffle finit par tout sécher.

Après avoir dépassé cette région de lacs, nés de l'immense delta du fleuve Niger, nous nous arrêtons à Lermeb, un village typiquement africain. Il est 19 heures, et nous cherchons une gargote pour nous nourrir. Ma tunique de chamelier, la seule à cacher mon dernier pantalon rescapé mais réduit en de tristes lambeaux, amuse beaucoup les gamins. Ce doit être la première fois qu'ils voient un Blanc dans un si sale état, pas rasé, les cheveux hirsutes et avec pour seuls vêtements les habits d'un gardien de troupeau. Dans leur regard, je devine qu'ils me prennent tous pour un fou ou pour un Occidental qui est resté beaucoup trop longtemps au soleil. Au milieu de la place du marché, nous nous installons dans un petit « restaurant de routier », assis par terre, sous une bâche tendue par quelques morceaux de bois, la voiture en ligne de mire pour surveiller les bagages. La patronne nous apporte un plat unique « riz-sauce » dans des assiettes en plastique. C'est une femme noire, très enrobée, habillée d'un boubou richement coloré, qui nous accueille avec un large sourire suivi d'un rire non dissimulé à la vue de notre équipage tout poussiéreux. Elle agrémente notre repas de galettes de pain, de piments, d'un vieux pot de ketchup et de riz à volonté. Abdou profite de cette pause pour nous exposer la ruse qu'il compte employer pour passer la frontière illégalement. Nous ne sommes plus qu'à 90 kilomètres de la Mauritanie. Dans une heure et demie, la nuit va tomber, et il faut qu'à ce moment-là, juste avant le noir total, nous soyons de l'autre côté des postes de contrôle. Il nous explique qu'il va rouler sans phare et hors des pistes pour ne pas attirer l'attention. Il affirme que, par ici, les militaires tirent à vue sur les véhicules de contrebande, qu'ils ne peuvent intercepter. Il nous garantit qu'il n'y aura pas de problème. Nous ne nous sentons pas franchement en sécurité ! En vérité, je crains non seulement les autorités, qui ne nous feront pas de cadeaux si elles nous attrapent, mais également les embuscades préméditées ou non entre contrebandiers. Après tout, nous faisons confiance à un homme, Abdou, que nous ne connaissons pas plus que cela. Dans ce genre d'entreprise, c'est ma nature d'être toujours plus méfiant que la normale, pour éviter les mauvaises surprises. Taha semble rassuré quand je lui montre, à sa demande, où je range mon pistolet automatique. Comme moi, il préfère le garder à portée de main en cas de coup dur. Il est vrai que parfois, dans certaines situations, l'Afrique peut devenir la « jungle », où règne la loi du plus fort ou du plus rapide...

Nous terminons rapidement notre dîner pour reprendre la route vers Néma qui est encore loin. En sortant du village, Abdou a visiblement un peu de mal à trouver le chemin et finit par le demander à un vieux. Nous quittons alors la piste principale. À présent, le pare-buffle du véhicule couche devant lui les hautes herbes et les arbustes. Notre fil conducteur est un vague chemin de mule, un très étroit passage au milieu de cette végétation de brousse. À l'arrière, les griffures infligées par les branches des arbres que nous frôlons de trop près nous obligent à remonter les vitres des portes. Je reconnais qu'Abdou conduit son véhicule avec une grande maîtrise. Maintenant, un magnifique coucher de soleil enflamme le ciel dans des tons rose-violet. Il n'y a aucun nuage pour atténuer toutes les nuances de cette lumière crépusculaire, juste une nébulosité importante, due à la chaleur particulière de cette journée. Devant nous, tout semble paisible et serein, en dehors des aspérités impressionnantes de notre hors-piste. Soudain, à 200 mètres devant le véhicule, un homme se dresse en treillis bariolé couleur sable, en nous mettant en joue avec son arme. « Ah merde, ils sont ici maintenant, ces cons de militaires, ça fait chier ! » s'exclame Abdou. « Il faut vous baisser, on ne va pas s'arrêter... Trop risqué. » L'homme n'est plus qu'à 100 mètres quand je distingue nettement la kalachnikov dirigée vers nous comme une menace. Avec de grands signes et des cris, il nous demande de stopper. Abdou ne décélère pas et évite de justesse le militaire qui en réponse cogne la carrosserie à grands coups de crosse. Assurément, il n'a pas de cartouche dans son chargeur, sinon je pense qu'il nous aurait copieusement arrosés. « On a eu de la chance, il a dû vendre ses balles à un cousin chasseur ! » commente Abdou d'un air narquois. Une fois sur deux, le garde possède une radio pour prévenir son quartier général. Mais ce soir, ce n'est pas le cas. Je demande à Abdou si c'est ainsi que la frontière est surveillée. Il me confirme qu'il y a effectivement des gars au hasard, tout le long de la démarcation virtuelle. En principe, ils sont en binôme pendant plusieurs jours à un endroit donné. Là, nous avons eu encore de la chance, son collège d'infortune n'était manifestement pas à son poste, parce que lui aurait pu avoir son chargeur plein. Cette petite rencontre au milieu de nulle part nous a quand même procuré une bonne montée d'adrénaline. Remis de nos émotions, nous roulons encore pendant une bonne heure avant la nuit totale. Puis Abdou stoppe le véhicule sous les branches d'un majestueux arbre que je n'arrive pas à identifier, faute de lumière. Nous ne pouvons plus rouler sans les faisceaux lumineux des phares. Nous repartirons demain aux premières lueurs du jour. Pour l'heure, nous installons notre bivouac. Abdou et Taha dorment devant le véhicule sur une couverture, je m'installe dans la benne avec le matériel. Hors de question de faire un feu, nous voulons éviter de nous faire repérer. Nous sommes à quelques dizaines de kilomètres au nord de Bassikounou, et cette région frontalière est loin d'être sécurisée. J'essaie avec beaucoup de difficultés de me faire une petite place au milieu des selles, des cordages et des bidons, avant que le sommeil ne m'emporte dans la douceur de cette nuit de printemps. En fermant les yeux, je suis surpris par les bruits nocturnes de la brousse. Je n'avais l'habitude que du vent dans les longues tiges de sbot. Bercé par les crissements de la végétation, les cris d'oiseaux et autres bruits non identifiés, je sombre lourdement dans le sommeil, fatigué par ces kilomètres de piste.

Avant l'aube, je me réveille avec le dos complètement endolori par ma mauvaise position de la nuit. En me redressant doucement pour ne pas aggraver la douleur qui me tiraille les vertèbres, je constate qu'une colonne de fourmis, sans doute attirées par les quelques bananes achetées la veille au marché, a établi sans complexe sa route migratoire en passant sur mon duvet au niveau du torse. Heureusement, elles n'étaient pas agressives, car aucune ne m'a mordu ! La cohabitation a assez duré, je descends rapidement de la benne, secoue violemment mes habits et ma couche contre le sol pour éliminer ces centaines d'insectes. Avec tout ce remue-ménage, Taha puis Abdou se lèvent. Leur journée commence par un grand éclat de rire en comprenant la situation. « Tu n'aurais pas dû dormir à la cuisine ! » me lance Abdou d'un air franchement moqueur. Je ne relève pas le trait d'esprit, je ne suis pas d'humeur à plaisanter en ce début de matinée. Taha m'aide à me débarrasser des derniers passagers indésirables et nous nous partageons les fruits tant convoités avant de prendre la route, sous les premiers rayons du soleil.

La moyenne kilométrique est très faible sur ce type de terrain quasi hors-piste. En plus de cinq heures de conduite, nous n'avons pas dépassé les 200 kilomètres. En fin de matinée, nous rejoignons par un symbolique embranchement la piste principale qui nous conduit directement sur Néma. Nous arrivons en début d'après-midi dans le centre-ville. Pendant qu'Abdou, très gentiment, nous cherche un taxi-brousse pour Nouakchott, la capitale, je passe au bureau de la gendarmerie me refaire un visa touristique mauritanien. L'opération me prend environ deux heures : le chef est là, le tampon aussi, mais il manque le gars qui vend les timbres fiscaux. Finalement, c'est le bureau de police, qui en possède pour les infractions routières, qui me dépanne. De retour à la gare centrale de taxis, je retrouve Taha et Abdou ; nos affaires sont déjà chargées à bord d'un vieux pick-up. Le prix de la course est fixe, ces véhicules servent pour l'essentiel à l'aller et retour régulier entre Néma et la capitale, au transport des marchandises et des passagers. En attendant notre nouveau chauffeur, parti négocier je ne sais quoi chez son patron avant de partir, je règle le reste de la somme d'argent à Abdou et nous le saluons une dernière fois. Il repart immédiatement sur le Mali. Ce fut une réelle joie de faire sa connaissance et de voyager en sa compagnie, une balade qui fut très instructive à différents niveaux. Il a scrupuleusement respecté son contrat, chose peu évidente dans ce métier de hors-la-loi. L'aventure, pour ces gens, est un quotidien agrémenté par le goût du risque. Nous embarquons vers 16 heures. Maintenant, notre direction suit le long ruban d'asphalte parfois très dégradé de la « route de l'espoir ». Nom qui en dit long sur la volonté du gouvernement de désenclaver d'est en ouest tout le sud du pays, zone la plus agricole de la Mauritanie grâce à la proximité du fleuve Sénégal. Les kilomètres défilent à un rythme régulier, nous traversons les villes de Timbedgha, Ayoûn el'Atroûs, Tîntâne, Kiffa. Dans cette dernière, nous nous arrêtons rapidement pour dîner. Je reconnais vaguement dans la nuit des rues et des endroits qui me sont familiers. Il y a quelques années, j'ai fait deux séjours dans cette bourgade étouffée par la chaleur. Depuis le départ de Néma, nous avons effectué plus de 450 kilomètres. Durant le repas, personne ne parle. Taha et moi avons peu de contact avec notre chauffeur. Sur la route, il ne dit rien et se contente juste de garder les yeux ouverts pour assurer la conduite de son taxi. Personnellement, je le trouve légèrement antipathique, il ne cesse de bougonner après les chauffeurs qu'il croise sur la chaussée et ils sont nombreux. Une attitude qui ne me donne pas l'envie de communiquer ce soir à table. Nous repartons après cette brève halte pour rouler jusqu'à ce que notre chauffeur s'écroule de fatigue vers 3 heures du matin et s'endorme en chien de fusil au bord de la route. Nous arrivons un peu avant midi à Nouakchott et lui demandons de nous déposer à l'auberge de la Rose, mon point de chute coutumier.

Nous sommes chaleureusement accueillis par le patron en personne. Il nous informe que nous sommes des héros en Mauritanie, nous avons défrayé la chronique radiophonique nationale et même eu droit à un bref passage dans le journal télévisé de TV5, chaîne largement regardée dans la capitale. Il nous prend chacun notre tour dans ses bras pour une chaude et franche embrassade. Il dit être honoré de nous recevoir dans son auberge et nous demande bien évidemment quelques détails sur notre périple. Il me donne également des nouvelles plutôt bonnes du vieil Ahmed Ould Mah, qui était à l'auberge pas plus tard qu'hier matin. Il paraît que le vieux est très fier de notre exploit et dit à qui veut l'entendre que je suis comme un fils pour lui.

Après ces 1 600 kilomètres de pistes et de routes défoncées depuis Tombouctou, abattus au pas de course en moins de quarante-huit heures, nous sommes comme des hommes saouls dans ce calme retrouvé. Je téléphone à Justus pour l'informer de notre arrivée imminente à Atar. Un long blanc s'installe sur la ligne, il est on ne peut plus surpris par mon appel. Tout le monde dans la région de l'Adrar pense que nous avons disparu corps et âmes, engloutis dans les sables de la Majâbat al-Koubrâ. Il est vrai que Taha et moi accusons un retard considérable de plusieurs semaines sur le planning prévisionnel laissé lors de notre départ. Sans le moindre signe de nous, le bruit a couru que nous avions échoué et que la mort nous avait inévitablement rattrapés dans cette immensité hostile, peuplée de djinns, ces esprits malfaisants. La famille de Taha a même fait le deuil de son chef de clan, il y a maintenant quelques jours de cela. L'effet de surprise passé, Justus est ravi de nous savoir encore tous les deux de ce monde et nous félicite pour la réussite de notre expédition. D'après lui, nous devons rentrer au plus vite pour démentir les ragots colportés par certains chameliers peu scrupuleux et remettre un peu d'ordre dans tout ça. Justus a même reçu des offres pour l'achat de ma Land Rover qui est apparemment déjà convoitée.

Je ne sais comment transmettre cette mauvaise nouvelle à Taha. Quel drame inutile pour sa famille ! Son deuil a peut-être déjà engendré une certaine succession de ses biens ou de ses privilèges. Il faut impérativement que nous rentrions au plus vite aux Gneïba. J'invite Taha à faire un thé et je profite de ce moment en tête-à-tête pour lui expliquer la situation. Comme à son habitude, il reste stoïque et très posé. Sa première remarque est qu'il pressentait qu'à notre retour, nous n'aurions pas forcément que des amis. L'exploit réalisé, un sentiment de jalousie allait naître chez bon nombre de chameliers qui pensaient au départ que lui, Taha, n'était pas le meilleur pour m'accompagner. Je suis touché par cet aveu, car régulièrement pendant la méharée, bien avant d'être sûr d'atteindre Tombouctou, j'ai cru que c'était moi qui n'étais peut-être pas à la hauteur, pour emmener un homme risquer sa peau à mes côtés dans cette aventure de l'extrême. Dans un second temps, Taha a du mal à comprendre que cette jalousie a pu pousser des gens à commettre de tels mensonges. Il est bouleversé par la méchanceté de celui qui a fait la route jusque chez lui pour annoncer, sans avoir aucune certitude, son décès auprès de sa famille.

L'auberge de la Rose n'est pas désertée par les étrangers en mal d'exotisme africain. Je sympathise avec un Français, Jacques, qui a suivi de loin notre problématique, et qui est, comme il le dit si bien, « scié » par ce que nous avons réalisé. Il m'annonce qu'Atar est sur la route de ses trois mois de pérégrinations sur le continent. Il se propose, moyennant le partage du coût du gasoil de son véhicule, de nous y déposer. Nous le remercions chaudement et fixons notre encombrant matériel sur la galerie de son Pajero. Nous saluons rapidement tout le monde et en route ! Trois heures après notre arrivée à Nouakchott, nous voilà repartis en direction d'Atar que nous atteignons dans la nuit. Je suis heureux de retrouver le camping Bab Sahara. Alors que Taha et Jacques partent se coucher sous une des khaïmas, anéantis par la fatigue, je savoure une bière en compagnie de Justus. Je lui raconte notre aventure avec un maximum de détails, comblant ainsi en partie sa curiosité sur cette région particulière, que très peu d'hommes ont pu encore approcher. Il reste bouche bée sur la résistance impressionnante de nos dromadaires et me pose des tas de questions sur leur comportement en méharée. Il est tard quand je rejoins mes compagnons de voyage sous la tente pour m'assoupir quelques heures.

Le lendemain, très tôt, comme à notre habitude, Taha et moi préparons notre départ vers Chinguetti. Nous transvasons tous nos bagages dans la Land Rover que j'avais confiée à Justus lors de notre départ. Lorsque Jacques se réveille, je remarque que ce garçon plutôt timide veut me demander quelque chose. Je le vois tourner autour de son

Pajero sans oser engager la discussion. Je finis par deviner qu'il aimerait venir à Chinguetti avec nous. Je le lui propose, car je n'y vois aucun inconvénient. De toute façon, il est toujours plus prudent de faire la piste à deux véhicules, plutôt que seul. Son visage s'éclaire, il est comblé. Jacques est un homme que je découvre et que j'apprécie de plus en plus, voyager avec lui est fort agréable. Il nous a, de plus, rendu un grand service en nous emmenant rapidement sur Atar. Nous atteignons Chinguetti vers 11 heures, hommes et véhicules complètement recouverts de poussière, comme l'impose la piste. Dès l'entrée de la ville, la Land Rover blanche est reconnue par la population, et d'emblée nous remarquons les traits étonnés qui se peignent systématiquement sur les visages. Je stoppe le véhicule au niveau de la boutique de Kadhija, où N'Del et elle-même sont justement sur le perron. Comme les autres, ils ont reconnu le bruit du moteur de mon 4×4. Pour nous accueillir, ils poussent de grands cris et se jettent sur nous dans de chaleureuses embrassades. C'est d'ailleurs la première fois qu'une femme mauritanienne me serre dans ses bras. Ce doit être la façon d'accueillir les morts vivants dans l'islam. L'émotion est intense, je crois même déceler quelques larmes de bonheur dans ses yeux brillants. N'Del quant à lui me dit : « Je savais que ce n'était pas possible, vous n'aviez pas pu disparaître comme ça ! Ici, tu sais, la majorité de la ville ne comptait plus jamais vous revoir. » Cet accueil me fait chaud au cœur et nous entrons tous dans la petite boutique pour déguster le fabuleux thé de Kadhija. Jacques s'assied en tailleur à côté de N'Del et j'en profite pour faire les présentations. Ce dernier nous confirme que la famille de Taha a bien été avertie de notre décès. Il ne sait pas d'où et par qui est né ce mensonge qui s'est répandu aussi vite qu'une traînée de poudre. Pendant les deux heures suivantes, nous sommes bien installés pour le cérémonial de ce thé de retrouvailles, et des hommes ne vont pas cesser de défiler pour nous présenter leurs hommages, nous saluer avec grand respect et nous féliciter. C'est ainsi que je me rends compte que notre aventure a acquis ses lettres de noblesse auprès des gens de Chinguetti. Pour l'heure, l'urgence est d'arriver aux Gneïba au plus vite. Non seulement Taha est de plus en plus impatient à l'approche de son « havre de paix », mais surtout, il veut apporter le démenti de notre mort à ses proches ! Nous saluons toute l'assemblée qui, petit à petit, s'est agglutinée autour de nous. N'Del nous souhaite une bonne route et je lui promets que demain, je serai de retour plus longuement. Jacques décide de s'installer ici pour la nuit. Je crois que par pudeur, il ne veut pas nous accompagner jusqu'au village de Taha. Il doit penser que nous devons terminer cette histoire uniquement tous les deux, comme nous l'avons commencée. Son attitude est sage et traduit le respect qu'il porte à notre périple.

Le retour aux Gneïba

La « piste du bas » ou, plus clairement, la fameuse piste inexistante au milieu des dunes, ne nous pose aucun problème. Vers 16 heures, nous sommes en vue de la falaise du massif de l'Herrour. Taha me demande d'arrêter le véhicule à quelques kilomètres du point ultime marquant la fin de son voyage : les Gneïba. Il veut se dépoussiérer un peu et revêtir ce qui lui reste de mieux et de plus propre comme vêtements. Pour lui, arriver fagoté comme un mendiant après une si longue absence est hors de question, ce serait vexer sa femme par un manque de respect. En me regardant, j'ai honte du semblant d'habits que je porte pour une si grande occasion. L'opération terminée, nous reprenons notre route sur un azimut entre les barkhanes marquées plein est. Taha est fébrile, je le sens extrêmement anxieux par ces retrouvailles qui risquent d'être choquantes pour sa famille, il en est conscient. À l'approche des premières toitures des huttes, je ralentis. À environ 300 mètres, au milieu du campement, un attroupement de gens regarde dans notre direction. Taha semble reconnaître chaque silhouette en les pointant toutes de son doigt, mais aucun son ne sort de sa bouche à moitié ouverte. Les larmes ont envahi ses joues et il étouffe quelques sanglots. Je gare la Land Rover à bonne distance du groupe et nous parcourons la dernière centaine de mètres à pied. Et là, la scène, puissante d'émotion, devient irréelle. À notre vue, les enfants et les femmes partent dans le sens opposé en criant à tue-tête, complètement effrayés. Les hommes reculent de quelques pas avec des yeux grands ouverts et un regard craintif. C'est comme si tout le monde, tout à coup, était en présence d'un phénomène inexplicable, en face d'esprits en chair et en os ou même de djinns. Taha s'avance vers eux en les rassurant sur notre bonne santé et la réalité de notre présence. Nous sommes vivants ! J'observe la scène légèrement en retrait, il leur faudra bien dix minutes pour que ces hommes admettent n'être en présence que d'hommes comme eux et non d'une incarnation de l'au-delà. Les femmes et les enfants reviendront un peu plus tard, une fois leur stupeur évanouie et la raison retrouvée. La scène a été époustouflante et très intense, je n'en reviens pas.

Au milieu des personnes qui s'agglutinent maintenant autour de nous, je reconnais la femme de Taha, emmitouflée dans une robe et un voile très sombres. Les traits de son visage sont tirés, mais le bonheur de retrouver son mari sain et sauf estompe au fur et à mesure cette dureté. Le mari et son épouse enfin réunis symbolisent réellement notre victoire. Cette image est peut-être une des plus fortes que je conserve. Je suis profondément touché que tout rentre enfin dans l'ordre pour cette famille. Cette famille à qui je me suis permis, moi l'étranger, d'enlever le pilier fondateur, le ciment unificateur, pour une méharée aussi dangereuse et finalement aussi futile dans l'absolu. N'Da arrive un peu plus tard. Il était parti toute la journée travailler à la palmeraie familiale. La joie de retrouver son père est intarissable. Il nous assomme de questions avec un sourire de bonheur complètement figé, tout en préparant le thé. Nous nous installons tous en cercle devant la hutte de Taha, pour déguster le précieux breuvage. Les discussions se font dans un vacarme de cris, de rires et de joie, l'effervescence liée à notre retour est à son comble. Des gamins et des femmes s'absentent un moment pour tuer quelques poulets et préparer avec un peu de semoule un couscous qui sera un véritable festin. Dans la soirée, je profite d'un petit moment de calme avec Taha pour échanger regards et sourires de satisfaction, sans les parasiter par des mots inutiles. Nous savons ce que nous avons réalisé et aucun mot ne pourra expliquer tout ce vécu commun. Un peu plus tard, Taha me demande d'oublier le reste de la dette financière lié à notre contrat. Il aura ces mots : « Ce que nous avons fait l'un pour l'autre dans cette expédition n'a pas de prix. Nous avons uni une fraternité que seul Allah peut juger, l'argent n'est rien en comparaison de ce qui nous lie maintenant. Garde tout cet argent pour ton pays et tes proches ! » Je m'incline et lui promets que je reviendrai le voir de temps en temps, et qu'il peut toujours compter sur moi. Le lendemain, avant de repartir vers d'autres horizons, je lui laisse quelques affaires dont il peut éventuellement avoir besoin ; c'est tout ce qu'il souhaite, rien de plus.

Ce soir, le vent ne souffle pas sur les Gneïba.

La plus grande fierté que je partage avec Taha, hormis le fait d'avoir atteint notre objectif, est sans conteste d'être parti avec nos huit dromadaires et de les avoir amenés jusqu'à Tombouctou, sans en perdre un seul. Le secret de cette réussite, c'est d'avoir su les observer et d'avoir adapté notre rythme de marche quotidienne à celui de l'animal le plus faible. Chaque jour, en fonction de son sommeil, de son alimentation ou de son état général, un dromadaire parmi les huit se détachait du groupe par sa faiblesse passagère. À cet instant-là, il devenait le centre de nos préoccupations. Nous le chargions moins que les autres et nous le placions en tête de la caravane, pour qu'il impose sa cadence.

Dans cette expédition, l'investissement physique et moral pour les hommes a été considérable en accomplissant cette distance en quarante-neuf jours (24 kilomètres de marche en moyenne par jour), dans des conditions extrêmes, à la limite des capacités de survie de l'homme et du dromadaire. Avec des températures qui frôlèrent régulièrement les 40 °C et un taux d'humidité proche de zéro, la déshydratation y a été considérable. Rappelons que notre ration quotidienne et totale en eau ne devait pas dépasser 4 litres par personne. Une fois la nourriture et le thé absorbé, il ne nous restait en moyenne qu'environ un litre et demi pour nous désaltérer. Je continue de penser que nous avons eu beaucoup de chance dans cette aventure. Taha pense, quant à lui, que c'est Allah qui a pardonné notre folie, parce que nous étions des hommes courageux et respectueux de notre univers.

Remerciements

Merci à ma famille, ma sœur Sandrine et mes parents Monique et Jacques qui, depuis une quinzaine d'années, s'inquiètent à chaque fois que je leur annonce : « Je pars faire un tour en Afrique ». Inquiétudes que je leur impose, je n'ai jamais été un fils modèle, je ne les ai jamais écouté, je n'en fais toujours qu'à ma tête. Je les remercie aussi pour m'avoir fais découvrir, dès l'âge de huit ans, le frisson des dunes de sable du « grand erg occidental » en suivant mon père, coopérant dans l'enseignement supérieur à Oran. Ce virus du désert a peut-être été contracté à ce moment-là, pendant les deux années passées avec ma famille expatriée en Algérie. Cette époque m'a marqué par ses contrastes : partageant ma vie entre un scolarisation dans le cadre privilégié du lycée français et les quatre cents coups perpétrés avec les gamins des bidonvilles alentours.

Je rends hommage à Madeleine Beaujean, qui n'est malheureusement plus de ce monde, qui n'a jamais voyagé, mais qui a rêvé. Souvenir de ces soirées où le petit-fils racontait des histoires africaines à sa grand-mère.

Une tendre pensée pour Florence Mathieu, qui m'a sans aucun doute le plus soutenu et qui, par passion, a assuré la logistique et la sécurité tout au long de ce périple. Que les tourments imposés par l'égoïsme de ma quête disparaissent à jamais dans les sables de la Majâbat al-koubrâ.

Je remercie mon amie Emmanuelle Juvin. Depuis tant d'années ses conseils restent pour moi l'essence de mes réflexions et sa tendresse l'essence de mon bonheur.

Une pensée toute particulière pour Marine Lefebvre, incarnation de la fraîcheur, qui accompagne désormais mes projets sahariens.

J'éprouve une profonde reconnaissance pour Théodore Monod, ses écrits irremplaçables sur les déserts ont été la source de mes inspirations sahariennes? Son œuvre et son vécu de méhariste sans précédent resteront sans aucun doute encore longtemps une référence pour les scientifiques et les amoureux de ces contrées arides. Je remercie également son fils, Cyril Monod, qui a soutenu ma démarche et prodigué de précieux conseils, en souvenir de l'enseignement et de l'expérience de son père.

Merci à Patrice Franceschi, aventurier et écrivain, président de la Société des explorateurs français, pour son soutien infaillible et ses conseils.

Merci à Ahmed Ould Wenane. Grâce à lui, beaucoup de problèmes inhérents à la préparation de cette expédition ont été résolus.

Je remercie sincèrement pour leur soutien, leur aide et leur enseignement : Sophie Lajeunesse, responsable éditoriale d'Arthaud, Brigitte Zanda, minéralogiste, maître de Conférence, spécialiste des météorites, MNHN. Claude Perron, physicien, chargé de recherche au Laboratoire de Minéralogie, MNHN. Philippe Morat, directeur du Laboratoire de Biologie Végétale, MNHN. Robert Vernet, préhistorien, spécialiste de l'art pariétal en Mauritanie. Bertrand Jenny, producteur du film « Au pays des djinns ». Jean

Gabriel Leynaud et Eric Ménard, réalisateur et ingénieur son du film « Au pays des djinns ». Nadine Lucas et Orson Storar, ingénieur d'affaires chez ARGOS. Collecte Localisation Satellites. Daniel Duhand, journaliste.

Justus Buma, Sylvain Pascaud, Jean Marc Durou, Edmond Diemer, Bruno Lamarche, Ahmed Ould Mah, Batty Khatty, N'DEL, Khadija…

Je dédie cet ouvrage à Taha Ould Bouessif et à sa famille…

ANNEXES

Quelques espèces de la flore mauritanienne

Nom : Espèces / Genres :	**Familles :**
Adress : *Commiphora africana*	*Burseraceae*
Aferchi : *Salvadora persica*	*Salvadoraceae*
Agueï : *Zygophyllum waterloti*	*Zygophylleae*
Akchit : *Farsetia stylosa*	*Cruciferae*
Aouarache : *Calligonum comossum*	*sppPolygonaceae*
Aseïke : petite graminée proche du tirichit	*Gramineae*
Askaf : *Nucularia perrini batt.*	*Chenopodiaceae*
Atillé : *Moerua crassifolia*	*Capparideae*
Ben namâ : *Ipomoea repens*	*Convolvulaceae*
Cheïkerde : petite graminée	*Gramineae*
Cram-cram ou Initi : *Cenchrus biflorus*	*Gramineae*
Dhanoûn : *Phelypoea aegyptiaca*	*Orabanchaceae*
Eirwar : *Acacia senegal*	*Leguminosae*
Eisen : *Boscia senegalensis*	*Capparideae*

El ghardeg : *Lycium intricatum*	*Solanaceae*
El halime : *Echiochilon chazaliei*	*Boragineae*
Falayel : *Cassia italica*	*Leguminosae*
Foulé : *Crotalaria saharoe*	*Leguminosae*
Garizim : *Nitraria retusa*	*Zygophylleae*
Gueïllele : *Boerhavia verticillata*	*Nyctagineae*
Hâdh : *Cornulaca monocantha*	*Chenopodiaceae*
Hebaliyé : *Heliotropium bacciferum*	*Boragineae*
Ignine : *Caparis decidua*	*Igninaceae*
Ilif : *Colocynthis vulgaris*	*Aroideae*
Jerjir : *Schouwia purpurea*	*Cruciferae*
Kra el rab : *Chloris meccana*	*Gramineae*
Labede : *Pappophorum brachystachyum*	*Gramineae*
Larjem : *Arthrocnemum macrostachyum*	*Chenopodiaceae*
Legleïa : *Grewia betulifolia*	*Tiliaceae*
Moïlhe : *Zygophyllum simplex*	*Zygophylleae*
Morkeba : *Panicum turgidum*	*Gramineae*
M'rameleh : *Elionurus hirsutus*	*Gramineae*
Nsid : *Koeleria phleoides*	*Gramineae*
Rassel : *Salsola bariosma*	*Chenopodiaceae*
Sâdan : *Neurada procumbens*	*Roseae*
Sbot : *Stipagrostis pungens*	*Gramineae*

Sder : *Zizyphus sp.*	*Rhamneae*
Sardoûn : *Stipagrostis acutiflora*	*Gramineae*
Soueïd : *Suaeda sp.*	*Chenopodiaceae*
Tachkat : *Pergularia tomentosa*	*Asclepiadeae*
Talha : *Acacia tortilis (Acacia raddiana)*	*Leguminosae*
Tamatt : *Acacia ehrebergiana*	*Leguminosae*
Tarfa : *Tamarix sp.*	*Tamariscineae*
Techâne : petite graminée	*Gramineae*
Teïchett : *Balanites Aegyptiaca*	*Simarubeae*
Tejao : *Indigofera semitrijuga*	*Leguminosae*
Telaïhat : *Fagonia Bruguieri*	*Zygophylleae*
Terkoma : *Suoeda vermiculata*	*Chenopodiaceae*
Timegelost : *Tribulus terrestris*	*Zygophylleae*
Tinedwar : *Caralluma sp.*	*Asclepiadeae*
Tirichit : *Andropogon foveolatus*	*Gramineae*
Titarek : *Leptadenia pyrotechnica*	*Asclepiadeae*
Touf el henna : *Indigofera pauciflora*	*Leguminosae*
Tourdje : *Calotropis procera*	*Asclepiadeae*
Tousbaget : *Morettia canescens*	*Cruciferae*
Cistanche phelypaea :	*Orobanchaceae*

Glossaire

Acheb : végétation éphémère de plantes herbacées annuelles poussant après une pluie.

Adrar : montagne, mot d'origine berbère.

Aklé : massif compact de dunes vives, étroitement soudées, à topographie confuse, sans orientation générale.

Alab : sommet d'une dune.

Asfel : pièce du harnachement méhariste, corde à queue scellant le chargement sur le dos du dromadaire.

Ayoûn : creux interdunaire.

Azalaï : caravane de dromadaires servant au transport du sel extrait des mines sahariennes.

Banco : mélange de terre, d'eau et de paille séché au soleil, servant pour la construction de bâtiments (briques ou revêtement).

Baraka : bénédiction d'un personnage religieux, pouvoir spirituel, grâce spéciale.

Baraquer : action de faire agenouiller un dromadaire.

Barkhane : dune basique en forme de croissant.

Batha : lit sablonneux d'un oued.

Bnaîg : masse dunaire.

Boubou : tunique courte sans manches en tissu.

Burnous : grand manteau épais en laine ou poil, à capuchon.

Chèche : turban d'étoffe légère, pouvant atteindre plusieurs mètres de long et s'enroulant autour de la tête et du visage.

Chéchia : chèche militaire.

Chehada : profession de foi des musulmans : « Je témoigne qu'il n'y pas d'autre divinité qu'Allah, et que Mahomet est son prophète. »

Couscous : semoule de blé dur ou de mil cuite à la vapeur.

Dabia : sac de voyage en peau de bouc tannée pour conserver le riz, le mil, la farine...

Daya : dépression sur la surface d'une hammada ; mare d'eau douce en plaine.

Délou : récipient en cuir pour puiser l'eau.

Dahr : falaise rocheuse.

Djebel : montagne.

Djellaba : vêtement de laine ou de poil, longue tunique à demi-manches et à capuche.

Djinn : esprit, génie, lutin, origine coranique.

Djouf : « ventre », appliqué à certaine dépression géologique.

Erg : zone de dunes.

Fesh-fesh : sable extrêmement pulvérulent issu de zones de sédimentation.

Filali : peau de mouton tannée et teintée en rouge, coussin.

Foggara : galerie de captage de l'eau servant à l'irrigation des cultures.

Gandoura : tunique longue, à manches courtes, sans capuche.

Gara : butte témoin d'un ancien dépôt sédimentaire érodé.

Goumier : soldat méhariste indigène colonial, auxiliaire armé.

Gueïla : halte méridienne.

Guelb : butte résultant de la présence d'une partie indurée du substratum, dégagée par l'érosion.

Guelta : citerne naturelle en milieu rocheux.

Guerba : outre en cuir, peau de bouc servant au transport de l'eau en méharée.

Hadji : musulman ayant effectué le pèlerinage rituel aux lieux saints de l'islam.

Hammada : vaste surface désertique plane dont le substrat est rocheux.

Ichâ : heure de la dernière des cinq prières quotidiennes.

Kessera : galette de blé, cuite dans le sable préalablement chauffé par des braises.

Khaïma : tente traditionnelle des nomades mauritaniens.

Khezama : cordelette fixée à l'anneau nasale du dromadaire de selle.

Ksar : village de sédentaires bâti en pierre ou en banco (pluriel : ksour ou gsur).

Ksourien : habitant d'un ksar.

Khwâreg : type de dunes hautes dont le sommet est arrondi par les vents violents.

Majnoun: personne possédée ou folle.

Marabout : personnage religieux, lettré, occultiste.

Méharée : une marche à pied en zone désertique, accompagné de dromadaires pour le transport des marchandises, de la nourriture et de l'eau.

Méhari : dromadaire de selle.

Mejbed : piste chamelière tracée en général sur le reg.

Nebka : petite butte de sable en forme de flèche formée derrière un obstacle, un buisson, un caillou...

Ogeylet : région de la Majâbat al-Koubrâ dont la formation des dunes est anarchique et très difficile à franchir.
Oglat : puisard peu profond.
Oued : lit d'un cours d'eau asséché.

Razzia : pillage.
Reg : plaine ou surface dure et unie d'un plateau, couverte de petits cailloux ou de graviers.
Reguibat : groupe ethnique essentiellement situé au nord-ouest du Sahara (nord de la Mauritanie).
Rezzou : expédition de pillage.

Sebkha : dépression salée, souvent de couleur blanche en raison des efflorescences superficielles de chlorure de sodium.
Séroual : pantalon bouffant.
Sif : crête tranchante d'une dune.
Silk : élément dunaire longitudinal étroit et parfois de grande longueur.

Tagant : région ou massif montagneux au sud de la Mauritanie.
Talweg : points les plus bas du fond d'une vallée.
Tamacheq : langue des Touaregs.
Tassoufra : sac en cuir pour les vêtements.
Tayaret : vallée interdunaire.
Tichtar : viande de dromadaire ou de bœuf séchée au soleil.
Tifinagh : écriture touarègue.

Touareg : groupe ethnique du Sahara central englobant entre autres le nord du Mali.
Trab : pays ou région.
Tyâr : petite cuvette au pied d'une formation dunaire.

Zériba : défense d'épineux entourant un parc à bestiaux, un camp...

Bibliographie

Le Mali aujourd'hui
de S. Adriamirado, éd. Jaguar.

Flore de la Mauritanie (tomes 1 et 2)
de J.-P. Barry et J.-C. Celles, éd. Institut supérieur scientifique de Nouakchott et université de Nice Sophia-Antipolis.

Voyages (tome III)
de I. Battûta, éd. La Découverte.

La Mauritanie.
de C. Belvaude, éd. Karthala.

Afrique noire – histoire (tomes 1 et 2)
de E. M'Bokolo, éd. Hatier-Aupelf Uref.

L'Afrique au XXe siècle
de E. M'Bokolo, éd. Points.

Géologie de la Mauritanie
de R. Caruba et R. Dars, éd. Institut supérieur scientifique de Nouakchott et université de Nice Sophia-Antipolis.

Histoire des villes d'Afrique noire
de C. Coquery-Vidrovitch, éd. Albin Michel.

L'Assemblée des djinns
de Massa M'Diabaté, éd. Présence africaine.

La Vie sauvage au Sahara
de A. Dragesco-Joffé, éd. Delachaux et Niestlé.

L'Exploration du Sahara
de J.-M. Durou, éd. Actes Sud.

Sahara, la passion du désert
de J.-M. Durou, éd. de La Martinière.

Théodore Monod – Terre et Ciel
entretiens avec S. Estibal, éd. Babel.

Le Mali
de A. Gaudio, éd. Karthala.

Sahara, jardin méconnu
de P. Laureano, éd. Larousse.

Symbolisme et art rupestre au Sahara
de J.-L. Le Quellec, éd. L'Harmattan.

Le Roi d'Afrique et la reine mer
de J.-Y. Loude, éd. Actes Sud.

L'Invention du désert
de B. Nantet, éd. Voyageurs Payot.

Soundjata ou l'épopée mandingue
de D. T. Niane, éd. Présence africaine.

Les Carnets de Théodore Monod
de C. Monod, éd. Pocket.

Déserts
de Th. Monod et J.-M. Durou, éd. AGEP.

Désert libyque
de Th. Monod, éd. Arthaud.

Le Fer de Dieu
de Th. Monod et B. Zanda, éd. Actes Sud.

L'Émeraude des Garamantes
de Th. Monod, éd. Actes Sud.

Majâbat al-Koubrâ
de Th. Monod et M. De Gouvenain, éd. Actes Sud.

Maxence au désert
de Th. Monod, éd. Actes Sud.

Méharées, explorations au vrai Sahara
de Th. Monod, éd. Actes Sud.

Zerzura, l'oasis légendaire du désert libyque
de Th. Monod et E. Diemer, éd. Vents de sable.

Plantes médicinales et médecine traditionnelle d'Afrique
de A. Sofowora, éd. Karthala.

Les Religions d'Afrique noire
de L. V. Thomas et R. Luneau, éd. Stock.

Villes de sables
de A.-M. Tolba et S. Sibert, éd. Hazan.

Théodore Monod – Révérence à la vie
conversations avec J.- P. Tonnac, éd. Grasset.

Enjeux miniers en Afrique
de F. Yachir, éd. Karthala.

Les Météorites
sous la direction de B. Zanda, Carnets d'histoire naturelle MNHN, éd. Bordas.

Chronique de la recherche minière
éd. BRGM.

Afrique noire
Guide du routard 2000/2001.

Les Ressources minières du Mali
éd. PNUD/DCTD (Nations unies).

Vallée du Niger
éd. Réunion des Musées nationaux

La Préhistoire de l'Afrique de l'Ouest
éd. Sépia.

Transafrique
éd. Touring club suisse.

MUSEUM NATIONAL D'HISTOIRE NATURELLE
Laboratoire de Minéralogie, CNRS-UPRESA 7058

Equipe "Météorites"
61 rue Buffon, 75005 Paris
Tél.: +33 1 40 79 35 34
Fax: +33 1 40 79 35 24
E-mail: perron@mnhn.fr

LES METEORITES DU DESERT

Les météorites sont des fragments d'autres planètes capturés par la Terre. La plupart d'entre elles (85 %), les *chondrites*, sont des fragments d'astéroïdes - ces toutes petites planètes qui tournent autour du soleil entre Mars et Jupiter - et elles représentent les seuls échantillons de matière *non-différenciée* à notre disposition. Cela veut dire qu'elles n'ont pas subi les processus géochimiques qui ont complètement transformé les matériaux des grandes planètes comme la Terre. Elles nous renseignent sur la naissance du Système Solaire, en particulier sur la composition chimique de la *nébuleuse solaire*, le nuage de gaz et de poussières où se sont formés le soleil et les planètes. Les plus primitives d'entre elles ont préservé la structure des matériaux qui ont servi à construire les planètes, et ont permis de dater la formation du Système Solaire à 4,566 milliards d'années. Elles renferment de la matière organique complexe (acides aminés) qui pourrait avoir favorisé l'apparition de la vie sur Terre. D'autres météorites proviennent d'astéroïdes différenciés comme la Terre: les météorites de fer (5 % des chutes) sont des échantillons des noyaux de tels astéroïdes, les achondrites basaltiques (6 % des chutes) sont des roches volcaniques provenant de la croûte d'une petite planète qui est très probablement Vesta, le 3ème plus gros astéroïde. D'autres encore, plus rares, ont des origines plus mystérieuses, quoique provenant aussi probablement d'astéroïdes. Enfin, on connaît 17 météorites arrachées à la surface de la Lune et 16 météorites qui sont très certainement des fragments de Mars (les seuls échantillons de cette planète que nous ayons actuellement).

La recherche sur les météorites a apporté une somme considérable de connaissances sur la chronologie du Système Solaire, la nature et l'origine de ses matériaux, les processus physico-chimiques qui ont pris place dans la nébuleuse et dans les premiers corps solides du Système Solaire, la géologie de la Lune et de Mars, etc… Elle est encore extraordinairement vivante dans le monde et les découvertes surprenantes ne sont pas rares dans ce domaine. Cependant le besoin se fait sentir, non seulement de nouvelles techniques et expériences, mais de plus de matériaux, en particulier des météorites les plus rares. Il a donc été réalisé depuis un certain temps qu'il n'était pas suffisant d'attendre que les météorites tombent, mais qu'il fallait aller ramasser celles déjà tombées, dans les zones où elles avaient le plus de chances de se conserver et d'être repérées.

Ces endroits privilégiés sont les déserts, froids comme l'Antarctique où des expéditions de collecte de météorites sont organisées annuellement depuis plus de 20 ans, ou chauds, comme le Sahara, où, curieusement, les expéditions sont plus récentes. Ce n'est pas, bien sûr que les météorites soient attirées par les déserts, elles tombent de la même façon sur toute la surface du globe. Mais, d'une part la grande sécheresse des déserts fait que les météorites se conservent sur leur sol beaucoup plus longtemps que dans nos climats, d'autre part l'absence de végétation, le sol plat, de couleur claire et dépourvu de cailloux de certaines zones désertiques facilitent grandement le repérage des cailloux noirs que sont les météorites.

Au total, on a répertorié dans le monde 4750 météorites non-antarctiques, et plus de 18 000 fragments de météorites antarctiques, représentant entre 5000 et 7000 météorites différentes (ce nombre est incertain car le mouvement des glaciers déplace les météorites, dispersant les fragments d'une même chute et regroupant ceux de chutes différentes). Est-il alors encore nécessaire d'en chercher de nouvelles? Je réponds oui sans hésitation, pour la raison suivante. Les différentes classes de météorites qui tombent sur Terre, et qui correspondent chacune à une "planète-parente" différente, sont très inégalement représentées. Les collections mondiales renferment des milliers d'échantillons, souvent peu différents, de certaines classes de chondrites, mais d'autres météorites n'y figurent qu'à quelques exemplaires, souvent très petits, et certaines sont même uniques. Ce sont ces météorites rares qui sont nécessaires pour faire progresser la recherche. Et bien sûr, puisqu'elles sont rares, il faut collecter beaucoup de météorites pour pouvoir trouver parmi elles quelques échantillons particulièrement intéressants du point de vue scientifique.

C'est pourquoi j'ai tout de suite été intéressé par le projet de Régis Belleville. Son long périple à travers des régions desséchées devrait lui permettre de rencontrer, sinon un petit prince, du moins de nombreux fragments d'astéroïdes, ou même d'autres planètes. Et nous serons impatients au laboratoire, d'examiner, à son retour, les cailloux noirs qu'il aura rapportés, de les analyser, de les classifier, en espérant y découvrir des perles rares qui nous en diront plus sur nos lointaines origines.

25 septembre 2000

Claude Perron

Composition et mise en page

NORD COMPO
multimédia

CET OUVRAGE
A ÉTÉ ACHEVÉ D'IMPRIMER
SUR ROTO-PAGE
PAR L'IMPRIMERIE FLOCH
À MAYENNE EN MARS 2004

N° d'éd. FZ0162-01. N° d'impr. 59722.
D. L. : avril 2004
(Imprimé en France)